# 队列之末 II

## 再无队列

〔英国〕福特·马多克斯·福特 著

曹洁然 译

上海三联书店

## 图书在版编目（CIP）数据

再无队列／（英）福特著；曹洁然译．—上海：上海三联书店，2017.10
ISBN 978-7-5426-5588-2

Ⅰ．①再… Ⅱ．①福… ②曹… Ⅲ．①长篇小说－英国－现代 Ⅳ．① I561.45

中国版本图书馆 CIP 数据核字（2016）第 106367 号

**队列之末Ⅱ：再无队列**

| | |
|---|---|
| 著　　者／ | 〔英国〕福特·马多克斯·福特 |
| 译　　者／ | 曹洁然 |
| 责任编辑／ | 陈启甸 |
| 特约编辑／ | 赵丽娟　王正磊 |
| 装帧设计／ | 王绍帅 |
| 监　　制／ | 姚　军 |
| 出版发行／ | 上海三联书店 |
| | （201199）中国上海市都市路 4855 号 2 座 10 楼 |
| 印　　刷／ | 北京旭丰源印刷技术有限公司 |
| 版　　次／ | 2017 年 10 月第 1 版 |
| 印　　次／ | 2017 年 10 月第 1 次印刷 |
| 开　　本／ | 787×1092　1/32 |
| 字　　数／ | 221 千字 |
| 印　　张／ | 9.25 |

ISBN 978-7-5426-5588-2/I.1138

定　价：36.80元

有两件事让我伤心不已：
战士在贫穷中挣扎，
智者被人视作废物。

——谚语

# 致威廉·伯德[1]

我亲爱的伯德：

我一直坚信——而且我现在也像往常一样坚定地相信——小说是不应该有前言的。一是因为审美和道德的原因，二是因为前言会削弱一本书的真实性。献辞信是种暗度陈仓的办法。这种办法也是我被迫采用的，我也必须承担全部的后果。

这就是我说的原因：所有的小说都是历史，但不是所有的小说都会涉及记载在历史书页上的事件。而这恰是《再无队列》要做的。因此，有必要先限定清楚书中有哪些是作者观察到的事件。

不论你怎么宣布、突出和强调，你永远都没有办法把一个事实塞进那些即使还算聪明的公共评论家的脑子里，这个事实就是在任何小说里，小说家笔下角色的观点并不一定就是小说家本人的观点。而

---

[1] 威廉·奥古斯特塔斯·伯德（1888—1963），福特的朋友，一九二二年在巴黎创立三山出版社，一九二三年出版了福特的《女人和男人》，一九二四年福特编辑《大西洋彼岸评论》时他为福特提供了办公场所。——译者注，后同。

阅读你作品的公众是怎样一种情况这是没办法知道的。也许他们会更宽容也更仔细地阅读你的作品。也许他们会这么做，因为他们要么是在你的书上花了钱，要么就是多少费了点事去弄到你的书。

在这本小说里，书中涉及的事件的真实性都由我来保证。在小说描写的那段时间里，在法国一个庞大的基础训练营地，里面难以置信地挤满了我们要送到前线去的人，有的时候要日夜不停地完成这项任务。同时这支庞大的军队也因为一个念头而极度抑郁，那就是那些在海那头控制它的人会——我不愿意用"背叛"这个词，因为这样会暗示有人主动这么做——"让我们失望"。我们那个时候是受压迫的，被命令过去命令过来，指挥过去指挥过来，我们是被骚扰的，被袭击的，被指控的——还有，最重要的，我们担忧得要死。事实上，那种永无休止的担忧远远超过了任何"与敌军部队确实接触的紧张"，而且那种感觉不只限于基地里，而是散布在整个军事行动的全局里。永无休止的担忧！

我们把这种情绪发泄在了可能是正当的也可能是不正当的怀疑上头，疑心那些手头捏着我们性命却又看起来对这个事实漠不关心的无所不能的大人物。所以这部小说讲述的就是那些怀疑是怎样的：它并不想去判定那些怀疑是否是有依据的。我想，书里没有一个字是把我的观点和看法作为我的观点和看法记录下来了。我相信我可以这么说。至于这里讨论到的大部分公共事务，我对它们没有任何看法。在七八年之后我还是不能组织起任何看法。因此我展现的只是我观察到的或者听到的。

很少有作家会作为战士加入一场——上帝保佑——会在未来

证明它是终结所有战争的战争，却又不怀着这样的念头：如果他们幸存下来，他们想要用自己的写作来帮读者产生一种新的心态，一种不再会把战争作为可能选项的心态。

明显这是个需要小心应对的任务。如果你夸大了恐怖，你就会在你的读者中引发一种心态，比如说，因为过度的反应让恐怖变成了可以漠视的东西。而如果你夸大了英雄事迹，你就会引发他们对英雄事迹的漠视——在上一场战争里，上天做证，涌现出了足够多的英雄事迹，漠视它们就是在作恶。那时，在四处寻找一个可以透过它来观察整个事件的媒介的时候，我想起了一个人——那个时候他已经死去了——我曾经和他非常亲密，而且曾经和他一起——就像和你一起一样——一度探讨过世界上的大多数东西。他就是个典型的英国托利党人。

即使在那个时候——那肯定是在一九一六年的九月，那时我在一个叫萨里扬①的地方，而且我还记得我具体是在什么地方有了这个念头——我对自己说：这一切在 X②的眼里看上去会是什么样子？已经死了，和所有英国托利党人一道？因为作为一个要通过它来看待大多数情感斗争的媒介——因为按照规律来说你每真正地战斗上二十分钟就得独自面对你的情感至少一个月，而且作为英国人，你

---

① 又译伊珀尔，比利时地名，一战堑壕战开始的地方。

② 即亚瑟·皮尔森·马伍德，一九〇八年他和福特一起创办了《英国评论》。福特曾经如此描述他："他有最渊博的常识，最渊博的百科全书式的知识……这是任何人的颅骨所能容纳的极限……他也没有任何个人的野心，他是个约克郡的乡绅，一位著名的数学家，还是剑桥某个学院的院士——我记得是三一学院。"

还不会把它表达出来！——作为一个媒介，还有什么比在一种已经灭绝的心态指引下的一双怀疑却又不尖刻、不冷漠、不会让人难以置信的眼睛更好的呢？即使在我更年轻、和 X 熟识的时候，托利主义就已经不再是任何现实中的政党会考虑的了。它诅咒了一两年：你们所有家族都该遭瘟，然后就断气了。

这个决定——借用我朋友的双眼作为媒介——是我在这系列书里一直遵循的原则。《有的人没有》——与其说现在这一卷是它的延续还不如说是深化——给你们展示的是战争时期托利党人在家的样子，而这一卷要给你们展示的是托利党人上前线的样子。如果我的健康和智力能够得到足够长的保证的话，我还要给你展示同一个人在前线和在重建过程中的样子①。

事实就是这样的：我既不支持坎皮恩将军的政治观点，也不赞同西尔维娅·提金斯的观点，她认为世界大战无非是男人寻欢作乐的借口罢了。我既不承担提金斯不准确引用《陆军守则》的后果，也不承担坎皮恩将军错引《亨利五世》的后果。在我读过的唯一一篇英国评论家关于我上一卷作品的评论里，他可怕地错误描述了关键故事情节之后，严厉地指责我的疏漏：我居然说可怜的罗杰·凯斯门特②是被枪决的。事实上，我是被一个故事打动了。有一位和我讨论过两次凯斯门特事迹的女士，她故意说凯斯门特是被枪决的，

---

① 作者也确实做到了，此内容在第三、四卷中展开。

② 罗杰·凯斯门特爵士（1864—1916），爱尔兰民族英雄，因为支持一战期间爱尔兰反对英国统治的复活节起义在一九一六年被绞死。

而且明确地说她这么做是因为她想到我们绞死了他就受不了。所以在这篇评论提到的那本书里，我让一位热爱凯斯门特的女士在提到凯斯门特的死刑的时候说，凯斯门特是被枪决的……事实上，我自己也更愿意相信他是被枪决的，或者更愿意想象我们让他逃走了或自杀了，或者国王陛下想关他多久就关他多久……那位评论家更喜欢炫耀绞刑的事情。这不过是爱国程度不同的问题罢了。

既然我们已经说到这儿了，我也就顺便说说有人告诉我这部作品在美国也引起了一场激烈的争论。有位纽约的评论家说我是个失意的人，一心想的就是描绘一幅耸人听闻的当今英国婚姻生活图景。我希望我不是个疯狂的爱国者，但是我祈求不要把描绘任何国家的耸人听闻的婚姻生活这样的雄心强加在我身上。在《有的人没有》里描述的那种奇特婚姻生活的原型是一个住在法国南部的家伙，我开始写这卷作品的时候碰巧在那儿停留了一段时间。他的不幸和我的主角几乎相同，但是他在重新和妻子生活以后喝酒喝死了，据说他是故意的。他来自费城。

还有一件事。读者们应该要记得没有几个人在引用诗歌的时候是完全正确的。而至于散文，没有军官会准确引用《陆军条例》，什么都可能被加到他们的引用里。而至于莎士比亚的散文，我听过十一位将军，其中有十位英国将军和一位美国将军——或者准确地说是九位帝国将军、一位澳大利亚将军，还有一位美国将军——试图引用莎士比亚……我不愿意在这里列出他们尝试的结果。如果我把他们说过的话描述成是埃文河畔的天鹅写出来的话，可能会让一位书评人满意，但是作为一位艺术家，我永远都没有办法抬起头来。

这样，为了怀念我们共同的努力和阴谋，也为了表示我对你在另一门艺术上取得的美丽成就的钦佩，我将自己订阅给你，我亲爱的伯德。

你谦卑的，恭顺的，有求必应的

F. M. F.

巴黎，二四年十月三十一日

盖马特，二五年五月二十五日

卷　上

# 第一章

　　经受过冬夜的严寒之后，走进这间杂乱的长方形屋子时，你会感觉里面很温暖。灯光照射下，房间里满是棕橘色的浮尘。房间的形状就像是孩子的手绘。一个水桶里装满炽热的焦炭，桶顶盖着块拱形的铁皮。一束束光线从水桶破洞射出来，给三个镶有黄铜的棕色支架打上了微光。两个男人——好像社会地位不高——蹲在火盆旁边。另外四个人坐在桌旁，低着头，两两分坐在小屋两头，态度十分冷漠。湿气汇聚成水滴，伴着乐音中玻璃般的音程，有节奏地持续不断地从黑黢黢的平行四边形门洞上方的屋檐落下。蹲在火盆边上的两个人是通讯员，他们开始用一种几乎听不见的像低声唱歌一样的方言说话。他们一直说着、说着，乏味而单调。好像其中的一个在给另一个讲很长很长的故事，他的同伴则通过动物般的咕哝声来表达理解或者同情……

　　一个巨大的茶盘轰然击向地面，发出令人敬畏的声音，响彻四下的黑夜。无数的铁片说着"啪！啪！啪！"一分钟之内，小屋里的黏土地面开始摇晃，左右耳膜同时被向内挤压，连续不断的响声洒向全宇宙，巨大的回声向这些人压来，向右，向左，或者向桌子底下。爆裂声如大量灌木燃烧时的火焰，成了这天晚上的背景乐。地上蹲着两个男人，其中一个把头伸向火炉，脸上映满亮光，嘴唇显得特别鲜红、饱满，他不停地讲着、讲着……

　　蹲在地上的两个通讯员是威尔士的矿工，其中一个来自朗达谷，未婚；另一个来自庞特迪勒斯，有个开干洗店的妻子，他在战争之前放弃了下坑挖矿的工作。靠门右手边的桌上，坐着的两个是准尉副官[①]，萨福克郡来的那个靠着在一个线列步兵团里做中士，混了十六年资历；另一个是英裔加拿大人。小屋另一头的两个军官都是陆军上尉，其中一个是年轻的正规军官，出生在苏格兰，在牛津念的书；另一个接近中年，体态略胖，从约克郡来，在一支民兵部队里服役。蹲着的那个来自庞特迪勒斯的通讯员满心愤怒，因为年长的那个军官拒绝批他的假，而他想回家看为什么妻子把洗衣房卖掉以后还没有得到买家的付款。另一个通讯员想着关于一头牛的事情，他的女朋友在卡尔菲利山区农场工作，她在给他的信中提到一头很怪的牛，一头黑白花的荷斯坦牛——绝对是一头很怪的牛。

---

　　① 此为由士官担任的辅助军官指挥的职务，不属于军官序列，与中国人民解放军中的军士长一职相对应。

4

那位英国准尉副官因为调兵被迫延迟而急得眼泪汪汪。他们得等到午夜才能出发。让士兵们这样无所事事地等着是不对的。士兵们不喜欢这样被迫无所事事地等着，这让他们很不满意。人们没有必要被迫无所事事地等着。很快他们就得吃点晚饭了。军需官可不喜欢吃饭，他会抱怨半天，因为必须得订晚饭。这会光明正大地耗光他的账户资产。两千九百三十四份晚饭，每份一个半便士。但让人们无所事事地等到午夜，又不让他们吃饭，是不对的。这会让他们很不满意，而且他们又是第一次上前线，这些可怜的家伙。

　　加拿大来的那个准尉副官在为一本猪皮皮夹忧虑，那是他在城里的军械署补给站买的。他想象着阅兵时把它亮出来，他个子高挑，站得笔直，为副官读一些报告之类的东西。这在阅兵场上会显得很时髦。但他不记得有没有把它放进背包了，它并不在他身上。他上下左右摸遍了前胸口袋、下摆口袋，椅子旁边伸手可及的钉子上挂的外套也找了个遍。尽管勤务兵声称自己把那个皮夹放在袋子里了，但那位准尉副官不十分确信他真的这么做了。这很恼人。他现在的皮夹是在安大略买的，鼓鼓的，有些开裂，他不想在帝国军官问他关于报告方面的问题时把它拿出来，这会使他们对加拿大军团产生错误印象。真是恼人。他是个拍卖商。他相信以这个速度，等他们把新兵带到车站再登上车就得一点半了。但不知道笔记本有没有装进去这件事也很烦人。他可是想象过自己在阅兵队列里给其他人留下好印象的：他个子高挑，站得笔直，当副官问报告上这个或者那个数据的时候他就把笔记本从皮夹里掏出来。他知道，既然他们现在到了法国，问话的副官会换成帝国军官。这很恼人。

一声巨大的撞击声对他们中的每个人都说了一番私密得令人难以忍受的话。之后，其他所有声响都显得像急急陷入沉默、引得耳朵阵阵疼痛只能听见耳中血流的声响。年轻的军官猛地站起来，抓住他那条挂在钉子上的缠成一团的皮带。年纪大的那个军官，坐在桌子的另一头，懒洋洋地左晃右晃，一只手向下伸展，他注意到那个年轻高级军官的脑子已经不听使唤了。这个年轻人，疲倦难耐，正对他的同伴说着尖锐、中伤、几乎听不见的话。那个年长的军官说话尖锐而短促，也听不太清，他继续把手往桌子下面伸。

那个年长的英国准尉副官对他的下级说："麦肯基上尉又犯疯病了。"但他所说的话都听不清楚，而他自己也知道。这个英国准尉副官散发着母性，渴望着他的两千九百三十四个小婴儿的心中泛起一种需求，像一种杂务一样，他感到必须将他的母性从本职工作延伸到士官们身上。英国准尉副官继续对那个加拿大人说："麦肯基上尉在不发疯的片刻里，就是国王陛下军队里最好的军人。真是最好的，找不到更好的了。他细心、聪明，像个英雄一样勇敢，对他前线上的部下也十分照顾。你不会相信的……"

英国准尉副官隐约觉得，要无微不至地照顾一位军官让人感到精疲力竭。面对一位代理下士的一等兵或者一位年轻的中士，如果他说错了话，你可以嘟哝着含糊不清的字句，从胡子缝里挤出些建议。但是面对一位军官，你必须得说出代表个人观点的话来才行。这很难。感谢上帝，别的上尉手下有值得信任的、冷静的人。姜还是老的辣，谚语是这么说的。

四周降下死一般的寂静。

"跟丢了，那些浑蛋，他们已经跟丢了。"从朗达来的那位通讯员用一种震慑旁人的口气说道。明亮的灯在小屋的三角墙上闪烁着，在门外都看得见。

"没有理由，"他那从庞特迪勒斯来的伙伴用唱歌一样的方言哀叹着，"为什么这些该死的探照灯这么明显，非要照亮我们这里，让那些他妈的德国佬飞机都能看见。如果他们看不到的话，我想再看看我那栋在该死的曼博斯①的该死的小房了。"

"别骂那么多脏话了，〇九摩根②。"准尉副官说。

"不，戴·摩根，我告诉你，"〇九摩根的伙伴继续说，"无论怎么说，那一定是一头很奇怪的牛。那可是头黑白花的荷斯坦牛……"

似乎那位年轻些的上尉已经放弃倾听这场谈话了。他把两只手都放在那张铺桌子的毡子上，叫起来：

"你们以为自己是老几，敢对我发号施令？我可是你们的长官。你们他妈的以为……噢，老天，你们他妈的以为……没人能对我发号施令……"他的声音在胸腔里软弱地坍塌了下来。他感到他的鼻孔不正常地扩张着，所以涌进身体的空气都是冰凉的。他感到周围有一团纠缠不清的阴谋针对着他，围绕着他。他叫道："你和你那个该死的王八蛋将军……"他很想用身上尖锐的双刀短刀割开几条喉

---

① 曼博斯是一个在威尔士南部的小村庄。

② 原文为"O Nine Morgan"。在名字前面加数字是为了区分，因为摩根是一个非常常见的威尔士名字。后文出现的一七托马斯（One Seven Thomas）也是一个常用的威尔士名字。

咙，这会减轻他胸口沉重的压力。那副笨重的身躯杵在他的对面，叫他"坐下"，这让他的四肢都僵住了。他感受到难以置信的恨意。如果他可以动动手，摸到他的双刃短刀……

○九摩根说："那个买了我那该死的洗衣房的浑蛋叫威廉姆斯……如果知道那是红堡的埃文斯·威廉姆斯，我会放弃这桩买卖的。"

"它恨自己的小牛崽，"朗达来的那个人说，"看看你，在你开口之前……"军官们谁都没有听其他人说了什么话。他们讨论着跟他们自身并没有利益关系的事情。到底是什么害得它跟自己的小牛崽过不去呢，还在卡尔菲利的山上？秋天的早上，整个山坡都布满了蜘蛛网，阳光下，它们像玻璃纤维一样闪耀着。那头牛一定是没有得到照料。

年轻的上尉麦肯基靠在桌子边上，开始和相对高级的军官提金斯展开一场长时间的争论。麦肯基自己跟自己争论，用语速快而急促不清的话语从两个立场互相辩论。在格鲁维尔特战役①之后，麦肯基自己也上了公报②。提金斯直到一年之后才登报。事实上，提金斯在这个补给站管理处拥有一个永久职位——而麦肯基只是附属于这个小队——负责管理物资配给和维持纪律，但是这并不包括发

---

① 格鲁维尔特，比利时法兰德斯的一座小镇，位于通往伊普尔的途中。一九一四年十月二十九日，德军袭击了这里，英国军队于三十一日反击。这次反击阻滞了德军的进程，避免了法国军队被包围的命运。两方均伤亡惨重。

② 在军队中，战士从一个小队转去另一个小队时，名字通常会刊登在一张新闻公告（即公报）上。

号施令叫别人坐下。麦肯基想知道，那人是他妈的什么意思？他开始说话，语速比之前还要快，这次说的是一个时间的圆圈，当它走满一圈的时候，世界就会因为原子的分解而终结。等到千禧年，就不会再有人下达命令，也不需要服从了。当然，到那时为止他都会遵守命令的。

提金斯被迫负责管理一个大得不合常理的分队，初具雏形的总部里全是些没用的中尉，一直换来换去，士官们全都不愿意工作，士兵几乎都是殖民地居民，不习惯没有必需品的生活。补给站虽说老早就建立了，但他们认为自己只能为英国正规军的各分队服务，并憎恨他对任何补给品的需求。他每日需要处理的难题已经足够多了，而他的私人生活更加麻烦。他刚刚出院，住在从军医官那里借来的用粗麻布搭建的小屋子里——军医官休假去了英国。小屋里面烧着煤油暖气，热得令人窒息，而关掉它，屋里会变得又湿又冷，令人难以忍受。军医官留给他的照看小屋的勤务兵脑子不太好使。德国佬的空袭最近变得无休无止了。基地塞满了人，简直比沙丁鱼还挤。在城里，你简直没法在大街上随意走动。各分遣队都要求士兵尽量待在视野之外，越远越好。调兵只能在夜晚进行。但是每十分钟就会有空袭造成的长达两小时的停电，那时候，你又怎么能发兵呢？每个士兵都有九套证件和标牌需要军官签字。这些可怜的家伙应该按规矩被记录在案，这是必要的，但是该怎么做呢？他有两千九百九十四名新兵，当晚都要派走，两千九百九十四乘以九也就是两万六千九百四十六。他们不会也可能是没办法给他一个属于他自己的打孔机，这样他们怎么能指望一个补给站军械师在本职工作以外，再给五千九百八十八张身份标牌打孔呢？

麦肯基上尉在提金斯面前东拉西扯个没完。提金斯不喜欢听他讲圆圈和千禧年。如果有点脑子的话，听到这种话的时候，你通常会很警惕。这或许是可以证明确凿而危险的疯病的早期症状……但是关于这个家伙，他一无所知。作为一位很好的正规军官，从脸上看来，他可能肤色太深，太帅气，太热情了。但他**一定**是个好军官：身上挂着带勋扣的服役优异勋章、军功十字勋章，还有些别国的绶带。将军也说他是，还补充了奇怪的信息，说他得过副校长拉丁文奖……提金斯很怀疑坎皮恩将军知不知道副校长拉丁文奖是个什么东西。可能他不知道，他只不过是把这条信息塞进了他给自己留的字条，就像一个野蛮部落的首领会使用那些粗野的装饰品一样。他这样做，只是很想证明他，爱德华·坎皮恩勋爵，是一个有文化的人。没人知道在什么地方虚荣心不会大爆发。

所以这个家伙肤色太深，太帅气，没法做个好军官，但他**是**个好军官。这就得到了解释。对热情的压制会让人发疯，他以前一定是冷静、严明、耐心、绝对压抑着情绪的，自从一九一四年以来——在地狱般的烈火、喧哗、鲜血、泥土、旧锡罐之间……实际上，提金斯几乎能看到这位年轻军官在全身肖像画中的样子——因为某些原因，他的两腿叉开，背景被火焰映照得通红，又在鲜血浸染下愈发猩红……提金斯稍稍叹了口气，这就是这几百万人的生活……

提金斯仿佛看到了他的新兵：在最近几个月里——这是人生中很长一段时间——他指挥的这两千九百九十四个人，他和准尉副官考利十分温柔地照看着他们，照顾他们的士气、他们的道德品质、他们的脚、他们的消化功能、他们的不耐烦、他们对女人的渴望……他仿佛看到他们排着队、蜿蜒曲折地走过大半个国家，队伍前头缓缓停驻，好像你会在动物园里看到一条巨蛇慢慢滑进它的水缸……他们在那里安顿下来，在很远的地方，靠着那无法跨越的障碍，那屏障从深深的地底一直伸向天堂……

强烈的沮丧，无尽的混乱，无尽的愚蠢，无尽的邪恶。这些人落入了最无所顾忌、随心所欲的密谋者手中，他们在权力走廊里谋划着令全世界无数人心碎的计划。这些人只是玩具，他们的悲惨生活只是契机，好让政客在演说中运用美妙的、不过心甚至不过脑子的词句。数十万人被扔到这里或者那里，在这污秽、巨大、泥沼一样泛着黄棕色的寒冬……老天，他们完全像是被喜鹊不怀好意地摘下、扔在身后的果实……但他们是人，不仅仅是人口数据。他们是你会担心的人。每一个都有脊梁、膝盖、枪膛、支架、来复枪、家庭、热情；他们私通、醉酒，有哥们儿；遵照着宇宙的某种安排，有鸡眼、遗传病、蔬菜店的生意、牛奶配送区、报纸摊、顽皮的孩子、放荡的妻子……那些普通士兵！还有可怜的小军官，老天，帮帮他们吧。得过副校长拉丁文奖的人啊……

那个特别可怜的得奖人似乎对噪音很反感，他们得为了他让这个地方保持安静。

老天，他可是非常正确的。这个地方本来就该安静有序地为那些乱糟糟的人准备肉食。基地是一个让你冥想的地方，可能你还得祈祷；在这里，英国兵可以安静地给家里新写一封信，形容一下枪炮声是如何可怕地呼啸而过的。

但是把一百五十万人塞进这么一座小城，就像把一大块腐肉塞进老鼠夹。德国佬的飞机一百英里以外就能闻到他们的气味。他们对这里造成的损毁会比把四分之一个伦敦炸成碎片更加明显。而这里的防空措施就是个笑话，一个愚蠢的笑话。他们扔下上千轮随便什么弹药，就像小学生用石头轰炸游泳的老鼠。当然，最训练有素的防空官兵应该被安排在大都市周围。但这对受难者来说并不是个笑话。

沉重的抑郁更加沉重地压在提金斯身上。当时军队里大部分人都对祖国的内阁充满不信任，这变成一种生理上的痛楚。他们付出这样巨大的牺牲，承受这汪洋一般的心理折磨，结果只是加深了个人的虚空感，而人在宏伟的风景和自然力面前显得那么渺小！棕色泥潭里，这几百万湿漉漉的人的担忧让他也感到担忧。他们可能会死，他们可能会遭到屠杀，被对方二十五万军队杀得片甲不留。但是想到他们可能一点都不快活，没有自信，皱着忧郁的眉头，连阅兵式都没有参加就要被屠杀……

提金斯对他面前这位军官几乎一无所知。很明显，这家伙为了等他回答某个问题而停下了话头。什么问题？提金斯一无所知，他刚才没有在听。小屋里降下浓重的沉默。他们只好等待着。那个家伙语气中带着恨意说：

"那么，怎么样了？我只想知道这个！"

提金斯继续回想……疯狂的事情太多了。这是哪一件呢？这家伙没有喝醉。他说话好像一个醉鬼，但是他没有喝醉。命令他坐下这事，提金斯只是碰碰运气。有时候疯子偶尔浮现出的潜意识会使

12

他自己像中了魔法一样听从军事命令。提金斯记得曾在家乡的一个营地里对着一个可怜的小疯子喊"向后——转"，当时那疯子本来正挥着一把出了鞘的刺刀，在他的帐篷边疯狂地乱窜，把追逐的人甩开了五十码，听到这声号令突然死死停了下来，转过身来，像军人一样一跺脚，好像一个守卫。他为了应急，在这个疯子的身上也试了一下，好像多少起了点作用。

他冒险地问道："什么怎么样了？"

那个人似乎带些讽刺意味地说："看起来我这小人物的话不值得您这样高贵威严的人听。我说的是，我那个没用的臭老叔怎么样了？就是你那个肮脏的、最好的朋友。"

提金斯说："将军是你的叔叔？坎皮恩将军？他对你做了什么？"

将军把这家伙送到提金斯这里来，并给他一张纸条，叫他照顾他们小队里这个很不错的家伙，很值得尊敬的军官。便条上是将军本人的字迹，上面还有其他一些信息，比如麦肯基上尉的学术造诣……提金斯感到很奇怪，将军为什么这么费心关照一个临时的步兵连长？这家伙是怎么引起他的注意的？当然，坎皮恩是个好人，和别人一样。如果一个家伙半疯了，他的履历显示他是个很好的人，而坎皮恩又注意到了的话，他会为这人做一些力所能及的事情的。提金斯知道，将军认为他，提金斯，是个严肃、有些书呆子气的人，有能力照顾他的一个门生……可能在坎皮恩的想象中他们这个小队无事可做——他们可以变成"正常"的疯子。但是如果麦肯基是坎皮恩的侄子，那事情就得到解释了。

那个疯子叫起来："坎皮恩，**我的**叔叔？哟，他是**你的**叔叔！"

13

提金斯说："噢，不，他不是。"将军跟他半点血缘关系都没有，但的确碰巧是他的教父，又是他父亲最老的朋友。

"那就他妈的搞笑了。**真他妈**的让人生疑！如果他不是你肮脏的叔叔，为什么他对你那么有兴趣？你不是士兵，也不是那种可以当兵的人。一个软包子，你看起来就是这样的。"那家伙停了一下，继续很快地说，"总部的人说你老婆死死抓住那个让人恶心的将军不放。我不相信这是真的。我不相信你是那种人。我听说了很多关于你的事！"

提金斯因为这些愚蠢的话笑了起来。然后，在一片深棕色泥沼里，一阵难以忍受的痛苦贯穿了他沉重的身躯。对这些忙得要死的人来说，来自家乡的消息引起难以忍受的痛苦，那疼痛是由发生在远处黑暗里的灾难造成的。你没有办法减轻这痛苦！……与他分居的妻子异于常人的美丽——她美得异于常人！——可能会使一些关于她的流言蜚语传到将军的总部去，那总部本身就像个家庭聚会！到现在为止，老天开眼，还没有什么流言蜚语。西尔维娅·提金斯极为不忠，还是以一种最让人痛苦的方式。他不能确定他非常喜爱的那个孩子是不是自己的……这对美得异于常人——又十分残酷！——的女人来说并不是稀罕事。但她一直傲慢而审慎。

即使这样，三个月前，他们分居了……或者他认为他们分居了。他的家庭生活中出现一块几近彻底的空白。此时她的形象显现在他面前，在棕色暗影中显得如此明亮、清澄，他为之颤抖起来。她非常高，非常白皙，极为健美，几乎是一匹洁净的——纯种马！她穿着金色布料的修身礼服裙，闪闪发光；她浓密的头发，也像金色的布料一样，层层鬈曲着辫成辫子别在耳后；她面部轮廓分明，瘦瘦的；她的牙齿小小的，很是洁白；她胸部小小的，手臂纤细、修长，笔直地贴在身侧……他的眼睛，在它们疲劳的时候，会在视网膜上投射出这样极为洁净的画面，有时候是他正在想的东西，有时候只是他脑海里无意浮现出的东西。啊，今晚他的眼睛实在太累了！她直直地看着前方，脸上带着一丝不太友好的恼怒。她刚想到一个伤害他安静性格的好办法……之前半清澈的画面变成发亮的蓝色，像一个小小的哥特式拱门，向右滑离出他的视野。

他完全不清楚西尔维娅在哪里。他已经放弃阅读那些画报了。她说她准备去伯肯黑德的一个修道院——但是他已经两次在报上看到她的照片。第一次，她只是和菲欧娜·格兰特夫人在一起，格兰特是阿尔斯沃特伯爵和伯爵夫人的女儿。照片上还有一位是斯温顿勋爵，他被认为是下一任国际财政大臣——一位商界新秀……他们三人在斯温顿勋爵的城堡庭院里直直走向照相机……他们三个人都微笑着！这是在向世人宣布，克里斯托弗·提金斯夫人有一位正在前线征战的丈夫。

不过，让提金斯感到一阵刺痛的是第二张照片。照片上，西尔维娅站在公园的长椅前面。长椅上坐着一个侧对镜头的年轻人，头上紧紧套着一顶高礼帽，他在拼命大笑，笑得向后仰去，他突出的下巴指着天。图注解释，这张照片展示了丈夫还在前线医院里的克里斯托弗·提金斯夫人，给布里格姆勋爵的儿子兼继承人讲了个好故事！……又是一个要命的、不诚实的、掌控报纸的金融贵族……

出院后，在一间破败的食堂接待室里看到这张照片时，他突然感到一阵刺痛，因为，从这段图注来看，这份报纸已经盯上了西尔维娅。但是画报从来不会盯上上流社会中的美人。对摄影师来说，她们太珍贵了……那么一定是西尔维娅自己提供了这份信息，她想要她滑稽的同伴和图片描述里她丈夫尚在前线的医院这一事实形成对比，激起社会舆论……他突然想到，她一定怒不可遏，但是他丢开了这一想法……无论如何，像她这样一个非凡的混合体，结合了彻底的率真、彻底的无畏、彻底的鲁莽和慷慨，甚至是善良，还有凶残的残酷，最适合她的只有光明正大地表现出她的蔑视了——不，不是蔑视！是愤世嫉俗的仇恨——对她的丈夫，对战争，对公众舆论，甚至对他们的孩子的利益……但是，在他看来，刚才眼前显现的就是西尔维娅的模样，她笔直站着，嘴巴微微开合，读着温度计明亮的水银柱边上的读数……得了麻疹的孩子的体温，他到现在都不敢想象。而那是在他约克郡的姐姐家，当地的医生不愿意管。他现在还能感觉到那个小小的木乃伊一样的身体的热度。他把孩子的头和脸用法兰绒盖住，因为他不敢把视线落到那上面，然后把那一团发热的、吓人的、脆弱的重量放进混着碎冰的水的明亮表面……她笔直站着，嘴角稍微动了动：当你看着温度计的时候，读数正在慢慢下降……因此她可能不想，在摧毁父亲的同时，也凶残地摧毁孩子……因为对一个孩子来说，没有比有个人尽皆知的婊子母亲更糟糕了……

考利准尉副官站在桌子旁边，说道：“派一个通讯员去补给站中士厨师长那里，告诉他，我们会申请为这批兵供应晚饭，这不是很好吗，长官？可以派另一个拿着一二八号证明去军需官那里。现在这里也没人需要他们。"

麦肯基上尉继续不停地说话，但说的是他了不起的叔叔，而不是西尔维娅。对提金斯来说，把自己的需求清楚传达出来很困难。他想要另一个通讯员去补给站军需官那里报个信，告诉他，如果还无法提供负责十六号临时营的他的，提金斯上尉的，连部办公室所需要的罩灯用的蜡烛，上尉会亲自在当晚在基地前面把他营里所需的物资全都拿走。他们三个同时在说话。一想到补给站军需官表现出来的顽固，沉重的宿命论就压垮了提金斯。他兵营旁边这个大部门是个顽固得令人疲惫的添堵物。你本来以为他们可能会表现出一些送军人上前线的热情。更何况，这些人是紧急而必需的，他们的人去得越多，**他们**之中留在后方的人就越多。但是这些人又想办法停止供应他的肉、日用品、吊裤带、身份标牌、士兵手册……能想到的一切阻碍，甚至都不是出于常识可以理解的自私和牟利！……当一切似乎慢慢安静下来的时候，他想办法告诉了考利准尉副官，那位加拿大的准尉副官最好去确认一下送他的新兵上前线的准备工作是不是都做好了……如果再安静上十分钟，有可能会听见"警报解除"的信号……他知道考利准尉副官希望让士兵们先从小屋离开，因为那个上尉处于现在这种状况，而他也没理由不让那位老士官如愿。

考利就像一位温柔而有男性气质的男管家。当考利在火盆旁对两个通讯员耳语的时候，他的灰色海象胡子和红扑扑的脸颊一瞬间被火光照亮，他的双手和蔼地搭在他们的肩头。通讯员走了，加拿大人也走了。考利准尉副官，身躯挡在门廊上，仰望着繁星。他觉得这很不可思议，此时他透过夜的黑色复写纸看着的星星点点的亮光，也正照耀着他伦敦北部泰晤士河边艾尔沃思的花园住宅和他上了年纪的妻子。他知道这是事实，但还是觉得不可思议。他想象着有轨电车顺着高街一直走着，他的老婆也坐在其中一辆上，肉肉的膝头放着一个网兜，里面装着她的晚饭；有轨电车亮着灯，很亮。他想象她晚饭吃的是熏鲱鱼，十有八九会是熏鲱鱼，那是她的最爱。他的女儿现在该是在妇女后勤军团里，她曾经在帕克家做收银员——那是布伦特福德一家很大的肉店——在玻璃柜子里的反光中她显得很漂亮。好像大英博物馆里装法老什么的玻璃柜子一样……"脱粒机"——他总是说那些飞机就好像脱粒机一样——整夜都在不停地嗡嗡作响……哎呀，它们要真是脱粒机就好了！……但是那也可能是我们自己的飞机，当然了。他茶歇的时候吃了些不错的威尔士干酪吐司。

在小屋里，火盆发出的亮光照到的人变少了，房间里似乎有某种亲密的气氛降临，提金斯感到有能力对付他的疯朋友了。麦肯基上尉——提金斯不是很确定他的名字，将军手写的看起来像这几个字——麦肯基上尉还在说着自己在他了不起的叔叔手下所遭受的苦难。很明显，在某些紧要时刻，他的叔叔拒绝承认他们之间的亲缘关系。因为这件事，侄子遭受了种种不幸。

提金斯突然说："喂，振作点。你疯了吗？真的彻底发疯了？还是说只是在演戏？"

那人突然一屁股坐在当椅子用的罐装腌牛肉箱子上。他磕磕巴巴地问提金斯到底是什么意思。

"如果你可以不那么在意这种事的话，"提金斯说，"你看到的会比期望的更清楚，更长远。"

"你又不是精神病医生，"对方说，"你这样想要说服我也没用。你的事我全都知道。我叔叔对我做了肮脏的事情——对他人能做出的最肮脏的事情。如果不是他，我现在就不会在这里了。"

"你说得好像他把你当奴隶卖了似的。"提金斯说。

"他是你最亲近的朋友，"麦肯基似乎找到了报复提金斯的素材，"他也是将军的朋友。他也是你老婆的朋友。他跟所有人都很熟。"

几声散漫而令人愉悦的砰砰砰声从远处越过头顶，向左飘去。

"他们觉得他们又发现德国佬了。"提金斯说，"没关系，你继续专心讲你叔叔的事，只要不夸大他在世界上的重要性就行了。我向你保证，如果你说他是我的朋友，你就错了。我在这个世界上没有朋友。"他补充了一句："你介意这噪音吗？如果这影响你的神经，在事态变得更糟糕以前，你可以很有尊严地出去找个防空洞……"他让考利去告诉加拿大准尉副官，如果他的士兵出来的话，叫他们回到庇护所去，直到发出"警报解除"的信号为止。

麦肯基上尉脸色阴沉地在桌子旁边坐下。

"该死的，"他说，"别认为我害怕那点小弹片。前线我上了两次，一次足足十四个月，一次整整九个月。我本来可以逃出来，担任那该死的参谋官职位的……该死的，都是该死的吵闹……为什么我不是个姑娘，还能有尖叫的特权。老天，我可能有一天也会想要这么做的……"

"为什么不尖叫呢？"提金斯问，"你可以，看在我的面子上。

在这里没人会怀疑你的勇气。"

雨水大声地滴落在小屋的周围，一声熟悉的闷响在大约一码以外的地面上爆开，上方传来尖锐的撕裂声。他们之间的桌子上发出一声更尖锐的敲击声。麦肯基拿起掉下来的那块弹片，在手指间转了一圈又一圈地把玩。

"你以为你趁我不备逮着我了，"他讽刺地说，"你真他妈聪明。"

好像二楼下面有人把一对两百磅的哑铃掉在了起居室的地毯上一样，整个屋子的窗户砰砰地晃着，好像在比赛谁先掉下来。弹片掉落的砰砰砰声在空中四处回荡。接着，寂静突然又一次降临，在耳朵强忍着接受了噪音之后，这寂静更令人感到痛苦。朗达来的通讯员脚步很轻，举着两支粗粗的蜡烛进来了。他把罩灯从提金斯身边拿开，开始把蜡烛往里面的弹簧上塞，小心地用鼻孔喘着气……

"差点弄死我，"他说，"有支干'烛台'掉下来的时候碰到了我的脚，真的。我跑开了。我绝对要跑开，上尉。"

在炮弹的里面有根铁条，前端平而宽。当炮弹在空中爆裂的时候，那根铁条会掉到地上，而且它通常从很高的地方掉落，因而会变得尤其危险。士兵们管这种铁条叫"烛台"，它们看起来也确实很像。

铺了毡布的桌子呈暗红色，上面出现了一个小小的光圈。提金斯看起来满头银发，脸色红润，身体粗壮；麦肯基三十来岁，非常瘦，肤色略深，下巴突出，眼神带着仇恨。

"如果愿意，你可以跟海外领地兵团一起进庇护所。"提金斯对通讯员说。那人顿了顿才回答，他想事情很慢，他宁可等他的伙伴，〇九摩根还是什么的。

"他们应该给我的连部办公室都配上钢盔，"提金斯对麦肯基说，"如果他们再不把我队伍里的这些家伙的钢盔重新供应上，我就完蛋了。如果他们不告诉我，要是我想跟自己的总部要点钢盔，就非得给那些在奥尔德肖特或是类似其他地方的总部的加拿大人写信解决不可的话，我也会完蛋。"

"我们的总部全是在做德国佬的事情的德国佬，"麦肯基气愤地说，"我希望有一天也混到他们中间去。"

提金斯注视着这个深色脸庞、周身带着伦勃朗式阴影的年轻人，说："你相信这一派胡言吗？"

年轻人说："不，我不知道我信不信，我不知道该怎么想才好。这个世界糟透了。"

"噢，这世界是挺糟糕的，没错。"提金斯回答。他必须关心众多细枝末节，比如每几天要给一千个人准备生活用品，给无论是军种还是演习都乱七八糟地混在一起的一支队伍安排阅兵事宜，还要跟宪兵副司令斗争，让他自己的队伍远离可怕的驻防部队宪兵的魔爪，后者已经对所有加拿大人下了手。因此，他疲于奔命的头脑已经剩不下一点好奇心了……但是他隐约感觉到，在他的心底有某些原因，让他一直尝试着拯救这个中下阶层的年轻人。

他重复了一句，"是的，这个世界当然挺糟糕了。但是我们需要特别在意的也不是它糟糕的那部分。我们一团混乱，并不是因为我们的指挥室里有德国佬，而正是因为那里面有英国人，那才是我们汤里的老鼠屎。德国佬的飞机可能会回来，有五六架飞机。"

那个年轻人，由于吐露了心中一大堆有些荒谬的胡言乱语，平静了下来，他有些阴郁又漠不关心地思考着德国佬的飞机回来这件事。问题实际上是：他到底能不能忍受飞机回程时可能接连不断地制造该死的噪音？他得真正意识到，对所有的打算和目的来说，这实际上就是个露天的空间。不会有石头碎屑到处乱飞。他本来做好了被铁、钢、铅、铜或者黄铜的碎片边沿击中的准备，但是他可没想到会有该死的石头碎屑从正面砸向房子。他是在伦敦他那可怕的、炼狱般的、糟糕的休假期间想到这件事的，那时候正上演这么肮脏的战争……离婚休假！……麦肯基上尉，任职于格拉摩根郡第二营附属第九连，被准许在十一月十四日到十一月二十九日休假，以便拿到离婚……这回忆似乎是从他身体里迸发出来，带着一声可怕的、巨大的铁皮桶爆裂的声音——每当机枪击碎铁皮桶的时候，这一回忆也会在他脑海中浮现：体内和体外的爆炸，这两件事总是会同时发生。他感觉烟囱管帽快要砸到他脑袋上了。要对那些该死的、穷凶极恶的傻瓜大声喊话来保护自己；如果你可以叫得比机枪还响，你就安全了……这不理智，但是这样可以放松一点！……

"就告诉你一声，他们对我们构不成威胁。"提金斯谨慎地试着继续和麦肯基对话，并发表定论道，"敌军指挥官从他们早餐的培根蛋餐盘旁边密封的信封里读到的是什么，我们都知道。"

他突然想到，关心这个下等阶层的公民的精神稳定是一项军事职责。所以他继续说……**随便什么陈词滥调都行，虽让人厌倦，只要能让对方的头脑一直保持运转就行！**麦肯基上尉是国王陛下的军官，无论身体还是精神，都是陛下及陛下的陆军部的财产。保护这个家伙是提金斯的职责，正如保证国王陛下的其他任何财产都不受损坏一样。这隐藏在宣誓效忠的誓言里。他继续想道。

军队的噩梦，从组织方面来看，是由我们国家愚蠢的信仰造成的，相信游戏的输赢比场上队员的死活更重要。作为一个国家来说，这是一种精神上的毁灭。我们受到的教育告诉我们，一场板球游戏的输赢比头脑的清醒更加重要，因此那个该死的军需官，就是隔壁补给站管军械器材的那个，认为如果拒绝给他的士兵提供头盔的话，他就能让击球员出局了。游戏就是这么玩的！若是他的，提金斯的，任何一个士兵被杀，军需官都会笑着说，这个游戏的输赢比上场的队员更加重要。当然，如果他让出局的平均次数足够少，他就会得到晋升。在什鲁斯伯里，有个军需官得到的服役优异勋章和作战勋章比法国任何地方正在服役的人都要多，从海边一直到佩罗纳，或者不管我们的战线延伸到哪里。他的成就是抢走了西线部队几乎每一个倒霉的英国兵几个星期的征属津贴。为了纳税人好，当然了。那些可怜得要命的英国兵，他们的孩子没有像样的东西吃，没有衣服穿，他们自己则恼怒不已，满心愤恨。对任何作为作战机器的军队及其纪律来说，这个世界上没有比这更糟糕的事情了。但是那个军需官坐在他的办公室里，浪漫地玩弄着他手下的空军基地的津贴，直到那些宽大的米色纸张在充气白炽灯的灯光下微微发光为止。"然后，"提金斯总结说，"他每从那些可怜的士兵身上克扣出二十五万英镑，就能在他第四条服役优异勋章的绶带上别上一枚勋扣。这游戏的输赢，简单说，比上场的队员更重要。"

"噢，该死的！"麦肯基上尉说，"就是这个让我们沦落到这番田地，不是吗？"

"是的，"提金斯回答说，"给我们挖下了陷阱，还不让我们爬出来。"

麦肯基继续无精打采地低头看着他的手指。"你可能是错的，也可能是对的。"他说，"这和我听说的任何事情都相反。但是我知道你什么意思了。"

"在战争刚刚打响的时候，"提金斯说，"我曾经造访陆军部，在一个房间里我看到一个家伙。你猜他在做什么，你猜他究竟在做什么？他在策划基奇纳军①一个营的解散仪式。你不得不说，不管什么事情我们都做好了准备。哎，在表演的最后将这么安排：副官让营队队员稍息，乐队吹奏《希望与光荣的土地》②，然后副官说，'**再也不会有阅兵式了。**'你看不出来这多么具有象征意义吗？乐队吹奏《希望与光荣的土地》，然后副官说，'**再也不会有阅兵式了。**'因为不会有了。不会有了，他妈的不会有了……再不会有希望，再不会有光荣，再不会为了你我举行阅兵式了。为了国家也不会，为了世界也不会，我敢说，没有了——不再有——全完啦！不会——再有——阅兵式了！"

"我敢说你是对的，"对方慢慢地说，"但是，即便如此又怎样，我在这场表演里有什么用呢？我恨当兵。我恨这整场可怕的战争……"

---

① 基奇纳军是一战期间英军的陆军大臣基奇纳勋爵建议创建的一支志愿军军队。志愿者被分配到当时现有的步兵军团，组成新的大营队，这些大营队被编号于现有的大营队之后。

② 《希望与光荣的土地》是一首英国爱国歌曲，这首歌由爱德华·埃尔加作曲，并由 A. C. 本森于一九〇二年作词。

"那你为什么不到废物似的参谋部去工作？"提金斯问，"废物似的参谋部似乎很希望你过去。我敢说，老天想要你去情报部门，而不是在这个费力得要死的部门。"

另外那个人疲倦地说："我不知道。我本来就在这个营里。我本来也不想干的。我本来是要去外交部的。我那可恶的叔叔把我给踢出来了。我本来就在这个营里，指挥官没什么用，总得**有人**待在军营里。我不会去做肮脏的事情，好找一个闲职。"

"我听说你会说七国语言？"提金斯问。

"五国，"对方耐心地说，"还有两种可以读，拉丁语和希腊语。"

一个男人，皮肤有些棕，身体僵直，傲慢地踏着正步，冲到了灯光下。他用尖尖的、有些发木的声音说："又他娘的死了个人。"在阴影里，他的半边脸和右胸看上去都像是披着层黑纱。他尖锐地咯咯笑了起来。随后他弯下腰，好像僵硬地行了个礼，身子硬邦邦地拗到大腿前。他猛地倒了下来，仍然弯着腰，摔在盖火盆的铁片上，从上面滚开，面朝天横在了另一个通讯员的腿上。后者一直蹲在火炉边。在明亮的灯光下，这个人的左脸和胸口好像被倒了一整桶猩红色的漆。它在火光中闪闪发光——就像刚刷好的漆一样，还在流动！朗达来的通讯员坐在原地，被膝盖上的尸体压得动弹不得，惊得嘴都合不拢了。他们俩看起来就像一个姑娘在给另一个躺在她膝盖上的姑娘梳头。红色的黏稠液体涌到地板上，人有时候会看到新鲜的泉水像这样从沙地里冒出来。提金斯看到人体内竟然有那么多的血，不由得震惊了。他在想，那个疯子认为他的叔叔是他提金斯的朋友，真是一种奇怪的癔症。他在这行当里面没有朋友，

25

这家伙的叔叔在寻常年代可能会给他带几双包退换的靴子过来什么的……他的感受正如之前医治一匹受伤很严重的马时那样，他还记得血从它胸前的伤口涌出，沿着前腿流下来，恍似一双长袜。一个姑娘把衬裙借给他用来包扎，即使这样，他的腿还是缓慢而沉重地从地板上走过。

火盆散发出的热量让提金斯扭曲的脸难以忍受。他希望自己不要双手沾满血，因为血很黏，这会让他的手指不听使唤地粘在一起。但他还是把手伸到了死者的身后。黑暗里，那里可能并不会有血。不过，实际上确实有，那里非常湿。

考利准尉副官的声音从外面传过来，"号手，给我叫两个负责清洁的一等兵，再叫四个普通兵来。两个负责清洁的一等兵和四个普通兵。"断断续续、拉长声音的号啸弥漫在夜空中，悲伤，无奈，持久。

提金斯想，谢谢老天，有人可以把他从这工作里解救出去。扶着这具尸体，灼热的火光烤着他的脸，这工作让人窒息。他对另一个通讯员说："从他下面挪开，该死的！你受伤了吗？"因为有火盆挡着，麦肯基没法从另一边够到尸体。尸体下面的通讯员坐着一点点地挪动，好像他在把腿从一个沙发下面移开一样，他还说着："多可怜的〇九摩根！对天发誓，我一开始都没认出来这可怜的家伙……对天发誓，我一开始真没认出这可怜的家伙。"

提金斯让这具尸体慢慢倒向地板。他的动作比对付活着的他还要轻柔。全世界迸发出比地狱还要嘈杂的声响，提金斯的头脑似乎得在地震般巨响的间隙对他喊话。他想，麦肯基这家伙以为自己认识他随便哪个叔叔，真是太荒谬了。他好像又看见那个信奉和平主义的姑娘的脸生动地显现在他面前。如果听说他现在的职业，不知道她会显露出什么样的表情，他有些担忧。恶心？……他正站着，双手油腻腻、黏糊糊地从紧身短上衣的两边伸开去……可能是恶心吧！……在这轰炸声里根本没法想事情……他厚厚的鞋底移动的时候像被黏住了，被吸住又抬起来……他记起还没有派通讯员去步兵基地仓库的连部办公室，好看看第二天他的士兵有多少人要被叫去做驻防杂务，这事烦透了他的心。他得永不停止地警告那些被派遣的军官。他们现在应该都在城里的妓院里……他想不出来那姑娘会是什么样的表情。他再也见不到她了，所以还有什么狗屁关系呢？……恶心，可能是！……他想起没有仔细看麦肯基在这噪音里是否还好。他不想看到麦肯基，他很烦人……她露出厌恶的表情会是什么样？他从来没有看过她表现出恶心的样子。她长了一张相貌平平的脸，肤色白皙……噢，老天，为什么一想起那个姑娘，他的肠胃就突然搅在了一起！……他身下的那张脸对着屋顶微笑起来——那半张脸！鼻子、半张嘴和牙齿在火炉前露了出来……那高挺的鼻子和锯齿状的牙齿在那一团糟里显现出的轮廓明晰得很不一般……那眼睛得意扬扬地看着铺着帆布的屋顶……微笑消散了。那家伙还能说话！在他死之后。他说话的时候一定已经死了。那大概是他的肺自动呼出的最后一口气。可能是条件反射的动作，在死人的身体里……如果他，提金斯，同意那家伙休假的话，他现在就会活着！……唉，他不准那可怜的家伙休假是对的。但是那样的话，他不管怎样都比现在这样要好。他，提金斯，也一样。自从他这次出来以后，从家里寄来的信一封都没有！一封也没有。连闲言碎语都没有。一张账单都没有。只有几封旧家具贩子的广告。他们从来不忽略他！家里的情况已经超过了可以多愁善感的程度，很明显是这样……他怀疑如果自己再想起那个姑娘的话，他的肠胃会不会又搅动起来。他很高兴能有这样的反应，这证明他还有强烈的感情……他故意想起她，使劲地。什么都没有发生。他想着她白皙、其貌不扬、神采奕奕的脸，那想起的时候会让心脏少跳一下的脸。他的心脏少跳了一下。他的心真是顺从！好像第一朵报春花。不是随便哪朵报春花，是**第一朵**报春花。在河岸下，猎狗穿过灌木丛……说出"你好像一朵鲜花"①是多么感伤……该死的德语！但是那家伙是个犹太人……人不应该说自己的年轻姑娘像一朵花，**随便哪朵**花。对自己说也不行。这太感伤了。但是可以说某种特别的花。一个**男人**可以这么说，这是一个男人的工作。亲吻她的时候，她闻起来好像一朵报春花。但是，该死的，他从来没有吻过她。因此，他怎么会知道她闻起来像什么呢！她像是一个安静的、金色的小点。他自己一定是一个无能的人，这是从性情上来说。躺在地上的那个死人一定也是个无能的人，就生理方面而言。认为一具尸体性无能可能并不是什么正派的想法，但那家伙很有可能是，这可能是他妻子和红堡的那个职业拳击手"红毛"埃文斯·威廉姆斯搞在一起的原因。如果他给那家伙放假，拳击手会把那家伙揍得稀巴烂。庞特迪勒斯的警察就要求不能把他放回家——因为那个拳击手的缘故，所以他

---

① 原文为德文，德国诗人海涅的诗句。海涅是犹太人。

死了更好。或者也不一定。死亡一定比发现你的老婆是个婊子，还被她的相好做掉来得更好吗？"**死亡好过耻辱。**"他们团的徽章上写着这样的字。……不，不是死亡，是痛苦！痛苦好过耻辱。该死的，真的是这样！啊，那家伙两样东西都得到了——痛苦和耻辱。从他妻子那里得到耻辱，当拳击手揍他的时候得到痛苦……不用怀疑为什么他的半张脸对着屋顶笑了。沾满血污的那一面已经变成了棕色。已经！**那半张脸看起来好像法老的木乃伊**……他生来就是要成为十足的受害者。要么是炮火，要么是拳击手的拳头……庞特迪勒斯！在威尔士中部的什么地方。他坐车经过一次，因为公务。一个很长、很没劲的村子。为什么有人想要回到那里去呢？……

　　一个如管家那样温柔的声音在他身边响起，"这不是你的工作，长官。很抱歉让你这么做。还好那不是你，长官。都是这东西害的，我得说。"

　　考利准尉副官站在他旁边，手上拿着一块很重的金属，好像一个烛台。他意识到，片刻之前，他看到了，麦肯基，那家伙在火盆旁边弯下腰，把铁片盖回去。仔细的军官，麦肯基。一定不能让德国佬看到火盆的亮光。铁片原本滑落在那个死人的紧身短上衣上，被肩膀夹住。死者的脸在暗影中消隐了。门廊里出现几个人的脸。

　　提金斯说："不，我不相信是这个。该是比这更大的东西，比如一个拳击手的拳头。"

　　考利准尉副官说："不，拳击手的拳头干不出这种事来，长官。"然后他加了一句，"噢，我明白你什么意思了，长官，〇九摩根的妻子，长官。"

29

提金斯的脚底黏黏的，朝准尉副官的桌子走去。另一个通讯员把一个盛了水的锡质脸盆放在上面。桌上现在有一支带罩蜡烛，亮着光；水无辜地闪着光，半月形的半透明倒影在水盆的白底上荡出水纹。

"先洗洗手，长官！"朗达来的通讯员说，"稍微移开一点，上尉。"通讯员黢黑的手上有一块破布。提金斯从血泊里走出来，那血泊在桌下流成一条细细的小溪。那个男人跪在地上，双手攥着那块破布，使劲擦着提金斯的靴沿。提金斯把他的手放进无辜的水里，看着浅紫红色的迷雾在苍白的弯月里弥散开来。他脚下的那个家伙重重地喘着气，吸着鼻子。

"托马斯，〇九摩根是你的伙伴？"提金斯说。

那人的脸上布满皱纹，肤色略深，像只猩猩，向上望着。

"他是个好朋友，可怜的老家伙。"他说，"老天知道，你肯定不喜欢穿着沾满血的靴子去食堂的。"

"如果我批准他休假，"提金斯说，"他现在就不会死了。"

"不会，肯定不会，"一七托马斯回答，"但这都一样。红堡的埃文斯肯定会杀了他的。"

"所以你也知道，关于他妻子的事情！"提金斯说。

"我们认为肯定是这个原因，"一七托马斯回答，"否则你就准他的假了，上尉。你是个好上尉。"

提金斯突然意识到他自己那方面的生活可能也已经被曝光了。

"你们知道啊，"他说，"我真好奇究竟有什么事是你们这群家伙不知道的呢！"他想，"如果一有什么事情不对，整个指挥部两天之内都知道了。感谢老天，西尔维娅不会到这种地方来！"

那个人站了起来，他从准尉副官那里拿了一条毛巾，毛巾很白，绣着红色的边。

"我们知道，"他说，"你是个很好的上尉。麦肯基上尉是个**很好的**上尉。还有普兰蒂斯上尉，还有梅瑟的琼斯中尉……"

提金斯说："这样就好了。叫准尉副官给你一张通行证，带着你的伙伴去医院。找个人来刷刷地。"

两个人扛着〇九摩根的尸体，他的躯干裹在一块防潮布里。他们把手臂交叠搭成椅子，抬着他走出了小屋。他的手臂搭在他们的肩膀上挥舞着，好像在滑稽地告别。

# 第二章


在那之后，立刻响起了"警报解除"号声。它的突然而至有些令人惊讶，让人又哀伤又振奋的悠长的音符令人惋惜地消逝在夜晚，而这夜晚刚刚恢复平静，它先前遭受了一场惊天动地的轰炸。月亮探出头来了，好似脓肿的牙龈，滑稽而怪诞，它从盖满小屋的山肩后面爬上来，在提金斯那几座营地小屋的棱角上洒下绵长而多情的月光，这个地方也因此变成了沉睡着的乡村栖居地。万千声音都汇入这沉寂，幽微的光在赛璐珞竖铰链窗里闪耀着。A连的营地里，月光给考利准尉副官的号码牌镀了层银光。提金斯清了一会儿肺里的焦炭烟雾，在月光和已很刺骨的霜冻中压低声音问考利准尉副官："新兵到底在什么鬼地方？"

准尉副官诗意地低下头，看着山阴面上的白石如丝带一般向山下绵延。山肩的另一边似乎有模糊不清的火灾迹象。"那边有一架德国佬的飞机着火坠机了，在二十七号兵团的阅兵场上。新兵大概在那个位置，长官。"他说。

"老天！"提金斯带着讽刺的宽容说，"训练他们七个星期，我真的以为，让那些浑蛋懂一点纪律。你记得吧？第一次列队的时候，那个代理下士离开队伍，冲一只海鸥扔了一块石头，他还喊你'老外地佬'，对优良秩序和军事风纪造成不好的影响。那个加拿大准尉副官在哪里？那个管新兵的军官在哪里？"

考利准尉副官说："勒杜准尉副官说这就好像一场牛仔竞技表演，在——在他们老家的什么河边。你**没法**制止他们，长官。这是他们的第一架德国飞机——他们今晚就要上前线了，长官。"

"今晚！"提金斯叫起来，"下个圣诞节还差不多！"

"可怜的孩子们！"准尉副官说，他仍然凝望着远方，"我还听过一个好故事，长官。"他说，"什么时候国王对一名列兵敬礼，而列兵却完全注意不到？答案是列兵死了的时候……但是，如果你带着一个连穿过一道门进入一片区域，然后你想把他们再带出来，但是你又不知道训练手册上转换方向的口令，你会怎么做，长官？……你得把这个连队带出来，但是你不能用'向后转''右转弯走'或者'左转弯走'的口令。还有一个故事，也是关于行礼的。管理新兵的是霍奇基斯少尉，但他是个皇家陆军补给与运输勤务队的军官，快要六十岁了。打仗前他是个钉马掌的，长官。陆军补给与运输勤务队的一个少校问我，长官，他很有礼貌，问是不是没有别人可供你指派了。他说他怀疑希契科克……霍奇基斯少尉能否走到驻地，更别提带兵行军了，除了几个骑兵命令以外——如果他那也算是懂骑兵命令的话——他自己什么命令都不懂。他进军队才两星期。"

提金斯边说着边将视线从眼前的田园风光移回来，"我猜那个加拿大准尉副官和霍奇基斯少尉正努力让他们的士兵赶回来。"

他又进了小屋。

防风灯的炫目光芒下，麦肯基上尉好像沮丧地被桌上翻腾的纸片浪潮吞没了。"所有这些没用的书面材料，"他说，"刚从该死的全世界各个总部送来。"

提金斯欢快地说："都是关于什么的？"对方回答道，这里有驻防部队总部的批示、本师的批示、后方通信线路的指令，还有五六张二四二号证明表。第一集团军通过驻防部队总部转发来一轮可怕的、低空轰炸般的质问，说为什么新兵前天没有到达阿兹布鲁克。

提金斯说："礼貌地回答他们，大致就说这是因为我们得到命令，没有补满加拿大铁道部队的四百个人就不能发兵——那些穿着连帽皮毛大衣的家伙，他们今天下午五点才从埃塔普勒到达我们这里，还没有带毯子或者打孔纸，实际上他们什么纸都没带。"

麦肯基研究着一张浅黄色的备忘便签，表情越来越阴沉。

"这好像是给你的私人信件，"他说，"除此以外我什么都看不出来。上面并没有标明这是私人的。"

他把这张浅黄色便签从桌子那头扔了过来。

提金斯笨重地坐在他的罐装腌牛肉箱子上。他首先看了看纸上签名的缩写："E. C. 将军"①。信里写着："看在老天的分上，把你老婆从我这里弄走，我**将**不允许我的总部附近出现裙装女人，你给我带来的麻烦比我所辖部队其他所有人加起来还要多。"

提金斯哀叹了一声，在罐装腌牛肉箱子里陷得更深了。好像有一头他并未注意也毫无防备的野兽突然从头顶的一根树枝上跳下来，扑在了他的脖子上。

他身边的准尉副官保持着令人无比尊敬的管家的仪态，说："营旗士官摩根和一等兵特伦奇要从补给站的连部办公室过来帮忙处理新兵的文件，好协助我们。你和另一位军官为什么不去吃点晚饭呢，长官？上校和随军牧师刚刚进食堂，我提醒过食堂的勤务兵，叫他们把你的饭热着。摩根和特伦奇处理文件都很在行。我们可以把士兵手册拿到你的桌前给你签字。"

他女性化的关切让提金斯眼前一黑，提金斯又气愤又受打击。他叫准尉副官滚下地狱，因为在新兵出发之前他自己是不会离开小屋一步的。麦肯基上尉可以想做什么就做什么。准尉副官告诉麦肯基上尉，提金斯上尉为他乱糟糟的派遣队花了那么多心思，好像他是冷溪近卫团的副官，正在切尔西派遣一支警卫队似的。麦肯基上尉说，这就是为什么他们站能比别的步兵基地站都早四天发兵。他只**愿**说这么多——他勉强加了这一句，然后又埋头看他的文件去了。小屋在提金斯的眼前慢慢地上下移动。可能刚才他的肚子被踢了一脚。惊骇就是这样吞噬了他。他自忖着，老天做证，他真得管好白

---

① 即坎皮恩将军。

己的事了。他用沉重的双手抓住一张浅黄色的纸，在上面写了一列胖墩墩、湿乎乎的字母。

a

b

b

a

a

b

b

a

等等。

他带着谴责的语气对麦肯基上尉说："你知道什么是十四行诗吗？给我一首十四行诗的韵脚，这是概略。"

麦肯基抱怨道："我当然知道十四行诗是什么。你打算玩什么花样？"

提金斯说："给我一首十四行诗的十四个韵脚，我就给你写一首十四行诗，在两分半钟之内。"

麦肯基回击道："如果你这么做，我就花三分钟把它转写成拉丁语的六音步诗行。在三分钟以内。"

他们俩似乎在用最毒辣的话语互相中伤。在提金斯看来，好像有一只巨大的、使人着迷而又致命的猫正绕着那座小屋行进。他想过和妻子分手的情景。自从她凌晨四点离开他们的公寓以后，他就再也没有听到过她的消息，而那已经是几个月以前的事情了，甚至像是几个世纪以前，当时曙光刚刚照在街对面乔治王朝时代的房梁上的烟囱管帽上。在凌晨彻底的宁静里，他听到她非常清晰地对车夫说出"帕丁顿"这个词，在那之后整个学院里的燕子都被惊醒了，唱起歌来……他脑海里突然骇人地冒出一个点子，那声"帕丁顿"可能并不是他妻子本人说的，而是她女仆的声音……他是个循规蹈矩的男人。他有一条准则：**从来不在震惊的时候回想令人震惊的事情。**心思在那时候太敏感了。令人震惊的事情一定要从各个方面考虑通透。如果你在心思过于敏感时想事情，得出的结论可能会非常偏激。所以他对麦肯基叫道："你写好韵脚没有？这该死的**一切**！"

麦肯基无礼地抱怨道："没有，还没写好。想韵脚比写十四行诗难多了。死去，焦虑，盘起，气息……"他没再说下去。

"石楠，泥土，辛苦，蹒跚，"提金斯轻蔑地说，"这就是你那种牛津年轻女人的韵脚。接着说，**是什么来着**？"

一位极为衰老、不像军人的军官坐在铺了桌布的桌子旁，提金斯很后悔对他说话这么重。他蓄着又细又白的胡子，显得很古怪。说得好听点，是白色的胡须！他和他的胡须一定在军队里受够了苦，因为没有上级军官忍心叫他把那胡子刮了，就连陆军元帅也不会！这胡子可以衡量出他感人的力量。这鬼魂一样的家伙正在道歉，因为他没法管住新兵。他正在请求他的上级注意，这些海外领地军团没有任何遵守纪律的本能，一点都没有。提金斯注意到他右臂上有一个蓝色的十字纹章，就是那条按规定要接种疫苗的手臂。他想象加拿大人如何对这位英雄说话……英雄开始谈起皇家陆军补给与运输勤务队的康沃利斯少校。

提金斯说了一些毫无关联的话，"陆军补给与运输勤务队有一位康沃利斯少校吗？老天！"

英雄虚弱地抗议道："是**皇家**陆军补给与运输勤务队。"

提金斯友好地说："是的，是的，**皇家**陆军补给与运输勤务队。"

很明显，他的头脑里现在还认定，他妻子所说的"**帕丁顿**"是他们两人生中最后的告别……他想象她，像欧律狄刻①那样，高挑、纤弱、苍白，没入身后的阴影之中……"没有了欧律狄刻我该怎么办？"②他嘟哝道。太荒唐了！当然，那句话可能只是女仆说的……她的嗓音也非常清脆。所以，那个神秘的词语"帕丁顿"很可能没有任何象征意义。而一点都不纤弱苍白的西尔维娅·提金斯夫人，很有可能在和自白厅至阿拉斯加的总司令中的半数人瞎胡闹着呢。

麦肯基——他**真的**像一个倒霉的文书——正在把韵脚誊到一张纸上，毫无疑问他最终还是想出了那些韵脚。他有一双圆滚滚的手。他一边写一边很有信心地动着嘴唇，默读着笔下的字。这年头国王陛下的正规军官就是这个样子。老天！他真是个聪明的、肤色黝黑的家伙。这类人年轻的时候吃不饱饭，在寄宿学校包揽了学校所能提供的所有奖学金。他眼睛太大又太黑，像个马来人……

---

① 欧律狄刻是俄耳甫斯的妻子，在和后者的婚宴中被毒蛇噬足而亡。

② 原文为意大利文，是德国作曲家克里斯托弗·格鲁克于一七六二年创作的三幕歌剧《俄耳甫斯与欧律狄刻》的开头。

陆军补给与运输勤务队的那个家伙正在自信地谈论着关于马的事情。他为研究红眼病的变种服了役，这病正在严重减损服役马匹的数量。他曾经是个教授——很有可能是个教授——在某所马匹看护与治疗学校之类的地方。提金斯说，这样的话，那他应该在陆军兽医队——应当说是**皇家**陆军兽医队——工作才对。老人说他并不知道。他以为皇家陆军补给与运输勤务队自己的马匹会需要他的服务。

提金斯说："我告诉你怎么做，希契科克少尉。因为，该死的，你是个顽强的家伙。"那个可怜的老家伙，这把年纪被迫从外省某个与世隔绝的学校赶来前线……他怎么看都不像一个爱马、爱运动的人。

年老的少尉纠正说："霍奇基斯。"

提金斯叫起来，"当然，霍奇基斯。我在皮格马匹止疼搽剂的证明书上看到过你的名字。如果你不想带兵上前线的话——虽然我建议你这么做——只是去阿兹布鲁克，不对，是去巴约勒，走马观花地参观一下。然后准尉副官会替你带兵的，然后你就算上过第一集团军的前线了，回头可以告诉你的朋友们你在真正的前线上服过役。"

当他继续讲下去的时候，他在心里对自己说："然后，老天啊，如果西尔维娅盯上了我的事业，我就会成为整支部队的笑料。我十分钟之前正在考虑这件事！现在该怎么办？看在老天的分上，我该怎么办？"似乎有一块黑色的薄面纱蔽住了他的视线，他的肝脏……

霍奇基斯少尉高傲地说："我**会**上前线。我会上真正的前线的。我今天早上被转去了第一集团军，我会在战火下研究战马的血液反应。"

"啊，你真他妈是个好家伙。"提金斯说。没办法了。西尔维娅总能做出那些令人吃惊的举动，使哄笑声像火焰一样遍布整支部队。感谢老天，她没法来法国，没法到这里来。但是她可以在每个英国兵都读的报纸上制造丑闻。没有她玩不了的游戏。这种爱好在她的朋友圈子里叫作"拉淋浴链子"①。没有了，没有办法了……那该死的防风灯冒着烟。"我告诉你怎么办。"他对霍奇基斯少尉说。

麦肯基把他写好的韵脚扔在提金斯面前。提金斯读着上面的字：**死去，焦虑，盘起，气息……说起**——"卑鄙的伦敦东区人！"——**油脂，泥土，灵魂**……

"我要是真把你说的那些韵脚给你的话，"麦肯基坏笑着说，"那我就完了。"

这时老军官说："如果你正忙着的话，我当然不想给你添麻烦。"

"这一点都不麻烦，"提金斯说，"这是我们的工作。但是我建议你偶尔也把管理你的小队的军官称为'长官'。这在士兵面前比较好听。现在你去十六号步兵基地站食堂的接待室，有张坏掉的巴格代拉球桌的那一间。"

考利准尉副官平静的声音从外面响亮地传来，"进来吧。有打孔纸和身份标牌的人——总共有三个——站在左边。那些没有拿到的，站在右边。没能拿到毯子的请告诉营旗士官摩根。别忘了。你

---

① 英国旧式淋浴都是通过拉动一根链子取水，拉一下，就会有凉水从高处的桶中倒下来。

之后要去的地方可拿不到。还没有在士兵手册里或者别的什么地方立遗嘱，又想立遗嘱的，去咨询提金斯上尉。想要取钱的，问麦肯基上尉。在文件上签字以后，如果哪个罗马天主教徒想忏悔，从这里出去，主干道上左手第四个小屋里，随军牧师就在那儿……要知道，尊敬的牧师对你们是很好的，愿意跟你们这群该死的、看到小孩子点个篝火都被吓得跑开的、面色蜡黄的红鲱鱼待在一起。尽管那些替你们着想的奻人认为你们会走上帝指引的路途，但你们一星期之内就会走上另一条路了。你们**看起来**就像韦斯利安主日学校的一群小孩子。你们看起来就是这样的，感谢上帝，我们还有海军。"

在他的声音的遮掩下，提金斯写着：

现在我们要侮辱**死神**咧嘴扬起的砍刀，

然后他对霍奇基斯少尉说："在步兵基地站的接待室，你会看到格拉摩根郡来的几个脏兮兮的小混混，翻着《巴黎人的生活》[①]，没有自制力地喝着酒……随便问他们中间一个人……"

他写着：

在我们的尸体和市集城市中的泥塘之间
含辛茹苦，蜿蜒**向前**……

---

[①] 《巴黎人的生活》是法国杂志，常拍摄衣着暴露、性感的女郎。

"你觉得这很难！"他对麦肯基说，"为什么？你可是用这个韵脚写过一整首殡仪馆的哀歌的。"然后他继续对霍奇基斯说："只要他是个 P. B. 军官就行——你知道 P. B. 什么意思吗？不，不是可怜又该死，而是常设基地。你问他愿不愿意带新兵去巴约勒。"

小屋里全是狡诈、慢吞吞、笨拙、身穿棕黄色制服的男人。他们的双脚散漫地移动着；他们把褪色的帆布包堆在地上，不习惯书本的手上拿着摊开的小册子，时不时还会把它掉到地上。从小屋外面传来持续不断、此起彼伏的吟唱声，有时候听起来像是一声笑，有时候听起来又像一声威胁，然后这几个主题像赋格一样交织在一起，好像大海拍打岸边大石头发出的声响。提金斯突然异乎寻常地感觉到，人这一生是多么封闭……他开始迅速地涂写：

> 古老的鬼魂呼出冰冷的气息……繁华的虚空，传道者如是说起……不再有阅兵式，不再有，油脂……

提金斯告诉霍奇基斯，后者明显不好意思接近接待室里那些格拉摩根郡人……

> 在裸露的泥土中吸去我们肢体上的龙涎香……

提金斯认为任何常设基地军官都不会拒绝这等美差，他们会在头等车厢里大吃大喝，喝得头重脚轻上前线，同时还可以休征兵假，拿指挥津贴……

葬礼上的鲜花不会在我们的灵魂前献祭……

　　提金斯说："如果任何人反对的话，你就把他的名字告诉我，我绝对会把他塞进额外编制的……"

　　打头的一波棕黄色人潮已经在他的脚下。就算最简单的生命也这么复杂！……一个家伙站在他身边……列兵洛根，加拿大的列兵身上能发生那么多奇怪的事情，他偏偏曾是恩尼斯基伦龙骑兵近卫队中的一名骑兵。在能拥有的最奇怪的东西里面，他拥有的竟然是悉尼城外的一个牛奶配送区还是奶场什么的，那是在澳大利亚……这是一个多愁善感的人，参加了恩尼斯基伦龙骑兵近卫队很快活；他是悉尼居民，却带有伦敦东区的口音作为点缀。他还一点都不相信律师；另一方面，他又完全相信提金斯。越过他的肩膀看——他一头金发，站得笔直，身上的号码牌像金子一样闪闪发亮，看起来有些浮肿，长着牛奶咖啡色的皮肤和鹰钩鼻子：他是来自易洛魁六部落之一的混血儿，曾经在魁北克给一个医生打下手……他有自己的麻烦事，但是那事很难理解。在他身后，肤色黝黑、脸色明亮、长着一双好斗的眼睛、带有爱尔兰口音的那个人是麦吉尔大学的毕业生，曾经在东京教语言，不知道为何还向日本政府申请过赔偿……还有几个人，两个两个地蜷缩在小屋的周围……像灰尘，像团团尘埃，靠近着，要彻底压倒这一片景色；每个人都有荒谬的麻烦事和焦虑，就算他们私底下不用那些东西压垮你……棕黄色的灰尘……

　　他让那个恩尼斯基伦龙骑兵等在一旁，他自己则迅速而潦草地写下十四行诗的最后六行，好让它的意味显得稍微简朴一些。当然，大概意思就是，当你开始写下诗句或者快要写完的时候，就没有多少空间吹嘘了，这一类行为的典型就是昂贵的葬礼。你可能会说："强扭的瓜不甜……再也不会有阅兵式了！……"他一边写诗，还得向那位六十多岁的英雄兽医解释，他不用为去格拉摩根郡的军官食堂抓人上前线感到不好意思。格拉摩根郡人本来就该把那些常设基地的军官借调给他提金斯，如果他们没有其他工作的话。霍奇基斯少尉可以去找约翰逊上校，要去军官食堂找，上校在吃晚饭的时候脾气很好。约翰逊上校是一位友善又有同情心的年长绅士，他会满足霍奇基斯不去前线给他人添麻烦的愿望。霍奇基斯可以请求去照看上校的战马：那是一匹德国人的马，在马恩河边被捉到的，叫作朔姆堡，最近饲料吃得很少……他又说："但是你不要对朔姆堡做什么专业的处理。让我自己骑那匹马！"

　　他把他的十四行诗扔给麦肯基，后者在一片推来搡去的卡其制服和焦急脸庞里显得更焦急，忙着数法国钞票和看起来很可疑的金属代币……到底为什么这些人想要在这种时候取钱呢，有时候数目还很庞大，因为这些加拿大人挣来的加元会换算成当地的钱币，而他们大约一小时之内就要上前线了？但他们通常这么做，而他们的银行户头又总是错综复杂得令人难以想象。麦肯基就该看起来有些忧虑。今晚结束时，他很可能会给自己找出五英镑甚至更多没有授权的付款。如果他只挣那么点薪水，还要养活一个铺张浪费的妻子，他自己也可能会发慌，但这是**他的**麻烦。他叫霍奇基斯少尉到他的小屋来聊聊，就在军官食堂旁边。聊聊关于马匹的话题。他自己对马的疾病也有一些了解。当然，仅限于实践方面。

麦肯基看看他的表。

"你花了两分十一秒。"他说，"我就权当它是一首十四行诗好了。我还没有读，因为在这里我没法把它写成拉丁语——我可没有你那种同时做十一件事情的本事。"

有个满脸焦虑的人，被一大笔钱和一本手册困扰，正在麦肯基的手肘边研究几个数字。他操着高声的美式腔调打断麦肯基说，他从来都没有在奥尔德肖特的瑟拉斯那营区取过十四美元七十五美分。

麦肯基对提金斯说："你懂的。我还没有读你的十四行诗。我会在军官食堂把它改写成拉丁语，在约定的时间之内。我不希望你觉得我已经读了，现在已经开始花时间思考怎么写了。"

他身边的人说："当我去伦敦河岸街找加拿大代理人的时候，他的办公室已经关门了。"

麦肯基被气得脸色苍白，"你服役多长时间了？难道不知道不该打断军官说话吗？你最好自己去找你该死的海外领地工资出纳员解决你账户的问题。我这里有你的十六美元三十美分，你是要拿走还是留在这里？"

提金斯说："我知道这个人的问题。把他交给我吧。这事不复杂。他从工资出纳员那里拿到了支票，但是不知道怎么兑现，他们当然也不愿意再给他开一张。"

这个动作缓慢、肩膀宽阔、肤色略深的男人用他黑色的眼睛敏锐地从一个军官的脸扫向另一个军官的脸，再转回来，仔细看着，好像他迎风望着，被炫目的日光迷了眼睛。他开始讲一个长长的故事，说他怎么在牌局上欠了大耳朵比尔五十美元。他可能是一半中国血统，一半芬兰血统。他继续说着，对自己的钱感到非常焦虑。提金斯向他解释了一下悉尼的前恩尼斯基伦龙骑兵和在日本文部省手上吃了不少苦的麦吉尔大学毕业生所碰到的事情。这两件事情加起来产生了很复杂的效果。"你可以说，"提金斯对他说，"这些事，加起来，足够占满我的脑子了。"

这位站得笔直的骑兵有着很复杂的感情故事。在他的兄弟们面前给他提建议有些困难。不过，他本人并无所谓。他说他追求一个叫罗茜的姑娘，从悉尼去了加拿大的不列颠哥伦比亚省，然后提到他在阿伯里斯特威斯认识的一个叫格温的姑娘，还有他与之以婚姻形式同居的霍西尔夫人，他在索尔兹伯里平原附近的贝里克圣詹姆斯拿着外宿证和她住在一起。在那个混血人持续不断的絮叨声中，他大度地介绍着这几件事，解释说他希望她们几个都能拿到点好处，如果他碰巧在外面出了什么事的话，这些可以作为纪念。提金斯把替他写好的遗书草稿递给他，叫他仔细读一下，再亲手抄写在自己的士兵手册上。然后提金斯可以做他的见证人。

他说："你觉得这份遗书会让我的悉尼老女人离开我吗？我猜不会。她可黏人了，长官，像七月的刺蒺藜一样黏人，老天保佑她。"麦吉尔大学的毕业生已经开始解释他和日本政府复杂故事中较复杂的一环了。好像除了他的学术成就以外，他还给神户附近的一家矿泉投了点钱，那里的水，装瓶以后，出口到旧金山。很明显，他的公司纵容了一些不合乎日本法律的行为，但是提金斯允许一位血统纯正的法裔加拿大人打断了这位毕业生的故事，因为他在克朗代克那边一个教会领取洗礼证明的时候碰到一些问题。还有几个人没有麻烦事要处理，但是急着找他给他们的文件签字，以在出征之前腾出时间写完最近的家书，因此文件铺满了提金斯的桌子……

烟雾从房间另一头的士官们的烟斗里飘出，悬浮在每张桌子上方挂着的耀眼防风灯的金属丝笼子下面，乳白色的，纽扣和号码牌在空气里发着光，而士兵们统一穿着的卡其色制服显得有些发棕，好像被一阵灰尘盖住了。鼻音、喉音和拖腔汇成一股沙沙的声响，使一位威尔士士官偶尔拉高嗓门、歌唱一般骂出的脏话像悲剧的号啕声穿透这片寂静：为什么你**他妈的**还没拿到你的一二四证明表？到底为什么他妈的还没拿到你的一二四证明表？你难道不**知道**你必须得拿到你该死的一二四证明表吗？……夜晚渐渐耗尽。提金斯看了看表，惊讶地发现现在才是二十一点十九分。他好像已经困倦地思考了十个小时的私事了……因为，说到底，这是他的私事……金钱、女人、遗嘱方面的麻烦。这每一道难题，从大西洋一端到世界各地，都是他自己的麻烦事：一个费力地运转着的世界；一支当晚就得出发的军队……

他碰巧瞥到身边一个人的医疗记录，注意到记录上把他的分类写成了 C1……这很明显是医疗委员会或者他们的一个勤务兵的笔误。他把 A 写成了 C。身边这个人是一九七三九四号列兵托马斯·约翰逊，发亮的脸庞像一大块牛肉，他来自加拿大不列颠哥伦比亚省，做过农业方面的零工，还曾经在西尔维娅·提金斯位高权重的二表哥鲁格利家巨大的庄园里工作过。这让提金斯加倍不舒服。他不愿意被迫想起他妻子的二表哥，因为他不愿想起他妻子。他下定决心给自己的脑子放一天假，不要再想这方面的事情。到时他会回到散发着煤油味的小屋里，钻进睡袋，感到渐渐暖和起来，帆布墙由于结了霜而啪啪作响，月亮升了起来……他本来在月亮下会想起西尔维娅。他现在下定决心不要想她！但是一九七三九四号列兵托马斯·约翰逊现在也成了一件麻烦事。提金斯咒骂自己偏偏瞥见了那个人的医疗记录。如果这个可笑的乡巴佬是 C3 的话，他是不能应征入伍的……还不如是 C1 ！不过都一样。这就意味着要再找一个人替代他的位置，这会把考利准尉副官逼疯的。他抬头看着托马斯·约翰逊那双单纯、突出、闪亮、清澈、像玻璃瓶一样蓝莹莹的眼睛……这个家伙从来没有生过病。他不可能生病——除非吃了太多又凉又肥的水煮猪肉——那样的话，他会像一匹马一样睾丸充血[1]，就算给他灌了药，十有八九，也无法根除这种腹痛……

　　他的视线和一个深色皮肤、文质彬彬的瘦家伙不置可否的目光相交了，那人的帽子饰带红得招眼，卡其布军装上有很多镀金，肩膀上戴着细细的钢条链甲——列文……列文上校，二等参谋官，或者别的什么，在爱德华·坎皮恩将军手下……这种家伙是怎么混到小队指挥官和他们的手下这一派亲密氛围里的？他像条鱼一样溜进充满棕色气息的鱼缸，游来游去，突然出现在你手肘旁……该死的间谍！……大家都注意到了列文，他像喘着气的鳕鱼一样站在原地。一直很警惕的考利准尉副官飘到了他提金斯的手肘边。在花里胡哨的参谋官面前保护好自己的将士，就像面对大风的时候用羊毛毯子

---

　　① 　睾丸充血是由于长时间处于性兴奋而得不到满足所造成的病症。

保护好自己的宝贝女儿一样。

这个深色皮肤、脸色明亮、高高兴兴、不用上战场打仗的家伙列文稍稍咬着舌头说："忙着呢，我看。"他一定已经在那里站了一个世纪，营队司令部也有一个世纪的时间让他这么浪费。"这是哪支分遣队？"

考利准尉副官，为了防止他的长官不知道他本人或者他的小队的名字，总是有备而来，"十六号步兵基地站加拿大第一师，临时编号第四分遣队，长官。"

列文上校齿缝间嘶嘶地吐着气。

"十六号分遣队还没有出发。天啊，天啊！天啊，天啊！我们会被第一集团军的轮番轰炸赶下地狱的。"他用"地狱"这个词的方式，好像他事先用喷了古龙水的棉布团把它包了起来。

提金斯，站在那里，对这个家伙了解得一清二楚：他是个很糟糕的水彩画家，母亲那边的家世很不错，因此他肩膀上佩戴着骑兵徽章。那么，这样好吗……也就是说，现在爆发能表现出好修养吗？提金斯让准尉副官来做这件事。考利准尉副官是那种影响力很大的士官，因为他对自己的工作比任何参谋官都清楚十倍。准尉副官解释说，没有办法让分遣队早点出发。

上校说："但是说真的，准尉副官……"

准尉副官，此时犹如女装店里一名毕恭毕敬的店铺巡视员，解释说，他们收到紧急指令，在接到四百个从埃塔普勒赶来的加拿大铁道部队的人之前不能出发。这些人傍晚五点半才到……到了鲁昂火车站。让他们从那里行军至此又花了四十五分钟。

"但是说真的，准尉副官……"上校说。

老考利不仅可以喊这个红帽带男人"先生"，简直还可以称他为"夫人"……这四百个人来的时候浑身上下只带了那点东西。这支小队得设法从军需补给站弄到所有的东西：靴子、毯子、牙刷、吊裤带、来复枪、应急口粮、身份标牌。现在才二十一点二十分……考利听到他的指挥官提金斯说，"你必须理解我们在非常困难的情况下工作，长官……"

优雅的上校心不在焉，专心凝视着他极其典雅的膝盖。

"我当然知道……"他口齿不清地说，"很困难。"他稍稍打起精神说："但是你们必须承认你们运气不好，你们必须得承认。"不过，沉重的思绪又压上了他的心头。

提金斯说："不，我猜，长官，我们不比其他任何在双重供应标准下运转的小队更加不幸。"

上校说："那是什么？双重……啊，我看到你了，麦肯基。感觉不错，感觉很健康，嗯？"

整个小屋都静了下来。提金斯感到白费了时间，怒火蹿了上来，因此说："如果你能理解的话，长官，我们这个团队的主要工作就是取得物资并分配给各分遣队。"这个家伙正在凶残地拖延他们的时间。他正在用手绢擦他的膝盖！"我这里，"提金斯说，"下午有个人死在我的手上，就死在这里。我们刚刚把你脚下的血拖干净。我们得向奥尔德肖特空军基地的加拿大人申请，从都柏林取得我的连部办公室的钢盔。"

骑兵上校叫起来："噢，仁慈的老天！"他稍稍跳了起来，检查了一下他好看的、闪闪发光的及膝飞行员靴子。"死了！在这里！但是一定有一个调查法庭吧。你一定是**最**不走运的人了，提金斯上尉。总有这些谜团，为什么你的士兵不待在防空洞里呢？最不幸的人……我们的殖民地军团里不能有死伤，从海外自治领地来的军团，我的意思是……"

提金斯严肃地说："这个人是从庞特迪勒斯来的，不是什么自治领，我的一个连部办公室里的。'除了自治领远征军以外，禁止任何人进入防空洞，违者受军法审判。'这是十一月十一号的陆军委员会的指令。我的加拿大人都在那里。"

列文上校说："当然，这可很有关系！你说，只是一个格拉摩根郡人？噢，好吧。但是这些神秘的事情……"

上校叫起来，带着突然爆发出的气力和释然，"你看，你能空出，可能十——二十——呃——分钟吗？并不是军队的事情，可以这么说。"

提金斯叫起来："你知道我们现在的情况，上校。"同时，像在草地上播撒草籽一样，他两手越过面前各种文件向他的士兵们伸过去……他勃然大怒，说不出话。列文上校受到一位英国遗孀的陪护，她在鲁昂的码头上开了一家巧克力店。而列文还和一个法国小姐保持着相当严肃的关系，以一种最天真无邪的方式。这位年轻女性，嫉妒心极强，有本事让她那位帅得过头的上校用粗野的法语没完没了地咒骂她。他们俩的关系像一段浪漫插曲，但也让上校疯狂。这时候列文会前来询问提金斯——提金斯被认为是一个有头脑的人，一位法语学者——问他怎么用复杂的语言写下非常美妙的褒美之词……还有如何向那姑娘解释，对一位参谋副官来说，或者说不管这位上校是什么职位，经常让他人看见自己有十分美貌的志愿救护队成员和任何军种的女性组织者相伴是非常重要的……这是那种不应该拿来咨询任何一位绅士的蠢事……现在列文就露出被女人折磨的常见神色，皱着他古铜色的石膏像一般的眉头——像时事讽刺剧里该死的军人。为什么这死家伙不嘶哑着嗓子像个男高音一样大喊大叫，手舞足蹈呢……

考利准尉副官很自然地救了场。正当提金斯差点要大喊**"下地狱去"**的时候——如同人们在阅兵式上有可能对那些非常资深的军官喊叫的那样——准尉副官，又仿佛是一位非常重要的事务律师最信服的职员，开始轻声对上校说："上尉可能会歇一会儿，也可能不会。我们已经处理完所有人，除了加拿大铁道部队的那一批，他们的毯子还要等半小时才能派发下来——还要四十五分钟。如果那时候能发下来的话！这取决于我们的通讯员能不能找到营房的一等兵吃晚饭的地方，取决于有没有把它们分发下去。"准尉副官熟练地把最后一段话插了进去。

上校模模糊糊想起他在兵团里的旧事，他叫起来："该死的！我想知道你为什么不直接冲进补给站，想要什么拿什么。"

准尉副官，装得像西蒙·普雷①，也叫起来："噢，不，长官，这种事我们可不能做，长官。"

---

① 西蒙·普雷，英国剧作家苏珊娜·森特利弗（1667—1723）笔下的一个人物，伪君子的代名词。

"但是现在急需这些该死的人上前线，"列文上校说，"该死的，现在是一触即发！我们急着……"他再次意识到自己身在华而不实的参谋职位上，而准尉副官和提金斯像两个互相勾结的左后卫一样，狡猾地把他骗了进来。

"我们只能祈祷，长官，"准尉副官说，"祈祷这些浑蛋德国佬的军需官、补给站和配送部门跟我们自己的一样糟糕。"他压低声音，用沙哑的嘘声说，"另外，长官，谣言说，有一个准尉在总部，通过补给站连部办公室的电话发布命令，要撤回这支和其他的分遣队。"

列文上校说："噢，老天！"惊愕的表情爬上他和提金斯的脸庞。在夜里，屋外是上了冻的壕沟，焦虑地等待着的那些士兵，心头沉重的压力好像挂上了眉头；即将到来的无法想象的恐怖正从左边或者右边迫近，这取决于你是从战壕的哪一端看向另一端；坚实地保护着自己的泥土筑成的胸墙到时候会变成被穿透的迷雾……这里不会给人带去任何安慰……那里的人们天真地以为救兵就要来了，但是他们并不会去。为什么？老天，为什么？

麦肯基说："可怜得要命的老家伙，到上周三为止，他的兵已经在前线待了十一个星期，他们能做的只有等。"

"他们还得他妈等好久呢。"列文上校说，"我想抓住几个该死的浑蛋……"就是那一天，国王陛下的远征军确信，他们在前线的军队成了政客和非军方人士的工具。在例行公事的一小会儿里，云稍稍散了；当不祥的消息来到的时候，它像一团黑色的毒气一样重新沉沉地坠了下来。你只能无力地垂下头……

"因此，"准尉副官高兴地说，"上尉完全可以空出半个小时去吃晚饭。或者做点其他什么事情。"除了他私下里希望提金斯的消化功能不要因为不规律的饮食而受影响以外，他也从工作的角度确信，让上尉去和某位华而不实的参谋部军官进行一场亲密的私人谈话，对这支分遣队是很有好处的……"我认为，长官，"他像发表告别演说一样对提金斯补了一句，"我最好想办法安排这支分遣队和今天下午来替换他们的那九百个人，每二十个人一顶帐篷。幸好我们没有撤掉帐篷。"

提金斯和上校开始把面前的人推开，向门边挤去。恩尼斯基伦龙骑兵不悦地举着一本打开的棕色小手册，谦逊而惹眼地站着，就在门柱旁边。他热切地接下提金斯"唉"的话茬，说道："长官，你在遗嘱草稿里把姑娘们的名字写错了。我想给她留下小屋的租金和一周十先令的，是那位跟我在阿伯里斯特威斯生了一个孩子的格温·刘易斯。我在贝里克圣詹姆斯与其合住的霍西尔夫人，才是一周五个几尼，作为纪念。我自作主张把名字改回去了。"

提金斯把本子从他手上抓走，弯下腰就着准尉副官的桌子在那页发蓝的纸上潦草地签了名。他把本子塞回给那个人，说："给你，走吧。"

那个人的脸明亮了起来，叫道："谢谢，长官。真心谢谢你，上尉。我要去忏悔。我做了不好的事。"

正当提金斯挣扎着穿起他的厚呢短大衣，麦吉尔大学毕业生顶着他高傲的黑胡子堵住了他的去路。

"你不会忘记吧，长官？"他开口说。

提金斯说："该死的，我刚告诉你我不会忘记的。我从来不会忘记。你在朝基教过什么都不懂的日本人，但是教育当局在东京。你那浑蛋矿泉水公司的总部在神户附近的丹泉，对吗？嗯，我会尽力帮你办的。"

他们一声不响地穿过在连部办公室门口晃荡着的人群，人们在月光下发着微光。在营地主干线广阔的乡村道路上，列文上校开始在凹缝间嘟哝着："你为你该死的队伍忙前忙后做得够多了，真的够多了，但是……"

"嗯，那我们还有什么问题？"提金斯说，"我们比这支部队里的任何分遣队都要早三十六个小时做好出发的准备。"

"我知道，"列文上校如实承认，"只是这些莫名其妙的麻烦事。现在……"

提金斯很快地说："你介意我问一下吗，我们还会接受检阅吗？这是在转达坎皮恩将军对我带兵的方式的意见吗？"

对方同样很快承认了，而且表示出更强烈的担忧，"老天保佑不是。"他更快地加了一句，"老伙计！"还想抬起手腕去挽提金斯的胳膊。不过，提金斯继续面对着这个家伙。他真的很生气。

"那告诉我，"提金斯说，"你到底是怎么做到在这种天气里连个外套都不穿的？"如果他能让这个家伙从他碰到的莫名其妙的麻烦事转移话题就好了，他们就可以来谈谈是什么事情让这家伙在这个糟糕的晚上来到了这里，他本该好好坐在炉火边调戏南妮特·德·贝耶小姐。提金斯把脖子更深地缩进厚呢短大衣的羊皮领子里。而他身边的人，瘦削，身上挂着他所有的军功章、绶带和锁子甲，在冰冷的空气中暗暗地闪着光，这寒冷让提金斯的牙齿像瓷器一样上下打战。

列文突然精神了起来，"你应该像我一样，正常作息，多运动，多骑马。我每天早上都会在我房间打开的窗子前做理疗，这让我变得更耐冻。"

"这一定很能让住在你对面房间里的夫人们高兴，"提金斯严肃地说，"现在这是南妮特小姐的问题了是吗？我没时间好好锻炼。"

"仁慈的老天，别这样。"上校说。他现在把他的手用力地伸到提金斯的胳膊下面，开始把他引向路的左手边，朝着离开营地的方向。提金斯同样使劲往右边靠，他们两个互相靠在了一起。"实际上，老伙计，"上校说，"坎皮①努力指挥着一支作战军队——虽然他在这里不可或缺——所以我们任何时候都有可能打包出发，正是因为这个，南妮特才明白了……"

"那我在这场戏里算什么？"提金斯问。

但是列文上校继续十分欢乐地说："实际上，我几乎可以向她保证下周，或者最迟下下周，她会——该死的，她会最终得到幸福的。"

提金斯说："干得好！多漂亮的维多利亚作风！"

"是的，该死的，"上校很有男子气概地叫起来，"我说我自己就是很有维多利亚作风。这些婚礼的解决方式，还有，那叫什么来着，

---

① 列文上校对坎皮恩将军的昵称。

领主的权利？[①]还有公证人，还有伯爵，要经过他的同意，还有侯爵夫人，还有两位老姑婆。但是——哎呀！"他在月光下伸出戴着手套的右手拇指，迅速地转了一圈。"下周，或者最晚下下周。"他突然停了下来。

"至少，"他有些犹豫不决地说，"午餐的时候是这么说的。那之后，发生了点事情。"

"你没有和一个志愿救护队的姑娘被捉奸在床？"提金斯问。

上校嘟哝道："不，不是在床上，也不是和志愿救护队的姑娘。噢，该死的，是在火车站，和……将军派我去接她的……奈妮[②]当然是在火车站送她奶奶，那位公爵夫人，她真是狠狠地伤了我的心。"

提金斯冷漠地勃然大怒。

"那你带我出来**真的**只是为了解决你和德·贝耶小姐的一场愚蠢的争吵，"他叫起来，"你介意和我走回步兵基地站总部吗？你最新的指令可能会传达到那里。那些工兵不给我装电话，所以我得过去看看最后是不是还有什么事情。"他感到了对小屋的空间的渴望，那里被焦炭炉烘得很暖和，电灯亮堂堂的，一等兵们弯腰读着空军基地的文件，背后是杉木制的分类档案柜，柜里装满用浅黄和蓝色纸张撰写的报告。你在那里可以很安静、很专注。这件事情很奇怪：他，格罗比的克里斯托弗·提金斯，唯一可以心不在焉地感到满足

---

① 原文为法文，Droits du Seigneur，意为初夜权。此词出现于中世纪，指一地的领主具有享受和当地所有中下阶层女性第一次性交的权利。

② 列文上校对南妮特小姐的昵称。

的地方，是这里或者那里的连部办公室。世界上唯一的地方……为什么？这件事很奇怪……

但事实上，这并不奇怪。如果你仔细想一想，这是不可避免的选择。一名连部办公室的一等兵被选中，是因为他漂亮的字体、他的基本算术能力、他面对无数数据和信息时的可信度，还有他的可靠性。因此，他的军衔比基层士兵稍微高一丁点。而这一丁点的区别对他来说就是生死之间的不同。因为，如果他被证明并不够可靠的话，他就会回去——回到士兵的岗位上去！只要他可靠，他就可以在温暖的房间的桌子下面睡觉，他的洗漱用品装在脑袋旁边的一个腌牛肉罐头箱子里，一个永远点着的炉子上面总是为他热着满满一壶茶……天堂！……不，不是天堂，**只是**基层士兵眼中的天堂！……他可能在深夜一点被叫醒。几英里以外敌军可能正开始低空轰炸……他得从桌子下面的毯子里钻出来，在急急忙忙的士官和军官的脚步中间，电话响得像世界末日……他得把无数写在浅黄色小纸片上的简短命令在打字机上誊录出来……在深夜一点被吵醒让人厌烦，但是并不乏味：敌军在德兰奴特镇前方布下了大片的火力网，整个第十九师都得沿着从巴约勒到涅普的路线去和后援汇合。万一……

提金斯想到已经入睡的军队……白色月光下的乡间村庄、粗麻布墙、赛璐珞窗子、四十个人一间屋子……这个沉睡的世外桃源有——多大来着？三万七千五百英亩，给一百五十万人……但是这个基地可能有超过一百五十万人……好吧，在这个沉睡的世外桃源，四处有崭新的、闪闪发光的帐篷。十四个人一顶帐篷，一百万人，大约七万一千四百二十一顶帐篷，也就是一百五十个步兵基地站、骑兵基地站、皇家工程师基地站……所有这些人员的基地站——步兵、骑兵、工兵、炮兵、飞行员、空防兵、接线员、兽医、足病医疗师、皇家陆军勤务兵、信鸽服务队成员、清洁人员、妇女辅助军团成员、V. A. D.①成员（V. A. D. 到底是什么意思？）、厨子、休息室服务人员、营房维修负责人、牧师、神父、拉比、摩门教神父、婆罗门、喇嘛、伊玛目，还有芳蒂人②——毫无疑问，是为了非洲兵团。这些人真的都依赖连部办公室的一等兵给他们提供世俗和精神上的拯救……因为，如果一名一等兵由于笔误把一位天主教神父送到了北爱尔兰兵团，北爱尔兰人会用私刑处死他，然后他们都会下地狱。或者，如果不小心在电话里说错了一句话，或者打错了一行字，他在深夜一点把本应去德兰奴特镇的师团派到了韦斯特奥特，德兰奴特镇前方的那六七千个可怜的家伙就都会被屠杀，除了皇家海军以外没有什么可以拯救我们了……

　　不过，到最后，这一团乱麻都很令人满意地解决了。分遣队出发了，像蛇一样把自己缠成的结解开，从繁复的团里抽解开来，像脊椎动物一样从泥塘里滑过，钻进他们的碗中——拉比发现了急需他们的犹太人；兽医发现了患有跗节内肿的骡子；志愿救护队成员在救护站里发现了失去下巴和肩膀的人；营地厨子发现了冻牛肉；足病诊疗师发现了内嵌的脚指甲；牙医发现了受蛀蚀的臼齿；海军榴弹炮

---

① 即志愿服务队英文缩写。
② 居住在加纳南海岸的部族成员。

兵在风景如画、树木葱茏的深谷里发现了伪装的炮台……不知怎么，他们都找到了自己想要的东西——甚至还发现了上百罐的草莓酱！

因为只要这名命悬一线的一等兵在一打草莓酱的事情上犯了个笔误，他就得回头，**回到士兵的岗位上去**……等待他的是冰冷的来复枪、潮湿的泥地上铺的防潮布、前进时脚踝上感到的令人绝望的吸力、被炸毁的教堂钟塔映衬着的风景、持续不断的嗡嗡声、在泥泞的广阔平原上用遮泥板铺成的迷宫、无止境的伦敦东区式幽默、标着"献给小威利的爱"①的巨大炮弹……回到拿着火焰之剑的天使②那里。他不应该去那里！……因此，总体上来说，事情都进行得令人满意。

他蛮横地带着列文上校往食堂走去，他们的脚步在上了冻的沙砾地上咔嚓作响，上校有些拖拉地跟在后面；但是上校优雅的靴底又轻巧，又没有打钉子，所以没有任何抓地力。他非同寻常地一声不吭。不论他想讲什么，都是迟疑着没有说话。最后，他开口了，"我很想知道你为什么不申请回到前线去……回到你的营部。如果我是你，我肯定会回去的。"

提金斯说："为什么？因为有个人死在了我手上吗？那边一晚上一定死了一打。"

---

① "小威利"是对一战时在位的德皇威廉二世的戏谑称呼，当时他亲任德军大元帅，舆论认为他对一战爆发负有责任。这个谑称还带有性玩笑的意味，即上文所说的"伦敦东区式幽默"。

② 即乌列，他把守着伊甸园的入口，执掌地狱之火。

"噢，很有可能更多，"对方说，"被打下来的是我们这边的飞机，但这不是重点。噢，该死的！你介意往另外一边走吗？我非常尊重你，噢，几乎是。在我看来，你是个很有智慧的人。"

提金斯回忆着军队礼节里比较令人愉快的细节。

这个咬字不清、没什么用的家伙——他是个很细心的参谋官，否则坎皮恩不会派他到这种地方来的！——准备把他自己变成坎皮恩将军的翻版。外形上，他的穿着打扮尽可能接近将军本人，还有声音也一样——他的咬舌音并不是他自己的独创，而是模仿了将军轻微的结巴——最如出一辙的是他不完整的句子和观点……

现在，如果他说"你看，上校"，或者"你看，列文上校"，或者"你看，斯坦利，我的孩子"——因为无论他们有多亲密，一位军官不能对他的上级说的唯一一句话就是"你看，列文"——那么如果他说，"你看，斯坦利，你是个傻瓜。坎皮恩说我不靠谱，因为我有点脑子，这并没有错。他是我的教父，自从我十二岁开始他就这么说我了，我左脚跟里的脑细胞都比他整个理得很漂亮的头盖骨里的多。但是如果你也这么说，就是鹦鹉学舌了。你自己并不是这么想。你甚至想都不想。你知道我很笨重，风一刮就缩得很矮，还喜欢自作主张……但是你也很清楚，我跟你一样在细节上很注意。我该死的视力也很好。你永远不会看到我卡在任何一份报告上的。你负责处理报告的中士可能会，但是你不会。"如果提金斯对这个多嘴多舌的家伙这么说，会不会超过了一个负责分遣队的军官对他的参谋官上司所应该说的话？虽然这不是在阅兵队列里，他们的谈话也是私下进行的。在队列之外，在私人谈话里，国王陛下的可怜军官们都是一样的……绅士们受到国王陛下的委任，在这种情况下就没有那些相较更高的军衔和所有那些！废话！……但是就算不在队列里，这个法兰克福卖废品的后代怎么能跟他，格罗比的提金斯，相提并论呢？他本来就比不上他，更别提社交方面了。如果提金斯打他一拳，他就会死掉；如果他稍稍嘲讽列文两句，列文就会瘫软下来，一个慌慌张张的老犹太人就会从他仔细打扮好的非犹太人外表下显露出来。他射击比不上提金斯，骑马也比不上，在拍卖喊价的时候也一样。该死的，为什么他，提金斯，一点都不怀疑自己水彩画也能画得比他好……而且，说到报告，他可以承受五六道新下达的、互相矛盾的陆军委员会指令，并且理由出要点，再在此基础上写好十二道正确的命令，而这时列文才咬着舌头说出第一道命令的日期和编号……他曾经这样做过几次，就在一间装饰得好像一个法国才女的沙龙的房间，列文在那里的驻防部队总部工作。他曾经在列文因为他和德·贝耶小姐的下午茶必须得推迟而大惊小怪气得冒烟的时候，替他写了他该死的命令，还替他卷好了他精美的胡须……德·贝耶小姐，由老萨克斯夫人陪伴着，在墙壁上挂着蓝灰色壁毯的、配有扑粉用的盥洗室的、十八世纪风格的八边形房间里，坐在烧着干净木材的火边，用价值连城、没有把手的瓷杯喝着茶。淡色的茶汤，稍带点肉桂味！

德·贝耶小姐是个普罗旺斯人，高个子、深色皮肤、面色红润。她并不壮硕，但是个子很高，动作悠缓，残忍。她蜷缩在深深的扶手椅里，对列文说着最伤人、语速最缓慢的话，看起来好像一只白色的波斯猫，迟疑地伸出一只张开的爪子，尽情享受着。她长着非常细的鹰钩鼻子，眼睛明显地向上斜着……很像日本人……她还有一大堆像送葬队一样的亲戚，以法国人的方式挤在一起。她的一个哥哥是法国元帅的司机……一种贵族的逃避责任的方式！

算上这些，很明显就算不在队列里，你也很有可能在社交方面和一位上校参谋不相上下；但是你绝对不要显示出你比他优越，尤其是在智力方面。如果你白己当着一位参谋官的面揭示出他是一个傻瓜——你可以随便说多少遍，只要你不证明这件事就行！——可以确定，过不了多久你就会惹上麻烦，而且理由充分。脑子过分机灵并不是英国人的特点——不，这绝对是反英国人的特点的。然而校级军官的职责是让军队尽量显得具有英国人的特点，所以一位参谋官会以非常可信的方式，把火撒在部队里这样的部下头上的。你永远别想乱糟糟的司令部准尉会处理你的报告。直到你被逼得焦急万分，到最后要么你被硬塞去，要么你祈求老天保佑自己被转到整支军队中其他任何一支队伍里……

这事情很糟糕，是过程糟糕，不是结果糟糕。总的来说，提金斯不介意他在哪里，做什么，只要他待在英国境外就行。晚上，他在海峡另一头辗转反侧的时候，想起那个国家的事情，心里就难以承受，然而，他还是很喜欢老坎皮恩，相比其他任何队伍，宁可待在他的队伍里。他的参谋是个很不错的家伙，你所能接触到的最好的——如果你必须得跟自己人打交道的话。所以，他仅说一句，"你看，斯坦利，你是个傻瓜。"然后就把话茬撂在那里，并没有证明这句断言正确与否。

上校说："怎么，我现在在做什么？我希望你可以从另一个方向走。"

提金斯说："不，我可不能离开营地。我是来见证你明天下午的了不起的婚约的，不是吗？……我一周最多只能离开营地两次。"

"你必须得到营地警卫这里来，"列文说，"我讨厌让女人在这么冷的天等着，尽管她是在将军的车里。"

提金斯叫起来，"你不会——噢，真够了不起的，你不会把德·贝耶小姐带到这里来了吧？就为了跟我说话？"

列文上校嘟囔着，声音低到提金斯几乎认为列文根本不想让他听见，"不是德·贝耶小姐！"然后他大声地叫起来，"真该死，提金斯，我暗示还不够多吗？"

一瞬间，提金斯精神错乱地以为一定是温诺普小姐在将军的车里，在门口，在山脚下营地警卫室旁边。但是当这个想法一出现在他的脑海里，他就知道这有多愚蠢了。他还是转过身去，他们很缓慢地沿着小屋之间的宽阔大路走回去。列文显然一点都不急。大路会消失在这片小屋的尽头，之后有大约两英亩的斜坡，黑漆漆地铺展下去，白石头标示出的似乎是海岸警卫队走的小路，在月光下微微闪着光，一直延伸到视野之外。月亮因为寒霜而变得黯淡。在幽暗的树林里，在那条小路的尽头，一辆可怕的劳斯莱斯里，肯定有列文非常害怕的某件东西正在等待着他……

有那么一会儿，提金斯的背脊都僵硬了。他本来不想插手德·贝耶小姐和作为列文情人的某位已婚妇女之间的事情……不论怎样，他确信，车里的一定是一位已婚妇女……他不敢想其他的。如果不是一位已婚妇女，就可能是温诺普小姐。如果是温诺普小姐，那么这不可能……一波巨大的冷静而深情的愉悦降临到他的身上。仅仅因为他的想象里出现了她！他想象着她小巧、白皙、长着个塌鼻子的脸蛋；她戴着一顶毛帽子，他不知道为什么。她会向他探出身子，坐在将军亮着光的车里，给车里面添一层光彩：好一出西洋镜！她向外望着，又因为玻璃内侧的反光而看不了很远……

他对列文说："你看，斯坦利，我说你是个傻瓜，是因为德·贝耶小姐有一大享受——就是表现出她的嫉妒。并不是感到嫉妒，是表现嫉妒。"

"你要，"列文讽刺地说，"当面跟我讨论我的未婚妻吗？作为一位英国绅士，格罗比的提金斯什么的。"

"嘿，当然了。"提金斯说。他仍然感到十分愉悦，"作为一名很棒的伴郎，教导你是我的职责。母亲在女儿结婚之前也要教她们一些事情。伴郎教他们单纯的新郎。而且你总是问我那位年轻女性的事情。"

"我现在并没有。"列文严肃地抱怨道。

"那么，看在老天的分上，你在做什么？你有一位被抛弃的情人，坐在那边老坎皮恩的车里，不是吗？"他们在通往他的连部办公室的小路旁。在往下走一点的地方，一小撮人，模模糊糊、零零星星，依然塞在房间里。

"我没有，"列文上校叫起来，几乎要哭出声来，"我从来没有过情人。"

"那你还没有结婚？"提金斯问。他特意用一句中学生式的"真棒！"来减弱他的讥讽。"如果你不介意的话，"他说，"我必须得过去看看我的士兵了，去看看你的命令有没有传达下去。"

在和之前一样满是昏沉的迷雾和卡其制服气味的小屋里，他并没有发现下达了任何新的命令。但是，他倒发现了一个站得笔直、一头金发的一等兵，他出生在加拿大，有老殖民地血统。考利准尉副官说了一个关于他的动人故事。

"这个人，长官，是加拿大铁道部队的，他的母亲突然在城里出现了，从厄塔佩尔来的。她本来在多伦多卧床不起，现在大老远从那里赶来。"

提金斯说："那，所以呢？继续说。"

那个人想要请假去见他的母亲，她在电车线尽头一家正经的小酒馆里等着他，就在营地的外面，和城里的房子相接的地方。

提金斯说："不可能，绝对不可能。你知道的。"

那个人笔直地站着，面无表情，他的蓝眼睛在提金斯看来诚实得过分，为此提金斯诅咒着自己。

"你自己可以看出来这是不可能的，不是吗？"他对那个人说。

那个人慢慢地说："我不知道这些情况下的规章制度，自己也不好说，长官。但是我母亲这件事是特例，她已经死了两个儿子。"

提金斯说："很多人都……你知道，如果你不经我允许就离开队伍，我可能会——我很有可能会——丢掉我的军职。我得负责把你们这些家伙派上前线。"

那个人低头看着自己的脚。提金斯恍然觉得是瓦伦汀·温诺普在这么对他。他应该立刻拒绝这个男人的请求，无论怎样他都能感觉到她的存在。这很愚蠢，但确实是这样。

他对那个人说："你来这里之前跟你母亲在多伦多告别过了，不是吗？"

那个人说："不，长官。"他已经七年没有见过他母亲了。战争开始的时候他在奇尔库特①，过了十个月都没有听到关于这场战争的消息。然后他立刻在不列颠哥伦比亚省参了军，直接被送去了奥尔德肖特，做铁道方面的工作，加拿大人在那里有一个在建的基地。直到到了目的地，他才知道他的哥哥们死了，而他的母亲，被这消息打击到卧床不起，没有能在他们兵团经过的时候赶到多伦多。她住在多伦多附近六十英里左右的地方。现在她奇迹般地下了床，并一路赶到这里来。一个寡妇，六十二岁，非常虚弱。

提金斯意识到，像他一天会意识到十次的那样，他这样想到瓦伦汀·温诺普是十分愚蠢的。他根本不知道她在哪里，在什么样的环境里，甚至都不知道在哪栋房子里。他认为她和她母亲不会继续待在贝德福德公园那间狗屋里。她们会过得比较舒服。他的父亲给她们留下了一笔钱。"这很荒谬，"他对自己说，"一直想着一个你连她在哪里都不知道的人。"

"你不能在警卫室旁边的营地大门见一下你母亲吗？"他对那个人说。

"那就说不了太多告别话了，长官。"那个人说，"她不能进营地，我也不能出去。我们很有可能得在哨兵的鼻子底下说话。"

提金斯对自己说："见面说话只能说上一分钟左右，多么荒谬可

---

① 位于加拿大西部，不列颠哥伦比亚省与美国阿拉斯加边界处。

67

怕！你们见面说话，然后在第二天的同一时间，就什么也没有了，还不如不见面或者不说话。"但他只是想到和瓦伦汀·温诺普见面一分钟这个荒唐又美好的点子……她不能进营地，他也不能出去。当着哨兵的面说话，这很有可能……这就已经让他闻到了报春花的香气。报春花，像温诺普小姐一样。

他问准尉副官："他是个什么样的人？"考利疑虑地张着嘴，像一条鱼一样喘着粗气。

提金斯又说："我猜你母亲没什么力气站在这冷天里。"

"一个很像样的人，长官，"准尉副官吐出这几句话，"最好的几个之一。他不惹麻烦，有完美的操行记录，受过非常好的教育，战前是个铁路工程师，当然，他是自愿参军的，长官。"

"这就是奇怪的地方，"提金斯对那个人说，"自愿参军的人当逃兵的比例和德比①或者那些被迫入伍的人的一样多。你知道如果你没跟着分遣队出发会有什么后果吗？"

那个人冷静地说："是的，长官。我很清楚。"

"你知道你会被枪毙吗？这后果就像你现在站在这里一样板上钉钉，而且你根本没有逃脱的可能。"

他想知道瓦伦汀·温诺普，这个热心的和平主义者，如果听到他这么说，该会怎么想。但这么说话是他的职责，他做人的职责，而并不仅仅是他的军事任务。就像医生的职责是警告一个人，如果

---

① "德比方案"是英国的德比伯爵在一九一五年提出的征兵制度，以扭转自愿入伍率下降的局面。参加者可留在后方，在需要时则须应征服役。

他喝了被伤寒杆菌污染了的水会得伤寒一样。但人们是不理性的。瓦伦汀也不理性。她会认为，告诉一个人他可能会被行刑队射杀是很残酷的。他想到，为瓦伦汀·温诺普会怎么想他或者不会怎么想他而烦恼是毫无意义的，喉咙里猛然发出一声叹息。毫无意义。毫无意义。毫无意义……

幸好，那个人向他保证，他非常清醒地知道，如果他逃走的话会遭到怎样的惩罚。准尉副官听见提金斯的话用一种令人敬佩的吹毛求疵的语气对那个人说："你看看，你看看！没听见长官怎么说的吗？永远不要打断一位长官。"

"你会被枪毙的，"提金斯说，"在黎明。真的就在黎明。"为什么他们在黎明枪毙犯人？要让犯人知道，他们不会让你看到太阳再次升起的。但是他们给那些人吃药，所以他们就算看到了太阳升起也不会知道；都捆在椅子上……这对行刑队来说真的还要更糟糕。

接着他又对那个人说："别认为我在侮辱你。你看起来是个很像样的人，但是非常像样的人也会擅白离队。"

他对准尉副官说："给这个人两小时的通行证，去，不管那个小酒吧叫什么。我们的分遣队两小时之内不会出发，对吗？"然后他对那个人说："如果你看到你的分遣队经过酒吧门口，你就跑出来钻进去。飞奔出来，你知道。你永远不会有第二次机会。"

周围挤得紧紧的观众发出一阵嘟囔声，混着喝彩和对走运的伙伴的嫉妒之情，他们专心致志地看着这小小的戏剧性事件……观众们都瞪大了眼睛，卡其布显得那么黯淡苍白……他们几乎要鼓起勇气鼓掌了，但是担心瓦伦汀·温诺普会不会鼓掌是毫无意义的……而且他也不知道这个人会不会回来。很有可能根本没有所谓的母亲，而是个姑娘。这个人也很有可能会逃跑……这个人直直地盯着你的眼睛。但是强烈的激情，就像对做逃兵的激情——或者对一个姑娘的感情——会让你控制住眼部的肌肉。在强烈的情感面前，这是件小事！在这种情况下，人们在审判日是会盯着上帝的脸撒谎的。

他到底想从瓦伦汀·温诺普那里得到什么呢？为什么他不能暂时搁下想她的念头呢？他可以暂时搁下想他妻子的念头……或者那个不是他妻子的人。但是瓦伦汀·温诺普钻了进来，整昼整夜。这是种执念，一种疯狂……那些傻瓜管这个叫"情结"！毫无疑问，是你的护士对你做的什么事情，或者你父母对你说的什么话造成的。在出生的时候……一种强烈的情感，或者无疑还不够强。否则，他，同样，做了逃兵。不管怎么说，从西尔维娅身边……这件事他并没有做。这件事他并没有做。或者说难道他没有做吗？简直说不清。

毫无疑问，小屋之间的小道上更加寒冷。一个人发出"呼呼呼"的声音，还扑扇着他的手臂，一蹦一跳……"手，脚，原地踏步！"得有人让这些可怜的家伙集合，让他们这么做，促进他们的血液循环。但是他们可能不知道这个口令……这是警卫的秘诀，真的……到底为什么这些家伙还在这里晃来晃去？提金斯问。

一两个声音说他们不知道，大部分人从喉咙里挤出声音回答："等我们的同伴，长官。"

"我本来觉得你们可以在屋里等，"提金斯尖刻地说，"但是没关系；倒霉的是你们，如果你们愿意这样。"集聚起来了，一股强烈的激情。不到五十码以外有一个有暖气的休息室，是给等待中的分遣队准备的……但是他们站在这里，上下牙打战，嘟囔着"呼呼"。即便这样，他们也不愿意错过三十秒急促含糊的对话。英国准尉副官说了什么，军官说了什么，还有他们给了你多少钱……当然还有你怎么回答的……或者不是这些。这些加拿大军团的人都是粗壮而严肃的家伙，不像伦敦东区人或者林肯郡的傻瓜那样随口吹嘘。他们显然想要学习战争的规则。他们焦急地讨论着在连部办公室听来的消息，他们看着你的样子就如同你是在阐释福音书……

但是，真该死，他，他自己，会和命运定下协议，在那一刻，情愿在冰天雪地的地狱里过上三十个月，只要他能见瓦伦汀·温诺普三十秒，告诉她他的回答，他对命运的回答！……那个在炼狱里被冰雪埋到脖颈，并恳求但丁清除他眼皮上的冰柱，好让他能看到东西的家伙叫什么来着？但丁一脚踢在他脸上，因为他是个吉伯林派，多少有些混账，但丁……有点像……像谁？……噢，像西尔维娅·提金斯……整天看人不顺眼！……他想象着，一波一波的仇恨从西尔维娅幽闭了自己的那个修道院涌来……她隐居了，他想象着她去隐居了。她说过她准备去那里。在战争结束之前，只要战火没有停止，或者人生没有结束，不管哪个更长，他想象着西尔维娅，蜷缩着身子躺在修道院的床上，心怀恨意。她那光辉夺目的头发散在她身边……心怀恨意……缓慢而冰冷……当你仔细看的时候，她的脑袋就像一条蛇的脑袋……眼睛一动不动，嘴巴紧紧闭着……望着远处，心怀恨意……她应该在伯肯黑德……她的仇恨大老远地从那里赶来，穿过整个国家和一片海洋，在这冰封的夜里穿过所有这些黑色的大地和水面，伴随着外边那些德国佬的空袭和潜水艇带来的光亮……啊，他现在不用想西尔维娅。她跟这件事没什么关系……

很明显，随着夜色变浓，气温并没有变得更暖……就连那个浑蛋列文都急匆匆地在尽头营房的月影里来回踱着步——营房俯瞰着那座斜坡和渐渐消失在远方的白色石头——虽然他吹嘘自己不用穿外套。为了用他漂亮的参谋部小玩意吸引女人的眼球，他把自己打扮得犹如一只正在觅食的美洲豹。

提金斯说："抱歉让你久等了，老兄。应该说让你那位夫人久等了。但是我得见几个人。还有，你知道，'人们的舒适和——'什么来着，'要优先于一切'？是'考虑'吗？——除了实际战争的迫切需要以外。我的脑子最近都不够用了。你想要我一路滑下山，再吭哧吭哧地爬上来，就为了见一个女人？"

列文尖叫出声，"该死的，你这个傻瓜！在下面等着你的是你妻子。"

# 第三章

提金斯脑海里清晰地蹦出一件事，那时他终于坐下来，手边有一杯烈性朗姆宾治，他用铅笔在军官手册上写满了字，因为他得在十一点之前拟好一篇报告，说明给他的小分队开一门关于战争起因的特别课程有什么好处。他坐在自己的睡袋里，身上盖着六条行军毯，旁边的轻便折椅上是一本廉价的法国小说——他脑海里突然蹦出那件事，像参谋官的铭牌那样尖锐：他想到列文那个浑蛋真是够可悲的。没有掌过钉子的靴底让列文在上了冻的山坡上寸步难行，他换着脚蹒跚了一两步，然后一动不动地停下来，抓着提金斯的手肘，上气不接下气地蹦出几个令人疑惑的，一味铺陈着非凡、快活、情绪化的句子。列文紧紧抓住提金斯的手臂，一瘸一拐地跟着他挪下山又爬回来，对他说了太多关于西尔维娅的丑闻，没有先后顺序，而且说实在的，也没有任何明显的目的，除了他自己对提金斯特别的喜爱以外……各种独立的事件似乎在他身边的模糊地带发生，在这个全神贯注的灰土色世界之外，模糊地发生着……噢，那些非军方人士，那些缺少黄油的下午茶会！……

提金斯，用两条大腿坐着，支着两只膝盖，把软软的脏毛毯扯到下巴处，咒骂煤油暖气又放出了一阵新的、特别的臭气。他认为，这整件事就像在两个月之后重回军中，还要努力熟悉营部的命令……你回到了熟悉的、稍微有些破旧的军官食堂接待室里。你叫食堂勤务兵去把最近两个月的指令拿来，因为里面写的或没写的东西是生死攸关的……可能有一条陆军委员会指令叫你带上头盔回到前线去，或者一条营部指令说左胸口袋里一定得装着手榴弹，或者还有一条指令，详细地教大家如何戴上新型防毒面罩！……勤务兵递给你一团乱七八糟的、用墨色很淡的打字机打印的纸，所有清晰的部分都被手指揉花了，十一月十六日的指令紧紧地夹在十二月一日的里面，而十日、十五日和二十九日的全都不见了……你拼凑起来的只发现，总部关于A连有很多极为伤人的话要说：一个你不认识的名叫哈托普的家伙被剥夺了军职；一个军事调查法庭确认C连缺乏资金是威尔斯上尉的责任，可怜的威尔斯，他将被罚款二十七英镑十一先令四便士，并被勒令立即交付给副官……

所以，令提金斯震惊的是，在黑色的山坡那边，将军让列文认为他，提金斯，是个非常凶恶的家伙，绝对会在列文告诉他他妻子在营地门口等他时，一拳把他打倒。列文认为他自己是一个古老的贵格会<sup>①</sup>家族的后裔……（提金斯听了以后说了句"**老天！**"）列文害怕的那些神秘"麻烦事"指的一直都是西尔维娅接连不断寄来烦扰将军的信……西尔维娅指控他，提金斯，偷了她两条最好的床单，还有一大堆别的事情。但是，面对着他所认为的最糟糕的情况，提金斯冷静下来回顾他和妻子分居的每一个细节。他准备回顾每一个细节，不光光是社交方面，直到那时，他还下意识地认为他们的分居依赖于社交生活。因为，在他看来，出身好的英国人认为一切婚姻结合或分离的基础是那句格言：不要闹大。显然，这是因为用人的缘故——用人就相当于公众。因此，考虑到公众，不要闹大。而且，说真的，对他而言，保护隐私的本能——他的人际关系也好，他的热情也好，甚至他最不重要的目标也好——都像他的求生意志一样强烈。他，毫不夸张地说，宁死也不愿意公开他的私生活。

直到那个下午，他还以为他的妻子和他一样，宁死也不愿她的绯闻被士兵们传来传去。但回头看看，一定是他想多了……当然，他可以说她疯了。但是，如果他说她疯了，他得反思他们的亲密关系中很大的一部分，覆盖面会很广，时间也会很长……

医生的勤务兵在小屋的另一头。"〇九摩根太可怜了！"他用唱歌般戏谑的声调说。

虽然，几个小时之前，提金斯还满以为，在他重重地倒在跟医

---

① 贵格会，是基督教新教的一个派别，成立于十七世纪的英国，创始人为乔治·福克斯，因一名早期领袖的号诫"听到上帝的话而发抖"而得名"贵格"，中文意译为"震颤者"。

生借来的小屋里吱吱作响的行军床上之后，他的身体可以得到放松，好冷静地思考他和妻子之间的关系，但是现在看来，这并没那么容易。这间小屋暖和得不合常理：他邀请麦肯基——他的真名其实是麦基奇尼，詹姆斯·格兰特·麦基奇尼——住到屋子另一头。用一块帆布和一块条纹印第安帘幕隔开。麦基奇尼，他睡不着，干脆和医生的勤务兵进行起一番长长的、无休无止的谈话。

医生的勤务兵也睡不着，而且，像麦基奇尼一样，有些疯疯癫癫的。他是一个几乎不说英语的威尔士人，天知道他从哪个北方山谷里来。他长着加勒比野人那样乱蓬蓬的头发，两只充满恨意的深色鼓鱼眼；作为一名矿工，他觉得坐在脚后跟上比坐在椅子上更舒服。他用几乎让人无法理解的嗓音低低地哭泣着，时不时冒出一两个别人竟然能听懂的词语。

这谈话很烦人，但又有充分的正当理由。一年多以前，格拉摩根郡兵团的第六营被德国佬的烈性炸药炸了个七零八落，那时候，说实在的，勤务兵也几乎被炸得精神错乱了。看起来，在那之前他曾在那个营麦基奇尼自己的连里服役。一位军官跟曾经在他自己的排或者连里的列兵闲聊非常正常，尤其是如果这还是在其中一方受伤而不得不长期分离之后的第一次会面。而麦基奇尼第一次重遇这个小无赖琼斯，还是伊万斯什么的，在夜里十一点——两个半小时以前。所以，现在，在一支插在矮瓶子里的蜡烛的烛光下，他们显得很宁静。勤务兵蹲坐在军官脑袋旁边；军官，穿着睡衣，趴在枕头上，从床里探出来半个身子，双手大张着伸出去，偶尔打个哈欠，问一句，"连部准尉副官霍伊特怎样了？"……他们可能要一直聊到三点半。

但是，这对一位试图回顾他和妻子的确切关系的绅士来说，颇有些烦人。

在医生的勤务兵突然说起〇九摩根而打断他的思绪之前，提金斯已经简要地总结了他的想法：那位女士，提金斯夫人，说得重一点肯定是个婊子；他自己则肯定毫无保留地在肉体上对妻子及他们的婚姻保持忠诚。因此，在法律上他绝对是占上风的。但这事实轻于鸿毛。因为在她上次专横地背叛了他之后，他仍然向这位夫人提供了他的住所和一个名分。在那之后几年她都在他的身边，显然满怀着仇恨和误解。但是，前提当然是保持贞洁。这样，在那些脆弱而悲伤的短暂时光，在他再次出征来到法国之前，她几乎疯狂地对他表现出报复性的激情。不论怎么说都是种肉体上的激情。

对，那些时候确实有过疯狂的、短暂的爱情。但是就算在最冷静的时期，一个男人也做不到让一个女人作为房子的女主人和继承人的母亲跟他住在一起，却不许她同他建立某种类似所有权的关系。他们不睡在一起。但精神上的结合和肉体上的结合一样，可以合情合理地被当作一种所有权。这难道不可能吗？这完全可能。好吧……

在上帝的眼里，什么才能斩断两人的结合？他一直以为——直到那个下午为止——他们的结合已经斩断了，像阿喀琉斯的脚筋一样。清晨里，在他的公寓外，西尔维娅用清脆的声音对一位车夫说："帕丁顿！"他尝试着非常仔细地回想他们最后一次见面的每个细节，在他还几乎像夜晚一样黑暗的会客室里，她在房间的另一头，看起来只是个白色的磷光物体……

于是，他们就在那一天永远分别了。他要远走法国，她要去伯肯黑德附近的一个修道院隐居——途经帕丁顿。那么，这就是一次分别。他很确定，这让他可以自由追求那位姑娘了！

他喝了一口身旁帆布椅上放着的那杯掺了水的朗姆酒，不冷不热，非常糟糕。他交代勤务兵给他拿一杯热腾腾的、浓烈的、甜甜的饮料，因为他确信自己刚刚感冒着凉。他拖着没喝，因为他想到自己要无情地考虑关于西尔维娅的事情。而他有个习惯，当将要久久地沉浸于思考时，从来不会碰酒精。这一直是他的原则，他在战争中的经验更从实用角度大大巩固了这一点。

在索姆河上时，夏天，早上四点就要备战，你会从防空洞里爬出来，带着一整套悲观主义思想，站在单调、薄得过分的胸墙前向外侦查，而胸墙之外是昏沉、灰暗、令人厌恶的风景。那里有令人反感的要塞，缠成一团的、非常脆弱的带倒钩的金属线缆，损坏的车轮，石头残屑，一团团飘在德国佬头顶上的、令人作呕的雾气。灰暗的寂静，灰暗的恐怖，在前线，在后方的非军方人士之间！每个念头都带着清醒而坚硬的轮廓……然后你的勤务兵给你拿来一杯茶，带有一点——真是一点——朗姆酒在里面。三四分钟以后，你眼前的整个世界都变了颜色。你发明的金属线缆防护网变成非常有效的保护，你得感谢老天赐予你如此精良的技术；破损的车轮变成方便晚上在无人区发起突袭的标志。你得承认，在你把最近被堵塞的那段胸墙重新立起来之后，你的连队把它利用得还不错。说到德国佬，你来是为了干掉那些蠢猪的，但是你并不觉得想到他们就会先让你感到恶心……你，实际上，已经变了。你头脑中那种特别的严

78

肃态度变得不一样了。你甚至都看不出朝霞的那抹深粉色的晨雾其实不是朗姆酒造成的效果……

因此，他决定不去碰他的朗姆酒。但是他的喉咙变得非常干渴，于是，他机械地伸手去抓了点喝的，然后才意识到自己在做什么。但是为什么他的喉咙会这样干渴呢？他本来并没有在喝酒，他甚至连晚饭都没有吃。为什么他现在的状态这么不同寻常？……因为他现在的状态很不同寻常。这是因为他突然想到，他和他妻子分开就意味着他可以自由地追求他的姑娘了……这个想法到那时为止从来没有进入他的脑海。

他对自己说，我们一定要有条不紊地考虑这件事！有条不紊地考虑他在尘世中最后一天发生的事……

因为他可以发誓，这一次启程来法国的时候，他认为自己已经和尘世断了联系。在待在这里的几个月间，他似乎和尘世的一切都没有任何联系。他想象西尔维娅待在她的修道院里，已经和他没有关系了。而温诺普小姐呢，他根本没办法想象，但她似乎也跟他没有关系了。

让他的思绪回到那天晚上有些困难。你没法硬逼自己的心去慎重地、连续地回忆一件事，除非你当下的心情正适合这么做。如果是这样的话，不论你想不想这么做都能成功……当时，大约三个月以前，他和妻子度过了一个非常痛苦的早晨，痛苦源于他突然确凿地相信他妻子逼着她自己关心他的事情。可能那只是一种态度，因为，说到底，西尔维娅是一位淑女，不会允许她自己去关心全世界最不适合她关心的人……但是，如果她认为那会给他带来极度不便的话，她完全有办法逼自己伪装出一种态度……

但这并不是，并不是，并不是他激动的头脑对他说出的话。他激动的原因是，温诺普小姐同样有可能并不希望他们的分别即是永别，这给他打开了一个广阔的视角。不论怎么说，从这个广阔的视角思考问题，并不是冷静地分析他和他妻子关系的好办法。这个故事的事实成分的陈述**必须**基于道德。他告诉自己必须使用确切的语言，就像为驻防部队总部写一份报告那样，描述他和妻子之间的关系，以及其中他自己的经历……与温诺普小姐的关系也一样。"最好写下来，当然。"他说。

那好吧。他抓过他的手册，用很大的铅笔字写道："在我和赛特斯维特小姐结婚的时候，"——他尝试模仿交给总司令部的报告的口吻——"我自己并不知道，她认为自己有了一个叫作德雷克的家伙的孩子。我认为她并没有。这件事尚需考虑。我很热心地爱着那孩子，他是我的继承人，还是一个地位相当不错的家族的继承人。这位女士随后，在若干不同的场合，尽管我不知道到底有几次，对我不忠。她离开我，和一个叫作佩罗恩的家伙私奔了，她常常在我教父，爱德华·坎皮恩将军家里和他会面，佩罗恩是我教父的手下。这是战前很长一段时间的事情了。当然，将军从来没有想到过他们俩之间的亲密关系。佩罗恩又回到坎皮恩将军的手下，将军对曾经的下属很有感情，但因为佩罗恩并不是一位称职的军官，所以他只被安排到了比较华而不实的岗位上。否则，显然，因为他是一名年资很高的正规军人，按年资他应该已经是一位将军了，而他现在还仅仅是一位少校。我把话题转到佩罗恩身上，因为他现在在我这边的驻防部队里，而这让我自然而然地感到有些恼怒。

"我的妻子，在和佩罗恩一起消失了几个月以后，给我写了一封信，告诉我她希望我把她带回家来。我答应了。我的原则不允许我和任何女人离婚，已经做了母亲的女人就更不行。因为我并没有公开提金斯夫人私奔的消息，据我所知，没有一个人知道她和别人私奔了。提金斯夫人，是罗马天主教徒，也不能主动和我离婚。

"在提金斯夫人和这位佩罗恩先生私奔这段时间，我认识了一位年轻女性，温诺普小姐，我父亲最老的朋友的女儿，而这位朋友也是坎皮恩将军的老朋友。我们在社交上的地位很自然地让我们建立起密切关系。我立刻意识到我对温诺普小姐产生了怜爱之情，但并不过分强烈，我也自信地认为，我的感情得到了回应。无论温诺普小姐还是我本人都不是那种会谈论我们感情状态的人，我们也并不交换任何秘密。作为一个有点地位的英国人，这么做是有些不利的。

"这样的状况持续了几年——六七年。从和佩罗恩的出走中回来以后，提金斯夫人，我相信，十分忠贞。我有时候见温诺普小姐很频繁，有一段时间，常常在她母亲的房子里或者在社交场合会面；有时候会面间隔得很久。我们中间的任何一方都从未表达过自己的爱慕之情。谁都没有。从来没有。

"在我第二次出征法国的前一天，我和我妻子闹得很不愉快，在那过程中，我们，第一次，谈到了我们的孩子的出身和其他的事情。那个下午，我在陆军部外面遇见了如约前来的温诺普小姐。约会是我妻子定下的，并不是我。我对这件事一无所知。我妻子一定更加了解我对温诺普小姐的感情，比我本人更加了解。

"在圣詹姆斯公园，我邀请温诺普小姐当晚做我的情人。她同意了，并定下了和我的约会。可以猜想，这是她对我的感情的证明。我们从来没有互诉哪怕一句衷情。可以推测，如果一位年轻女性对一位已婚男性没有感情的话，她是不会答应和他上床的。但是我没有证据。那时，当然，距离我出发去法国只有几小时了，对年轻女性来说是很容易动情的瞬间。毫无疑问，在这种情况下她们更容易同意这样的请求。

"但是我们并没有那么做。我们深夜一点半还在一起，靠在她郊区房子的花园大门上。什么事情都没有发生。我们认为我们是那种不会做这种事的人。我不知道我们是怎么取得一致的。我们一句话都没有说完。然而那是一个充满深情的场面。所以，我碰了碰我的帽檐，说'**再见**'或者我可能都没有说'**再见**'；或者她……我不记得。我记得我当时的所思所想，还有我认为她是怎么想的。但是她可能并没有这么想。没办法知道。强求细节是没有意义的，不过，我仍觉得，她认为那就是永别了。可能她并不是这个意思。可能我可以给她写信，而且活下来。"

他叫道："上帝啊，我怎么直冒汗！"

说真的，那汗珠正从他的太阳穴往下流。某种热情让他本能地放任思绪在各种形容词之间游走，自说自话地前进。

但是他卡住了。他下定决心要表达出来，又继续写道："我大概深夜两点到了家，走进黑暗中的餐厅。我不需要开灯。我坐在那里思考了很长一段时间。然后坐在房间另一头的西尔维娅开口对我说话。那情景非常可怕。从来没有人用如此强烈的恨意对我说话。她，可能，已经疯了。显然，她指望如果我已经和温诺普小姐有了肉体接触，我可能就会平息自己对那姑娘的喜爱……然后对**她**产生肉体上的渴望……但她知道，不用我开口，我并没有和那姑娘发生肉体关系。她威胁要毁掉我，要在军队里毁掉我，要把我的名字拖进泥地里……我没有说话。我真他妈擅长不说话。她给了我一个耳光，然后走了。在那之后，她从半开的门，扔进来一枚圣米歇尔金奖章，圣米歇尔是战士的罗马天主教守护天使，她曾经把奖章挂在胸口。我的理解是，她最后的行为预示着我们的分离。如果她不再戴着这奖章，似乎她也就抛弃了所有为我的安全所祈求的祝福……这也可能意味着，她希望我自己戴着它，以便保护我自己……我听见她和她的女仆一起走下台阶。对面的烟囱管帽上显露出曙光。我听见她说'帕丁顿'。清晰、高昂的音节！然后一辆车开走了。

"我收拾好我的东西，去了滑铁卢。赛特斯维特夫人，她母亲，正在等着送我启程。她发现她女儿并没有和我一起来，也非常不愉快。她认为这就意味着我们永远分开了。我很震惊地发现，西尔维娅告诉了她母亲温诺普小姐的事情，因为西尔维娅一直非常沉默寡言，即使对她母亲也一样。赛特斯维特夫人，**非常**不高兴——她很喜欢我！——她表达了对西尔维娅的将来最不好的预感。我嘲笑了她。她开始告诉我一桩关于康赛特神父的漫长的轶事，他是西尔维娅的告解神父，数年前评论过西尔维娅。他说，一旦我转而关心另一位女性，把世界撕得支离破碎西尔维娅也要抓到我。也就是说，来扰乱我宁静的心绪！……赛特斯维特夫人的话很难听清。即将开动的军官火车的车厢边并不是一个交流秘密的好地方。所以，那场会面不清不楚地结束了。"

这时候，提金斯叹息得太大声，结果麦基奇尼，在小屋的另一头，问他是否说了什么话。

提金斯随便搪塞了过去，"从这边看，那支蜡烛离小屋的墙壁太近了。也可能没有那么近。这些房子很容易着火。"

继续写也没有什么意义。他并不是作家，而写作也不能给他带来心理上的提示。他向来都不是很擅长揣测人的心理，但是一个人在这方面应该和其他方面一样有效率……那好吧……他在祖国度过的最后一天一夜里，他自己和西尔维娅身上显现出疯狂和残酷的根本原因是什么？……因为，看啊！是西尔维娅，在他不知道的情况下，和那个姑娘约了时间，让他们俩相见。西尔维娅想要逼迫他和温诺普小姐投入对方的怀抱。不容置疑。她也这么说了。但是直到事后她才这么说，在她发现这场游戏并没有产生作用之后。恋爱方面的小伎俩她知道得太多了，所以不会提前表明意图……

那她为什么会这么做呢？毫无疑问，多多少少，是出于对他的怜悯。她让他度过了一段很糟糕的时光。毫无疑问，在某个时刻，她希望让他的姑娘的臂弯带给他安慰……为什么，该死的，是她，西尔维娅，而不是别人，逼他邀请那个姑娘做他的情人。不是别的，正是那天早上他们残酷到极点的谈话，把他逼到了兴奋的顶点，让他邀请一位年轻女士和他进行违法的性行为，而他之前连一句表达爱慕的话都没有对她说过。这是一种施虐。这是唯一一个科学地看待这件事的办法。毫无疑问，西尔维娅知道她在做什么。整个早上，间隙里，她像一个不停挥着鞭子抽打他人痛处的人，一遍一遍地。

84

她控诉他让瓦伦汀·温诺普做他的情人。她控诉他让瓦伦汀·温诺普做他的情人。她控诉他让瓦伦汀·温诺普做他的情人……就像这样令人发狂地重复着。他们已经处置了一处房产；他们解决了一些实务问题；他们决定，他们的子嗣将以天主教徒的身份接受抚养——追随母亲的宗教信仰！他们已经，足够痛苦地，回顾了他们的关系和过去，包括孩子的父亲到底是谁……但是，每当他的头脑好像一条盲目的章鱼，因为被刀划伤而痛苦得扭动的时候，她就会这样控诉他。她控诉他让瓦伦汀·温诺普做他的情人……

他对上帝发誓，到那天早上为止，他都没有意识到他对那个姑娘的感情，没有意识到他的感情像大海一样深沉而广阔。他战栗着，好像是整个世界战栗的总和，他无法抑制的渴望，一想到这件事，他的肠胃就翻江倒海……但是他并不是那种会抓着自己的感情不放的家伙……为什么，该死，当他想到那个姑娘的时候，在这里，那个可怕的营地，在那间带着伦勃朗式阴影的小屋中，当他想到那个姑娘的时候，他告诉自己那是温诺普小姐……

一个男人并不该以这样的方式想起他热烈爱恋着的年轻女人，当他注意到了这种爱恋。他本没有注意。他一直都没有注意，直到那天早上……

然后，这让他解脱出来。毫无疑问，这让他解脱出来。一个女人不能把她的男人，她正式的丈夫，推进第一个出现的姑娘的怀里，还要认为她自己仍然拥有对他的所有权。尤其是，如果就在同一天，他要去法国，因此她会和他分别！这足以令他解脱出来吗？显然是的。

他一把抓过装着掺了水的朗姆酒的杯子，害得杯里的液体有一些都泼到了他的大拇指上。他把整杯都灌下，身体一下就温暖起来……

他到底在做什么，现在？反省这一切是为什么？……真见鬼，他并不是在给自己辩护……至少在关于西尔维娅的事情上，他所做的一切都完全正确。可能对温诺普小姐并不是这样……为什么，如果他，格罗比的克里斯托弗·提金斯，需要为自己辩护，那他是格罗比的克里斯托弗·提金斯，这能代表什么？这是让人难以想象的。

显然，他对七宗罪并不免疫。作为一个男人，一个人可能撒谎，但是不至于为了陷害邻人而作假证；一个人可能杀人，但不该在没有人挑衅的情况下，或者仅仅为了自身利益这么做；一个人可能把从无信义的苏格兰人手上抢走牛视为偷盗，而这是约克郡人的责任；一个人可能通奸，显然，只要你不会病态地为之大惊小怪。这是君主在士兵中间的初夜权。他本人并没有严重地犯下其中任何一个过错。一个人会保留他这么做的权利，并承担其后果……

但是西尔维娅究竟出了什么问题？她表露了自己的诡计，而他从不知道她是会这么做的人。但是她非常确信，如果她愿意，可以把他重新推回温诺普小姐的怀抱，在他的私人生活中硬插一脚，以一种公然而粗俗的方式。因为她之前的所作所为就是在仆人面前丢人现眼！当他在法国的时候，她一直在策划这件事。现在她这么做了，在他自己小队的英国兵面前。但是西尔维娅以前并不会犯这样的错误。这是个诡计。什么诡计？他甚至没有尝试着去推测！她不可能希望，他将来还会接纳她回到自己的屋檐下……那么，这是个什么诡计？他不能相信她可以毫无目的地做出如此粗鲁的事情。

她是一匹一流的纯种马。他一直这么认为。而现在，她的所作所为就好像她身上有一匹母马所能具有的全部劣性——马厩的马，因厌倦而出现的劣性。或者看起来是这样。那么，这是因为她在他的马厩里吗？但是，不这样，他到底会如何经营他们俩的生活呢？她一直对他不忠。她对他做的唯一一件事就是不忠，不论是婚前还是婚后。她做这一切都飞扬跋扈，让他没办法谴责她，尽管这对他来说很不舒服。她和那个叫佩罗恩的家伙私奔之后，他还是把她接回了家。她还能要求什么？……他找不到答案。而且这跟他也没有关系！

但是，即便他不去多想这个讨厌的可怜女人的动机，她也是他的继承人的母亲。现在她正满世界宣告她的过错。这个男孩身上发生了什么样的事情？一个在用人面前丢人现眼的母亲，足够毁掉任何一个男孩的人生了……

没办法从西尔维娅现在所做的事情中逃脱。她一开始还只满足于询问，他，提金斯，所在地、身体健康和安全状况之类信息，最近两个月已经用各种信件把将军淹没了。这老家伙，这一段时间以来，非常给提金斯留面子，从来没有对他提过这件事。他可能以为这些信很正常，只是一位妻子焦急地询问她身在前线的丈夫的事情；他认为提金斯给她的信中表达的东西一定很有限，或者她把其中暗含着的某些信息理解成了伤病或极端危险的职务。无论如何，这并不是很令人愉快；女人不应该拿她们男人的生死命运这种事去烦扰上级军官。这事还没完。不过，西尔维娅与坎皮恩及其家人都非常亲密——比他自己还要亲密，尽管坎皮恩是他的教父。但是，显然，她的来信变得越来越糟了。

对提金斯来说，弄清楚她到底写了什么非常困难。他获得信息的来源是列文，而列文太过委婉，从来都不对他说什么直接的话。太委婉、太含蓄地信任提金斯的人格，也被西尔维娅的魅力过分迷惑了。她明显就是故意迷惑那些可怜的参谋官，但是她做得太过火了，无论是她的信，还是她到这个城镇以来所说的话。这很符合她的处事方式：她没有任何护照或者证件就来了，从码头上的木头小屋里那些绅士面前走过，跟佩罗恩说了话——世界上有那么多人她非要选这一个！佩罗恩，他刚刚休假回来，拿着国王的派遣令，或者一位参谋军官能取得的别的什么好听的玩意！她很有可能坐了特派火车。到处都是西尔维娅的身影。

列文说，坎皮恩狠狠地训斥了佩罗恩一顿，他从来没有听过任何一个人受到这么可怕的责骂。这对可怜的将军来说也**他妈的**非常难办，在自己的某位前任麾下军官身上发生过某些事件之后，他就一直非常注意，不让女性接近他的总部。这也确实正是列文充满困扰的生活中的一次灾难，因为将军断然拒绝让他，列文，休假去和德·贝耶小姐结婚，除非他答应让那个年轻女人在仪式之后坐第一班船立刻离开法国。列文当然打算和她一起走，但是那个年轻女人在战争结束之前都不会回到法国。她那一群身份尊贵的亲戚对这件事表示出不同意见。列文为了准备婚礼已经又花了十五万法郎。尽管你并不能把未婚军官的女朋友赶走，但无论如何，已婚军官的妻子一定不能待在法国。

坎皮恩，不管怎么说，给提皮斯送了张气急败坏的纸条。起先，坎皮恩一大早就收到西尔维娅的一封信，信里说她那位公爵二表哥，总是很悲伤的鲁格利，非常不赞成提金斯待在法国。之后，将近下午四点，他又收到一封电报，是西尔维娅自己从勒阿弗尔发来的，上面说她会乘中午的火车赶来。将军因为西尔维娅要来很生气，但是他因为自己的车不能前去迎接西尔维娅几乎同样气愤。不过，法国铁路工人的一次罢工让西尔维娅延误了。坎皮恩差人，在五分钟之内，把他的一番牢骚传达给了提金斯，他确信，提金斯清楚地知道西尔维娅要来。然后他叫列文乘他的车到鲁昂火车站去。

将军，实际上，一头雾水。他很确信提金斯——作为一个很有头脑的人——对西尔维娅非常不好，已经到了要偷走她两条最好的床单的程度，但是他也确信提金斯跟西尔维娅是同谋。坎皮恩确信，作为一个很有头脑的人，提金斯对他较低等级的征兵转运官这一职务感到不满，想在将军的随从里谋求一个舒适得奢侈的位置……列文说，坎皮恩认为提金斯的确应该被分配一份等级更高的工作，这让本来就困扰的他更心烦了。

将军对列文说过："真该死，本来应该是那个家伙来指挥我的情报处，而不是你。但是他靠不住。他就是这么个人，靠不住。他太聪明了，而且他一开口就没完没了，马屁精南瓜的后腿都要给他说断了。"马屁精南瓜是将军最喜欢的坐骑的名字。将军很怕说话。除了工作，他从来不跟任何人说话——当然也从来不跟提金斯说话——除非别人证明他是错误的，而这削弱了他的自信。

所以，总起来说他大为光火，还很困惑。他几乎快要相信，他庞大的部队里每一个问题背后都有提金斯在指使。

但是，知道了这些之后，提金斯还是没有弄清楚他妻子到法国来是做什么的。

"她抱怨说，"列文在边防小路上非常滑的几个路段痛苦得叫了起来，"你拿了她的床单。还有一位——一位瓦诺施特希特小姐，不是吗？将军不打算过分计较那些床单的事情。"

在将军和他的总部里几位比较亲密的人士共同居住的那个巨大的、挂着壁毯的客厅里，他们好像已经讨论过提金斯的事情了，由西尔维娅主导，她向将军和列文透露了各种不得体的事例。佩罗恩少校以他几乎没有能力表达任何观点为理由提前离开了。实际上，列文说，他生着闷气，因为坎皮恩斥责说，他的所作所为冒着让他自己和提金斯夫人被"说闲话"的风险。列文认为将军太没道理了。难道他的参谋部里没有人能护送一位夫人了吗？好像他们只是六年制中学的男孩一样。

"但是你——你——你——"他磕磕巴巴、浑身颤抖地说，"看起来**确实**在给提金斯夫人写信这方面懈怠了。那位可怜的夫人，请你原谅！看起来真是急得发疯了。"这就是为什么她坐在将军的车里，在山脚下等着，就是为了看一眼提金斯还活着。因为他们都完全没办法，在总部，说服她相信提金斯还活着，更别提在城里了。

她实际上并没有等那么久。通过和警卫室门外的哨兵的一番谈话，她显然相信了提金斯确实仍然活着，于是她叫勤务兵司机开车带她回到邮政酒店。可怜的列文只好自己坐有轨电车回去，或者至少他有可能得这么做。他们看到汽车的灯光在他们下面的山脚下，打了个转，令人愉悦的光芒在车内闪耀着，沿着远处的路消失在树林里……寡言少语、有些粗野的哨兵——当一个英国兵心里想着什么事的时候你一下就能看出来！——告诉他们，一位中士把警卫支了出去，这样他的手下可以向这位夫人保证上尉活着，并且活得很好。这位乐于助人的中士说，他对待这位夫人采用了他平时只有在接待将官和每天一次接待指挥官时才采用的态度，因为这位夫人说她没有收到上尉的任何回信而显得非常焦急。警卫室，那里没有隔间，里面有两个醉鬼，他们不知道怎么想的，把自己的衣服给扯烂了，所以赤身裸体。因此，这位中士希望他没有做错事。驻防部队宪兵应该把在营地外面捉到的醉鬼带到宪兵副司令的警卫室里，但是从这两个人赤身裸体的丑态和粗鲁的言行看来，中士派行李员来处理他们的事情是正确的。这俩醉鬼，唱着军队的颂歌《哈莱克人》[①]，从声音可以听出，他们的状态跟中士所想的一样糟糕。他补充说，要不是为了上尉的夫人，他不会把警卫赶走的。

"那个中士真是个聪明的家伙，"列文上校说，"没有比这更好的说服提金斯夫人的办法了。"

提金斯说——他一边说一边由衷希望自己没有这么说，"噢，**真他妈**聪明的家伙。"他语调里愤恨的挖苦让列文有机会抗议他对待西尔维娅的态度。他完全不是要抗议他的行为——因为列文正儿八经地认定提金斯是正义的化身——而是抗议他挖苦那位善待西尔维

---

① 这首歌歌颂的是七年战争（1461—1468）期间发生在哈莱克城堡的战役。这首歌在威尔士历史上具有相当重要的地位。

娅的中士的腔调，而且，准确说，因为提金斯不给他妻子写信，才有这一系列事情发生。提金斯本来想说，考虑到他们已经分手了，他会认为他再给她写哪怕一封信都是骚扰。但是他什么都没说，在十五分钟之内，对话变成了打滑的山道上的一段独白，列文就婚姻这个主题发表了一段演说。自然，结婚这件事情当时在他脑中徘徊不去。他认为一个人应该和他妻子住在一起，并且他妻子应该有权拆开他所有的信。这是他心目中田园诗般的生活。

当提金斯讽刺地评论说，他人生中写过或者收到过的信中从来没有哪一封是他妻子没读过的，列文激动地大声叫起来，露出一副几乎要在迷雾中失去平衡的样子，"我就知道，老伙计。但是听到你这么说我真是太高兴了。"他补充了一句，他希望尽可能地将他朋友的生活方式作为他理想生活的模板。因为，自然地，正如他将要让他的命运和德·贝耶小姐的相结合一样，这也可以看成他事业的转折点。

# 第四章

　　他们爬回山上，这样列文好打电话给总部把他自己的车叫来，以防将军的司机想不到要回头来接他。但是提金斯回忆中的场景到此就被打断了……他坐在睡袋里，心不在焉地用铅笔戳着摊在膝头的笔记本里打了方格的那一页，一遍又一遍地扫视着他就自己的事的报告的结尾，结尾是这么一句话："**所以，那场会面不清不楚地结束了。**"看着这几个字，他想到了这样的画面：在黑黑的山坡上，空袭已经结束了，城里的亮光抛洒向他们下方的天空中。

　　但是就在这时，医生的勤务兵嘴里蹦出了那个名字，好像带着玩笑般的、沙哑的讽刺，"〇九摩根真他妈可怜！"

　　在和鼻子平齐的一页发白的纸张上，提金斯注意到一层紫红色薄膜正在起伏着，然后是黏糊糊的猩红色胶状表面。晃动着！又是

93

劳累所导致的幻象，投射在视网膜上，提金斯对此已经很熟悉了。但是，这让他心中充满了对自己的脆弱所产生的愤慨。他对自己说，听见可怜的〇九摩根的名字，他的视网膜上就不能不出现那个家伙的血的鲜红图景吗？他看着眼前的景象，慢慢变淡，飘到纸张的右上角，然后变成浅浅的、明亮的绿色。他带着严肃的讽刺看着这一切。

他自问道，他应该认为自己要为那个家伙的死负责吗？他的内心活动想要告诉他的就是这个结论吗？那就怪了。无法无天了！怪得无法无天了……但是，这个无足轻重的浑蛋列文那天晚上也对他，格罗比的提金斯，与他妻子之间的关系仔细调查，下了断言。真是怪得无法无天了！这件事令人不可思议，就像说一位军官可以为那个士兵的死负责一样……但是这个想法确实出现在了他脑海里。他怎么能为他的死负责呢？实际上——说实话——他可以。〇九摩根能不能回家这件事完全取决于他谨慎的决定。这个人的生死就掌握在他手中。而他的做法完全符合规范的程序。他写信给这个人家乡的警察，他们强烈建议他不要让这个人回家……就警察的角度而言，他们有着非同寻常的道德感！他们恳求说，这个人，不应该被送回家，因为一个职业拳击手占了他的床和他的洗衣房……很有可能，他们有着非比寻常的常识认知……他们可能不想被卷进跟红堡的红发埃文斯有关的纠纷。

有一瞬间他好像看到了——他真的看到了——〇九摩根的眼睛，带着一种惊奇看着他，就像当他拒绝批准这家伙休假时那样，没有愤恨，带着一种难以置信的惊奇。那表情就仿佛一个自觉自己

94

非常渺小的人，在上帝的宝座下十英尺左右的地方仰望着上帝，听他宣布某些令人难以捉摸的判决！……上帝决定让他回家，上帝拒绝了他……可能神并不保佑他，但是很奇怪，以上帝提金斯的名义！

提金斯想到这个人活着时候的样子——而现在他死了——巨大的黑暗笼罩在提金斯的头上。他对自己说："我很累了"。但是他并没有感到羞愧……这种黑暗会降临在你头上，当你想到你死去的……它会降临，在任何时候，在炫目的日光下，在灰暗的夜晚、在黯淡的黎明、在军官食堂、在队列里；当你想到见过的一个人，或者半个营的人，四肢平展，被布单盖住，鼻子上还长着小小的粉刺，或者他们缩着身子，脸朝下，半埋在地里；或者当你想到那些根本没有见过他们死相的人……突然灯灭了……这次是因为一个人，一个脏兮兮的人，甚至都不十分情愿，一点都不讨人喜欢，很明显在想着要逃跑……但是他是你死去的……**你的**……你自己的。好像用一根黑色的线绳绑在你身上，成为你的一部分……

在外面的黑暗中，一大群人窸窸窣窣、脚步迅速而有节奏，幽灵一般。一大群人，四人一组，一路往前，无法抵挡，带着人类在按规定行动时那种压倒性的意志力。小屋的墙太薄，以至于它已经被一大群人挤满。

一个醉醺醺的声音就在提金斯脑袋旁边，咯咯笑着，"看在老大的分上，准尉副官，让这些浑蛋停下。我太他妈醉了，醉得控制不住他们了。"

当下的事在提金斯清醒的意识里没有留下任何印象。人们都在往前走。尖叫声回荡在营地里。没有命令，这些人仍然在行进。

尖叫声。

提金斯脑海中仍然想着死去的人，嘴上说道："那个下流的皮特金！凭这件事我就可以革他的职。"

这时他看到一个形容猥琐的下属，小个子，一只眼睛的眼皮耷拉着。他突然反应了过来。皮特金就是那个下级军官，被他派去把新兵带到车站，然后要在一个醉醺醺的校级军官之类的家伙带领下继续前往巴约勒。

从另外一张床上传来麦基奇尼的声音，"是新兵回来了。"

提金斯说："老天！"

麦基奇尼对勤务兵说："看在老天的分上，去看看是不是这样，然后，立刻回来……"

这些让人难以忍受的景象，在月光下挨饿、灰色的人群用手肘恶狠狠地把一小撮穿着棕色制服的人群推搡回去，在房间里的古铜色灯光下曲折地展开。在那些日子里，我们感到过简直无法容忍的忧郁：所有这几百万人就如同蝼蚁的玩物，在我们社会礼仪正中心那拔地而起的穹顶和尖顶下面数英里长的走道上忙碌着；那曾压在头脑和四肢上的难以忍受的重量再次沉下，压在这两个支着手肘半躺的人身上。他们听着勤务兵的汇报，惊讶得下巴都合不拢。屋外一长排队列的士兵稍息着，喁喁不休、含混不清地说着话，嘈杂的话语声冲进来，填满了他们的耳朵。

"那家伙不会回来了。他向来没法完成差事再回来。"提金斯把一条腿笨重地挤出睡袋口，说，"老天，一周之内这里就会到处都是德国佬了！"

他对自己说"如果白厅的人就这样背叛我们，列文那家伙就无权刺探我的婚姻问题。一个人应该为了集体的需要而牺牲个人情感，这么说是没错的。但是如果上面已经背叛了集体，就没必要了。并不是没有千万分之一的可能。"他猜想，列文最近来侵扰他的私生活，是奉将军的命令来查问……这让他感到特别痛苦，犹如裸体体检，但又是非常合情合理的。老坎皮恩必须确保士兵不会因为看到军官婚姻上的不忠而失去斗志……但是当整场表演就是一次巨大的消磨意志的活动时，这种问题就不应该问了！

麦基奇尼指了指提金斯伸出来的脚，说："你出去也没有用……考利会把这些人带去他们的营地的。他准备好了。"他补充了一句："如果白厅那些家伙想好了要把老普夫勒斯做掉，他们为什么不把他叫回去呢？"

军队里有一个传说，一位很尊贵的政府人士对指挥某支军队的将军强烈不满，那个将军的外号就叫普夫勒斯。因此，据说政府让他手下的人挨饿，好让灾难降临到他的队伍。

"他们很容易就能把将军们叫回去，"麦基奇尼继续说着，"其他任何人也一样！"

提金斯非常不满，这个中低阶层的人居然还对公共事务有意见。他叫起来，"噢，那都是一派胡言！"

迄今为止，他自己和这些事没有任何关系。但是在这支充满疑虑的队伍里，另一个广为流传的谣言是，作为政治手段，白厅的首脑们——非军方首脑们——让部队挨饿，为的是尽量推迟大不列颠的联军彻底放弃西线的时间。据信，他们威胁要在近东地区展开极大规模的战略机动活动，可能真的想要这么做，也可能是想逼迫他们的联军插手某个政治阴谋。在天堂黑色的拱顶下，这些骇人听闻的谣言在这几百万人的耳朵里传来传去。他们在前线的同志将作为这支即将撤退的队伍的后卫部队，成为牺牲品。整片土地将因为某种虚荣而被彻底毁灭。现在新兵又被叫回来了。这好像证明政府就是想要让前线上的人挨饿！

麦基奇尼叹息道："可怜的老家伙！他已经定下来了。十一个月，他已经在前线上待了整整十一个月！我这次服役是九个月。和他一起。"

他接着说："赶紧回床上去，老伙计。我会去看着那些人，如果有必要的话。"

提金斯说："你几乎都不知道他们要分赴的营房在哪里。"然后他就坐着听外边的动静。除了一长串滔滔不绝的废话以外，什么都没有。

"该死！不应该让这些人大冷天还一直待在外面。"他绝望的心中满是愤怒，眼里饱含泪水。"上帝，列文那家伙擅自干涉我的私生活，真该死。这就好像在一个分崩离析的世界里做了一点点不礼貌的事一样。"

世界要分崩离析了。

"我要出去，"他说，"但是我不想一定要逮捕那个肮脏的小皮特金。他只是因为弹震症才喝酒的。他不像个男人，这个脏兮兮的小异教徒。"

麦基奇尼说："等等！我自己也是信长老宗的。"

提金斯回答说："你本该是！抱歉，再也不会有阅兵式了。英国陆军蒙上了永久的耻辱。"

麦基奇尼说："这没关系，老伙计。"

提金斯突然凶狠地叫起来，"你他妈的在军官的地盘上做什么？你不知道这在军事法庭上是犯罪行为吗？"

他面前是他的团级中士军需官那宽大而苍白的脸，他是那种违反规定戴着军官帽的家伙，帽子上还配着英国兵那种镀银的帽徽。这家伙下了决心要得到考利准尉副官的岗位。因为外面的声音很大，这个人进来的时候没有人听见。他说："请原谅，长官，我擅自敲门进来了。准尉副官的癫痫发作了。我希望在把新兵分配到跟其他人一起的帐篷里之前先得到你的指示。"他试探着说完后，又小心地冒险添上了几句，"准尉副官有时候会犯这样的毛病，长官，如果突然把他叫醒的话。皮特金少尉就是非常突然地把他吵醒了。"

提金斯说："所以你就跑来告他们两个的状了。这件事我不会原谅你。"

他对自己说，"总有一天我会抓到这个家伙。"他似乎带着快意听到了剪刀的咔嚓声和撕扯声，在一个空旷广场的三处区域，他们把他的臂章和帽徽剪掉。

麦基奇尼叫起来："老天，哥们儿，你不能只穿着睡衣就出门，穿上便裤，再套上你的厚呢短大衣。"

提金斯说："立马给我把那个加拿大准尉副官叫过来。"他又回答麦基奇尼道："我的便裤在裁缝那里熨呢。"为了那个干涉他私生活的列文的婚约签署仪式，他把便裤拿去熨烫了。他继续对着军需官那苍白而宽大的脸庞和朦胧的双眼说："你跟我一样清楚，向我汇报事务是那个加拿大准尉副官的工作。这次我放了你，但是，上帝做证，如果我再发现你鬼鬼祟祟在军官地盘上到处打探，我就收回你的品德优良奖章。"

他在厚呢短大衣竖起的领子下面又围了一条，红十字会的，粗糙灰毛围巾。

"那头死猪，"他对麦基奇尼说，"在军官地盘上四处打探，希望抓住皮特金那样该死的小家伙喝醉时候的把柄，来取得委任状。我早就全都知道了。摩根不知道我已经知道了这么多，但是我敢打赌，他知道他们去了哪里。"

麦基奇尼说："我希望你不会这样就出门了。我给你冲点可可。"

提金斯说："我不能让他们等我穿衣服。我像匹马一样强壮。"

他走到外面，置身于严寒、雾气、三千把来复枪枪管上的月光中，还有人声中间……他看着德国佬像一条细线一样涌进来，心里像灌了铅一样沉重……一个优雅的高个子男人从人群中挤到他身边，像个美国人那样用鼻音说："发生了一场铁路事故，因为法国人罢工了。发兵的时间推迟到后天下午三点了，长官。"

提金斯叫起来，"调兵还没有撤销吗？"他上气不接下气。

加拿大准尉副官说："没有，长官，因为铁路事故。他们说，是法国人蓄意破坏的。四个格拉摩根郡的中士，都是一九一四年入伍的，都死了，长官。他们本来是回家休假的。但是并没有取消发兵。"

提金斯说："感谢老天！"

消瘦的加拿大人用有教养的声音说:"长官,你在感谢上帝,但这事很大程度上对我们不利。直到今天早上,我们的分遣队还被派去萨洛尼卡。负责分派各分遣队的中士给我看他的分配名单上的**萨洛尼卡**这个名字。考利准尉副官所听到的那种说法是不对的。现在我们要上前线了。我们本来还可以多活整整两个月的。"

这个人有些慢悠悠的声音似乎持续了很长时间。他说话的同时,提金斯感到阳光停留在他几乎无遮无挡的四肢上,年轻的潮水回到了他的血管里,好像香槟一样。

提金斯说:"你们中士得到的信息太多了。负责分配各分遣队的中士无权给你看他的分配名单。当然,这不是你的错。不过,你是个聪明人,该知道这消息可能对某些人很有用,就算跟你的切身利益无关,那些人也应该知道这消息。"他心里想着:"历史的里程碑……我的脑子刚才到底是怎么想出这么一种表达方式的?"他们走在雾里,沿一条巨大的路往下走,一边的树篱顶上不时可以看见士兵的脑袋,犹如锯齿,还不时冒出有些士兵举着的来复枪。他对准尉副官说:"叫他们立正。别整队了,我们得让他们去睡觉。明天早上九点钟要点名。"

他思考着,"如果这是唯一的命令,这一定是唯一的命令,这是转折点,究竟为什么我这么异乎寻常地高兴?这对我来说意味着什么?"

他用圆润的声音喊:"那么现在,各位,一顶帐篷里得多塞六个人。看看你们能不能一次在每一顶帐篷里多塞六个人。这个在训练手册里,但是试试看你们自己能不能完成。你们都是聪明人,开动你们的脑筋。你们上床越早,就越能早点暖和起来。我要是能那么暖和就好了。不要打扰那些已经在帐篷里的人，他们明天早上五点就得起来操劳，可怜的家伙们。你们还可以在柔软的铺盖上多躺三个小时。分遣队四人一小组向左移动，四人一小组，向左转！"

听着负责各连的中士们以不同的嗓音在远处迅速地喊着行军口令，他对自己说："非常高兴，强烈的感情！这些家伙动作多整齐！炮灰，炮灰，他们的脚步声这么说。"寒意钻到松垮垮的外套下面，蹿进睡衣，侵袭着他的手脚，他被冻得浑身发抖。他不能离开这些士兵，只能和准尉副官一起在露天里跟着他们慢跑，直到及时跑到队列前头，把最前面的两个连队带进一列鬼魂一般的帐篷，这些帐篷在那影影绰绰的月光下显得寂静而朴素……在他看来，这好像是一场魔术表演。他对准尉副官说："把第二个连带到 B 列，以此类推。"然后站在这些人的旁边，看着他们转弯，踏步，好像一堵正在移动的墙。他把他的半截手杖伸进第二和第三列队中间。"现在，一个四人小组和半个四人小组向右转；剩下半个四人小组和后面的四人小组向左转。分别进入右边和左边第一个帐篷。"他继续说着，"前面一个半小组，这边四人向右——该死，靠左！如果你不靠左走，我怎么知道你是哪个该死的小组里的。记住，你们是军人，不是新来的伐木工。"

空气特别纯净，在非常优秀的士兵身旁冻得瑟瑟发抖让他彻底兴奋起来。他们靠警卫的跺脚声标记着时间，绕了过来。他带着哭腔说："真该死，我给了他们那一点额外的聪明劲儿。真该死，我做了一些事情。"把小牛准备好送进屠宰场……他们像小牛一样热切地从卡姆登镇冲向史密斯菲尔德集市……他们之中百分之七十的人再也回不来了……但是上天堂时皮肤闪闪发光、四肢灵活，总比粗笨又野蛮的样子来得好……全能上帝的连部办公室很可能会更欢迎你的……他继续单调地叫着，"剩下半个四人小组和后面的四人小组向左转。进去的时候闭上你们该死的嘴。我都听不见我自己发令了。"就这样过了很久，最后他们都被帐篷吞了进去。

他跟跄着，膝盖冻得僵硬，现在，没有那堵人墙帮他挡风之后，那寒冷更强烈了，沿着这一整块稍高地势的边缘一直延伸到旁边的营房。看到自己使士兵归位的速度比分管旁边营地的最好的士官还要快百分之七十五，他感到十分满意。但是，他仍然尖酸地咒骂着那些中士：他们的士兵在那些幽灵般的锥形帐篷之间过道的入口缠成一堆……现在这里没有人了，他后悔着飘荡过这片平地，走回两旁布满小屋的乡间街道。其中一座小屋上面长出了粗糙的常青玫瑰。他摘下一片叶子，按在自己的嘴唇上，然后扔进风里……"这是给瓦伦汀的。"他沉思着说，"我为什么这么做？或许这是为了英格兰。真该死，这是爱国主义！**这**就是爱国主义。"这并不是你当作规则遵守的那种爱国主义。关于这一工作，本该有更多阅兵式的！……但他只是个不名一文、气喘吁吁、冻得半死的约克郡人，全英国只要不是从约克郡或者更北边来的人他都看不起，他在深夜两点从玫瑰树上摘了一片叶子，并因此感情泛滥，还不知道自己在做什么。然后他发现这么做一半是为了那个塌鼻子姑娘，他猜她的香味像报春花，但不知道到底像不像；另一半是为了——英国！……深夜两点，温度计显示是零下十度……该死的，真冷！

这样的情感是怎么回事？……因为，在这一切尘埃落定之前，英国本来是有机会决定不对她的联军做出这样肮脏的事情的！……他对自己说："可能是因为成百上千号像我一样多愁善感的人犯下了相似的暴行，潜意识里觉得我们坚持做着这光荣却残忍的差事。尽管如此，我竟不知道我还有这样的情感！"强烈的情感！……为了那个姑娘，也为了他的国家！……不过，他的姑娘是个亲德派……这真是奇怪的乌龙！……她当然不算真的亲德派，但是她反对让人们上战场，就像小公牛，皮毛油亮、健康，却要被送往史密斯菲尔德的屠宰场……估计她会同意那些小崽子的观点，而他们到目前为止还在让英国远征军的军人们挨饿……真是个奇怪的乌龙……

　　第二天下午一点半，在历经磨炼的冬日阳光下，他跨上朔姆堡的脊背。它是一匹头颅方正、毛色明亮的栗色马，是格拉摩根郡第二营在马恩河从德国佬手上抓来的。他骑上马还没有两分钟就想到，忘记给它做检查了。他人生第一次忘记在爬上马鞍之前检查一头牲口的蹄子、肢关节、膝盖、鼻孔和眼睛，还要拉一下它的肚带看是否结实。但是他在十二点四十五分就预定了这匹马，虽然他像饿虎扑食一样飞快吃完了冰冷的午餐，他还是迟了四十五分钟，脑中仍然满是无解的难题。他本来希望在这片扎着营房的丘陵地骑马散个长长的步，从小路下山去城里，好让头脑清醒清醒。

　　但骑马散步并没有让他的头脑变得清醒，相反，彻夜未眠的困倦在整个早上的忙碌之后首次向他袭来，早上他好不容易把关于西尔维娅的想法挡在一臂以外。他要等见到西尔维娅才能知道西尔维娅想要什么。而早上他想到一个常识，她想要的可能只是拉淋浴链子——就是说她会去做脑子里冒出的第一件不合常理的事情，然后为其结果欢欣雀跃。

前一晚他根本就无法入睡。他从营地回来时，麦基奇尼上尉已经给他做好了热可可，这种饮料提金斯以前从没喝过。麦基奇尼自己也喝了好些，他带着男人的愤怒，非要给提金斯讲他惨痛至极的故事，直到四点半多了才消停。

听起来，麦基奇尼已经请好假回家去跟妻子离婚，他不在法国那段时间，他妻子与一个为政府做事的埃及学家同居了。然后，出于对当时的年轻人尽责的谨慎顾虑，他又不离婚了。结果坎皮恩威胁说要免除对他的委任。这可怜的家伙——其实他已经同意负担他妻子和埃及学家的部分生活费——暴跳如雷，对坎皮恩这个正派人劈头盖脸地辱骂了一通……他确实是个正派的家伙。这场微妙的对话发生在将军的卧室里，既然没有勤务兵和下级军官在场，将军便认为不必将麦基奇尼的爆发公之于众。麦基奇尼有出色的军旅履历；实际上几乎找不出哪个记录更好的团级军官。所以坎皮恩决定，由于他是一时冲动，将他调到提金斯的队伍，让他休整恢复。这不符合常规，不过将军位高权重，如果他认为对军队有用，那么就可以冒些非常规的风险。

麦基奇尼被证实他实际上是提金斯在统计局的老相识文森特·麦克马斯特爵士的外甥。麦基奇尼的妈妈就是麦克马斯特的姐姐，她嫁给了老麦克马斯特的助手，老麦克马斯特是苏格兰利斯港的一个小杂货商……这就是为什么坎皮恩会对麦基奇尼有兴趣。他下定决心不能在军队里给他的教子任何违规的好处，却又很愿意做些善事，他觉得这会让提金斯高兴。这些信息提金斯都记在脑海里，等日后再考虑。四点半过后，麦基奇尼终于冷静了下来，提金斯趁机检查了一下几个被派去城里执行任务的士兵的早餐，他们的出发时间由五点差一刻到七点不等。提金斯查看了他们的早餐，检视了他的厨房后，感到很满足，因为他不能经常找到机会这么做，他也不大信任他的勤务军官们。

在补给站食堂小屋吃早饭的时候，提金斯被负责补给站的上校、英国国教牧师和麦基奇尼三人耽搁了一阵子。上校，非常老，虚弱到你甚至会觉得一个寒战或者一声咳嗽就会让他的一把骨头散架，他还仍然热情地相信希腊正教会应该和国教教会交换教友。牧师，一位壮实而具有军人气质的神职人员，对东正教神学抱有悲观的轻蔑。麦基奇尼偶尔还会试着依照长老会的仪式去定义所谓的圣餐。他们聆听着提金斯从历史角度详细叙述基督教的各种分裂，并接受了他对其结果的粗糙阐释：在变质说[①]中，圣体实则变成了神圣的存在；而在同质说中，圣体的本质奇迹般地变得具有渗透性，好像海绵吸水一样布满了神性的存在……他们一致同意库存的早餐培根无法下咽，并决定每人每周多花半克朗，好改善他们的伙食。

---

① 天主教的圣餐礼仪式中，人们普遍认为基督临在圣餐里。具体有三种看法：一是同质说，即基督的本质临在面包和酒，与面包和酒的本质一同出现；二是取代论，当基督的本质临在时，面包和酒的本质消失，完全由基督的本质取代；三是变质说，面包和酒的本质改变了，成为基督的本质。

提金斯走下营地，经过墙上爬有常青玫瑰的小屋，在阳光下，愉快地思考了一会儿他正式的宗教信仰。全能的上帝，在很大程度上，是一位了不起的英国地主，仁慈而威严，是一位块头巨大的公爵，从来不离开他的书房，所以从来没有人见过他，但是他对他的领地了如指掌，小到家乡农场的最后一个雇工和最后一棵栎树；耶稣基督，一位几乎仁慈得过了头的土地管事，地主的儿子，同样对这片领地了如指掌，一直到门房里的最后一个孩子都清清楚楚，不过容易被比较糟糕的佃户说服；三位一体中的最后一个位格，这片土地的圣灵，也是这个游戏本身，和游戏的参与者完全是两件事。这片土地的氛围像是在刚唱完一首韩德尔的圣歌之后的温彻斯特大教堂内部，在一个永恒的礼拜日，年轻的男人们可能还打了一会儿板球；像是星期六下午的约克郡，如果你从上往下望着这个广阔的郡，你看不到哪个绿油油的村庄缺少白色法兰绒板球裤出现。这就是为什么约克郡的板球成绩总在平均值以上……可能等到你上天堂的时候，你已经被这个世界上的工作累得精疲力竭，而最终永远地接受了英国的礼拜日，彻底地，解脱了！

因为他相信所有好的英国文学在十七世纪以后就不复存在了，他想象中的天堂一定是唯物主义的——就像班扬[①]描述的那样。他为自己对来世的设想感到又愉快又好笑。这可能已经和他没有关系了。板球也是一样。那一类的队列再也不会有了。可能他们会玩一

_____

① 约翰·班扬（1628—1688），英国基督教作家、布道家，所著《天路历程》被誉为最著名的基督教寓言文学。

些可怕的、大吼大叫的游戏，比如棒球或者足球……那天堂呢？……噢，那可能是在威尔士山坡上的奋兴布道会①，或者在肖托夸，管它在哪里呢……上帝呢？一位持有马克思主义观点的房地产中介希望自己在战争结束之前就能一命归西，这样的话，可能还来得及赶上最后一班去旧天堂的火车。

在他的连部办公室那座小屋里，他发现了一大堆文件。最上面是一个信封，盖着大大的"**私人急件**"字样的橡皮印章，是列文寄给他的。列文一定也熬夜熬到很晚。这并不是关于提金斯夫人的，甚至也不是关于德·贝耶小姐的。这是一条私人警告，说提金斯可能要在一周或者十天之内接手列文手上的兵，也很有可能还要再加上几千个人。他提醒提金斯尽快调来所有他可能弄到手的帐篷……提金斯对小屋另一边一位满脸粉刺、正在用笔尖剔牙的部下叫道："那个，你！带两个连的加拿大人去补给站，把所有能找到的帐篷都给我拿过来，多则两百五十顶，然后把它们顺着我的 D 列营地搭起来。你知道怎么监督士兵搭好帐篷吗？那么，找汤普森，不，找皮特金来帮你。"那人闷闷不乐地飘出了门。列文说，罢工的法国铁路工人，为了某些政治目的，蓄意破坏了一英里铁路，前一天晚上的事故截断了所有线路，而法国非军方人士不愿意让他们自己的抢修人员来进行维修。德国的战俘已经被派去抢修了，但是可能他们还需要提金斯的加拿大铁道部队，他最好让士兵们做好准备。列文还说："这场罢工据说是逼我们出手的一个手段——为了让我们接手更

---

① 奋兴布道会是一种鼓动性的福音布道会，意在复兴基督教信仰。

长的前线。如果是这样的话，他们就自作自受了，因为我们没有更多的士兵，怎么能接手更长的前线呢？而没有铁路，我们用什么送更多的士兵上前线呢？我们有五六个准备开动的军团，但现在都被卡住了。幸运的是前线的天气实在太糟糕，德国佬动都动不了。"最后列文以这么一句话结尾，"凌晨四点，老伙计，晚点见①！"最后这个词是他从德·贝耶小姐那里学来的。提金斯抱怨说，如果他们再像这样往他身上没完没了地堆工作，他是永远没有空为列文签署婚约的。

提金斯把那个加拿大准尉副官叫到身边。

"你看，"他说，"让那些铁道部队的人待在营地里，武器都准备好，不管他们的武器是什么。工具，我猜。他们的工具都准备好了吗？他们的花名册呢？"

"长官，格尔丁不见了。"这个瘦瘦的、皮肤黝黑的家伙说，带着认命的口气。格尔丁就是那位受人尊敬的军人，前一晚提金斯给了他两小时假去见他的母亲。

提金斯带着别扭的微笑回答："我就知道！"这加深了他对非常值得尊敬的人的看法。他们用十分悲惨又令人惋惜的故事逼你屈服，然后就把你要了。

他对准尉副官说："你还会在这里待上一个星期或者十天。确保你的帐篷都搭好了，让大家舒舒服服的。我一回到我的连部办公室，就去检阅他们。全副武装待命。麦基奇尼上尉会在两点钟来检查他

---

们的全套装备。"

准尉副官，有些僵硬，但仍然很优雅，心底在想着什么。他说了出来，"我收到出发令，将于今天下午两点半离开。我将被委任安插进补给站编队，通知已经在你桌子上了。我坐三点的火车离开，去军官训练团。"

提金斯说："你的委任状！"这事真是太讨厌了。

准尉副官说："我和考利准尉副官三个月以前申请了委任。批准这两项委任的通知都在你桌上，放在一起。"

提金斯说："考利准尉副官，老天！谁推荐的你们？"

他该死的营部整个组织结构都分崩离析了。似乎在三个月前——也就是提金斯受命管理这支小队之前——下达了一份通知，招募有经验并且有能力的一级准尉在军官训练团担任教官职务，这个工作提供委任状。考利准尉副官由补给站上校推荐，而勒杜准尉副官由他自己的上校推荐。提金斯感到他们似乎让他失望了——但实际上并没有，这只是军队的运行方式，一直都是这样。你花了大力气把一个排，或者一个营，整顿得充满活力，每个防空洞、每顶帐篷也都井井有条。刚这样顺利一两天，然后一切就都毁了：因为从最让人意想不到的总部发来几乎是恶意的命令，手下变得七零八落；或者一枚偶然落下的炮弹把建筑物全都炸毁了，这炮弹本可落在别处。命运之手啊！

但是这给他增添了一大堆工作……他在后一间小屋发现了考利准尉副官，小队所有的文案工作都已经做完了。他对考利说："我本该想到，你做准尉比拿着委任状工作要好得多得多。"

"我知道我更愿意做这份工作。"考利回答说。他面色苍白，浑身颤抖。因为不幸患有疾病，他一旦受到惊吓就可能发病，因此，他可能更适合做可以让自己放松一些的工作，比如军官训练团。他以前只是间歇性轻微发作，持续不到一分钟，甚至可能更短……但是有一次因为离一颗高爆榴弹太近——那是在努瓦尔库尔①附近，那颗榴弹把提金斯都炸昏了过去——他又犯病了，很严重。"还要考虑到体面。"他最后说。

提金斯说："噢，体面！那太不值一提了。这场战争之后就不再会有体面的操演了。现在也没有了。看看你在军官营房里的同伴都将会是什么人；你在任何一个有点自尊的士官食堂里遇到的人都会好得多。"

考利回答，他知道军队已经大不如前了。但是不管怎样，他的老婆喜欢这样。而且他还得考虑到他的女儿温妮。她一直有点野，他老婆给他写信说她比以前更野了，都是战争的错。考利认为，如果她是个军官的女儿，那些坏男孩在跟她胡闹的时候就会稍微注意点……可能也有这方面的原因！

当走到室外，只有他和提金斯两人的时候，考利压低声音沙哑地说："长官，让军需官摩根中士升任准尉吧。"

提金斯突然爆发了，"我这么做就完了。"接着又问，"为什么？"没有一个深谋远虑的军官会忽视老士官的智慧。

"他能干好这差事，长官，"考利说，"他去完成一项任务，就

———————

① 法国北部城镇，靠近比利时。

111

会尽力而为。"他又放轻了沙哑的嗓音，显出更深沉的神秘感："你的营队库存里差了两百多——应该说将近三百——英镑。我觉得你不会愿意丢掉这么大一笔钱吧？"

提金斯说："真是这样就完了。但是我不知道，噢，是的，我知道。如果我让他做准尉副官，他得把整个补给站的工作全部转交出去，就今天。他能做到吗？"

考利说摩根可以在后天完成。他会在那之前管好这些事情的。

"但是你走之前得好好玩玩，"提金斯说，"不要为了我停下来。"

考利说他还是会留下来完成他的工作交接。他想过下山去城里玩玩，但是山下的姑娘都很普通，而且这对他的病并没有好处……他会留下来看看摩根这事可以怎么处理。当然，一种可能是，摩根决定直面艰难的情况。他可以把提金斯的库存卖给其他有赤字的军营，或者卖给民间承包商，以保有这笔钱。还得挺过军事法庭的审判！但是这不太可能。在威尔士的家乡那边，他要么是个不信国教的执事，要么是个教堂领座人，甚至可能是个牧师……从登比附近来！考利有个很不错的人选来接替摩根的位子，一流的人选，牛津教授，现在在补给站做一等兵。上校会把他借调给提金斯，并将他评定为不发薪水的代理军需官中士……考利把这一切都计划好了……一等兵考尔迪科特是名一流的士兵，只是他在队列里分不清楚左右。确确实实，他分不清楚左右。

于是营部的事情就平息下来了。当考利和他在上校连部办公室里处理教授的转职事务时——其实他在他的大学里只是个研究员——分不清左右的那个人，提金斯注意听着上校就英国国教和东正教的仪式互相融合所发表的激烈言论。上校——他是个真正的上校——坐在他可爱的私人办公室里，那是一间明亮、令人心情愉快的铁皮小屋，墙上贴着深红色的墙纸，桌子上铺着泛紫、又厚又软的台面呢，上面有个高高的玻璃花瓶，从里探出一簇浅色的里维埃拉玫瑰。这是城里爱慕他的年轻志愿救护队女队员送的，因为在他七十多岁的纤弱外表下，实则是一个可爱的人，是一本敞开、刷了金，又包了皮面的圣经白科全书。他正在试图证实他的观点，即英国国教和希腊正教的结合是唯一能拯救文明的方法。整场战争都取决于这一点。同盟国的盟军代表罗马天主教，协约国的联军代表新教和东正教。让他们联合起来。罗马教廷背叛了文明的初衷。为什么梵蒂冈没有发出坚定的声音，抗议对比利时天主教徒的迫害呢？……

提金斯懒洋洋地反对这一理论。我们的梵蒂冈大使到达罗马并抗议比利时对天主教平信徒的屠杀时发现的第一件事情是，俄罗斯人到达奥匈帝国的波兰还不满一天，就在他们的王宫前吊死了十二个罗马天主教的主教。

考利在另一张桌子，忙着和副官谈话。上校以这么几句话结束了神学—政治学的长篇大论，"我很遗憾失去你，提金斯。我不知道没有了你我们该怎么办。在你到来之前，我在你接管的小队里从来没有得到片刻的安宁。"

提金斯说："呃，长官，据我所知，你没有失去我。"

上校说："噢，是的，我们要失去你了。你下星期就要上前线了。"他补充了一句，"现在，别生我的气，我非常强烈地向老坎皮恩——坎皮恩将军——抗议过，我说我没了你不行。"他边说边搓

113

动着他那纤弱、干瘦、白皙、手背长了汗毛的双手，像在洗手。

提金斯脚下的地面震动了。他感到自己像是攀爬在满是淤泥的陡坡上，双腿沉重，胸膛也吃力地起伏着。他说："真该死！，我不够健康，我是C3，我本来被要求待在城里的酒店，我闹了半天才到了这里，为了要离营队近一些。"

上校带着某种热切的渴望说："那你应该向驻防部队抗议，我希望你会这么做，但是我猜你不是那种人。"

提金斯说："不，长官，我当然不能抗议，虽然这可能是某个文书的笔误。我在前线上撑不过一星期的。"

前线那一大堆烦人的事所带来的那种深切痛苦，准确地说，在他心中还比不上生活在齐颈深的泥地时下肢所要承受的骇人的劳累。另外，当他住院的时候，他全部的装备实际上都从他的背包里消失了——包括西尔维娅的两条床单！——而且他没有钱买新的。他甚至没有行军靴。难以置信的财政问题在他的脑海里扎下了根。

上校对另一张铺了紫色台面呢的桌子上的那位副官说："给提金斯上尉看他的出发令，那是从白厅发来的，不是吗？这年头你永远不知道那些东西是从哪里来的。我管它们叫夜间飞驰的箭！"

副官个子很小，真的是位微型绅士，佩着冷溪近卫团的肩章，眉头焦急地紧锁着，把一张四开大小的纸从一沓文件中抽出来，滑过桌布递给提金斯。他的小手看起来快要从手腕脱落，他的太阳穴因为神经痛而颤抖着。他说："看在老天的分上，去找驻防部队的人抗议，如果你觉得可以。我们**不能**再往自己身上堆更多的工作了。劳伦斯少校和哈尔克特少校把你的小队的全部工作都留给了我们。"

这张奢华的纸，天头压印了皇家纹章的浮雕花纹，通知提金斯在下星期三到他的第六营报到，准备接手第十九师交通运输军官的工作。出发令是从陆军部的 G14R 办公室发出的。他问副官这个 G14R 办公室是个什么东西，副官由于神经痛的折磨，只是把手肘撑在桌布上，两手抱着脑袋，痛苦地摇了摇头。

考利准尉副官，带着他律师助理般的神气，说陆军部的 G14R 办公室负责处理非军方人士对军官工作的要求。副官问为什么非军方人士对军官任命的要求就可以把提金斯上尉转到第十九师去，考利准尉副官猜测是贝臣伯爵的活动造成的。贝臣伯爵，黎凡特①的金融家，拥有自己的赛马，在短暂视察了前线的交通线路之后，对军队里的马匹产生了兴趣。他还拥有几家报纸。所以他们叫来了军队的动物运输部门，希望取悦他。毫无疑问，副官注意到一位名叫霍奇基斯或者希契科克的少尉是位兽医。他是通过 G14R 办公室进入他们视线的。贝臣伯爵个人对霍奇基斯少尉的想法很有兴趣，应他的要求，霍奇基斯少尉要在第四集团军的马匹身上做一下实验——而第十九师就属于这支集团军……"因此，"考利说，"只要你的马还在线路上跑，你就要在他手下工作。如果你上前线的话。"也可能贝臣爵士是提金斯上尉的朋友，所以一并叫他过去；提金斯上尉对马特别在行，这是人所共知的。

提金斯，急促地从鼻孔里呼着气，发誓他不会在贝臣那种猪一

---

① 黎凡特指的是中东托鲁斯山脉以南、地中海东岸、阿拉伯沙漠以北和美索不达米亚以西的一大片地区。

般的家伙的命令下上前线。那家伙的真名是斯塔夫罗普利德斯，以前叫内森。

他说军队把自己搞得团团转是因为非军方人士一直在干扰他们。他说这样一来，他的士兵绝对不可能通过检阅，就因为非军方人士逼迫他们额外地反复训练。任何一个拥有报纸的傻瓜，不对，任何一个能给报纸写文章的傻瓜，或者任何一个该死的小说家，都可以吓唬政府和陆军部，让他们再挤占掉士兵们一个小时的训练时间，转而花费在果酱瓶或华丽内衣这些专利花招上。现在别人还来问他，他的士兵是否想要了解这场战争发动的原因以及他是否愿意给这些士兵随便讲讲敌国的特点。

上校说："听着，听着，提金斯！听着，听着！我们都一样在受罪。**我们**得给士兵讲清楚如何使用新型专利锯末炉。如果你不想接受那个职位，你就很容易让将军把你从名单上画掉。他们说，你用一个小指头就可以让他转向。"

"他是我的教父。"提金斯认为这样说比较明智，"我从来没有向他开口要过一个职位，但是他作为一名基督教徒，如果不能把我拦在那些希腊—希伯来异教贵族的魔爪外，我也就完蛋了。他甚至都不信正统基督教，上校。"

这时副官说他们连部办公室里的营旗士官摩根想要跟提金斯谈谈。提金斯说，祈求上帝，摩根是要给他些钱！副官说，他所知道的是，摩根发现了有一小笔钱本来应该通过代理人付给提金斯，但是还没有支付。

营旗士官摩根是这个团里最会玩弄数字的魔术师。他个子高得过分，而且瘦，当他的眼睛盯在远处的一栏栏密码时，他的身子似乎总是和桌面平行。因为平时总是不抬头就回答为他服务的那几位军官，他的上级很少有人知道他的脸长什么样子。不过，他看起来是一位非常普通、瘦削的士官，当他偶尔出现在队列里的时候，他蜘蛛一样纤细的腿让他显得好像随时要跑开，像一匹赛马那样。他告诉提金斯，根据他收到的指示和提金斯所签署的陆军司令部薪酬协议，他已经查明，部队薪水是一天两个几尼，外加六先令八便士的暖气和电气津贴，主计大臣公署每周将薪水发放到他的，提金斯的，代理人代管的账户里。他建议提金斯给他的代理人写信，如果他们不立刻将公署下发的一百九十四英镑十三先令四便士支付到他自己的账户，他会依据《权利请愿书》对王国提起诉讼。他还强烈建议提金斯在他自己的银行开一张反映以上数目的支票，因为万一代理人没有把钱打进来，他就可以起诉他们并要求损害赔偿金，让他们赔偿几千英镑。这是坏家伙们应得的报应。他们手上一定有大约一百万没有付清或者拖欠军官们的薪酬。他只希望可以在文件上登公告，提醒大家追回代理人未付的钱款。他补充道，他精细地计算了冈特①二号彗星的轨迹变化，近日想请教一下提金斯对此的看法。这位营旗士官是位热心的业余天文学家。

就这样，提金斯的早晨过得跌宕起伏……此刻，因为西尔维娅在这座城里，这笔钱对他来说变得至关重要，就仿佛是对他的祷告的回答。不过，就算这是在一个永远、永远、永远不会有哪怕十分

---

① 埃德蒙·冈特（1581—1626），英国数学家、天文学家。

117

钟让人搞得清状况的世界里，当提金斯回到上校的私人办公室，看到考利准尉副官从隔壁房间出来的时候，他也并未感到很愉快。因为副官的神经痛，电话放在了那个房间里。考利对他们三个说，将军在前一天命令他的通信官送一张非常坚决的字条给吉勒姆上校，强调他在设法告知那位有决定权的人士，声称他没有任何意愿和提金斯上尉分开，提金斯在他指挥部里无比宝贵。通信官告诉考利，他和将军都不知道能叫陆军部 G14R 办公室见鬼去的那位有决定权的人士是谁，但是在纸条送出去之前，他们会调查并处理好这件事⋯⋯

这样已经很好了。提金斯真的对他现在的工作非常有兴趣，虽然他也非常愿意看管一个师的马匹，甚至一个军的也行，但考虑到现在的天气和他胸部的情况，他还是更愿意等到春天再说。还有霍奇基斯少尉可能会造成的麻烦：作为一位教授，他实际上从来没见过马——或者可能已经有十年没有见过马了！——这件事也要非常认真地考虑。但是当考利声称那位要求提金斯转职的非军方当权人士是交通部常务次官的时候，整件事似乎完全变成了另一副样子。

吉勒姆上校说："是你哥哥，马克。"的确，交通部常务次官是提金斯的哥哥马克，人称不可替代的官员。提金斯一瞬间感到非常惊愕。他认为，他要是强烈地反抗这份工作，会像是当面给可怜的、表情如木头般僵硬的老马克重重的一记耳光，老马克可能花了好大力气才给他弄到这份工作。就算马克永远不会知道，提金斯也不捆他哥哥的脸！另外，他想到他在伦敦的最后一天，瓦伦汀·温诺普曾经求马克给他一个师部军官的职位，因为她对一线运输部的安全性有着过于夸张的认识⋯⋯他想象得出，如果瓦伦汀听说他——提金斯——千方百计要逃避这份工作，她会多么绝望。他甚至看到她颤抖的下唇和眼中的泪水……但是这可能只是他从某本小说里看来的，因为他从没见过她下唇颤抖的样子。他倒是见过她眼中的泪水！

他冲回营房去收拾他的营部办公室。在长长的小屋里，麦基奇尼把那件关于醉鬼和违纪者的小案子拿给了他，他刚伸手接过来，麦基奇尼又拿起了格尔丁和另两个加拿大列兵的案子……格尔丁的案子让提金斯很感兴趣，当麦基奇尼从座位上溜下来，他就坐了上去。一位名叫戴维斯的中士刚刚把这些犯人带进来，他是一位值得尊敬的士官。他的来复枪仿佛是他坚实身体的一部分。他严肃地在指挥官的桌子前转过身，踏的步子多得令人吃惊，这好像某种印第安战舞。

提金斯浏览着指控书，这份文件标明是由宪兵司令办公室发出。他读到的指控理由不是格尔丁擅离职守，而是其行为妨害了良好秩序，违反了军事纪律……这份指控书写得非常拙劣；一位身上啤酒味很大的驻防宪兵一等兵，戴着红色帽带，前来做证……这件小事令人不快。格尔丁并没有失踪，所以提金斯得修正他对值得尊敬的人的观点，至少得修正关于这名值得尊敬的、有位母亲的海外领地列兵的。因为格尔丁的确有位母亲，他也的确坐上末班电车到城里见了她，一位脆弱的老夫人。很明显，为了给这个加拿大人添堵，满身酒味的驻防宪兵一等兵推操了那位母亲。格尔丁抗议了，他说小小地抗议了一下。一等兵对他大叫。另外两个回营地的加拿大人干预了他们之间的冲突，另外两个宪兵也加入进来。宪兵把这些加

119

拿大人叫作该死的应征入伍者，这是加拿大人几乎不能忍受的，他们可是在一九一四年或者一九一五年自愿入伍。宪兵——使了个老把戏——让加拿大人继续说，直到最后一岗的哨音响起后两分钟，随后就以擅离职守为由拘留了他们——还有个理由是他们不尊重他们的红帽带。

提金斯，带着经过慎重斟酌的气愤，首先盘问了一下那个做证的宪兵，然后让他滚了。接着他在指控书上写上"案情已解释清楚"这几个字，叫加拿大人回去准备操练。他明白，这就意味着，和宪兵司令的一场可怕争吵在所难免。宪兵司令是一位浑身散发着波特酒味的老将军，名叫奥哈拉，他热爱他的宪兵，好像他们是他的小羊羔一样。

他回去接管他的队列，阳光下的加拿大兵团看起来就像真正的士兵，他和新的加拿大准尉副官一起巡游他的营地。感谢上帝，准尉副官的上级已经指派了他的职位。他写了份报告，说他多么不愿意给他的士兵开讲座，向他们讲解他们战争的起因，因为要么他们是加拿大某所大学的毕业生，因此对战争起因的了解远胜文职领导所能找的任何一位讲师；要么他们就是混血的米克马克族印第安人、因纽特人、日本人，或者阿拉斯加的俄国人，谁都听不懂讲师的英语……他知道他得重写报告，好让报告在那位拥有报纸的贵族眼里看起来恭敬一点，而那位贵族当时正在力劝本国政府，声称把战争的起因解释给国王陛下所有的臣民是非常必要的。但是他想把胸中的牢骚都发泄一下，不过，那样一来，这篇文章表现出的不恭敬又会让列文很痛苦，列文要是不赶紧结婚就得亲自处理这些报告了。然后，午饭时他坐在总部的桌子边上，就着他们自己买的美味的一九〇六年干香槟，吃着军队里的香肠肉和没有削皮就压碎的土豆泥，外加一块难吃得要命的加拿大奶酪。这天，上校在这里请所有当天第一次上前线的部下吃饭。他们说话的时候偶尔带"h"的音，但是作为代价他们的扁桃体一定比普通人重上一品脱。然而，还有个果阿①来的迷人混血年轻少尉，他后来证明自己是英雄般勇敢的人物。他告诉提金斯许多有趣的知识，多是关于在葡萄牙殖民下的印度的深闺制度。

于是，下午一点半，提金斯坐在朔姆堡背上，这匹头颅方正、毛色明亮的栗色马来自策勒附近的普鲁士马场。它几乎是匹纯正的纯种马，它的脚步通常都坚实得简直像餐厅里的桌子，它的腿也同样结实。但是今天，它的腿仿佛是棉花做的。它吃力地拖着腿走过结了霜的地面，喘着粗气；而且，在"德干之马"骑兵团②的跳跃练习场上，离鲁昂一英里远，它从未对一个难度很低的跳跃动作如此抗拒，最后忧郁地瘫倒在地。在火红、欢快的阳光下，提金斯感觉如同骑在一头心碎了的骆驼上。另外，早上的疲倦已经慢慢开始显现，提金斯因为放不下〇九摩根的事情而心烦意乱，他不得不应付着这些执念，觉得十分厌倦。

"到底怎么一回事，"他问勤务兵，这名列兵骑在他身边的一匹

---

① 果阿邦是印度面积最小的一个邦。果阿曾是葡萄牙海外领地。

② "德干之马"是英国殖民时期印度的一支正规骑兵部队。一战期间，该部队被派往法国，为西线的战事效力。

花斑马上，非常安静，"这匹马到底是怎么一回事？你给它保暖了吗？"他觉得这匹马跟趼的步伐加重了他阴郁的执念。

勤务兵直直地望向前方扎满营房的山谷，答道："没有，长官。"根据希契科克少尉的指示，这匹马一直被养在G补给站的马棚里。马匹嘛，希契科克少尉说，必须要锻炼。

提金斯说："给朔姆堡保暖是我的命令，你告诉他了吗？要养在十六号步兵基地站后面农场的马厩里。"

"少尉说，"勤务兵木然地解释道，"如果违反他的命令，贝臣勋爵会非常不愉快地来找我的，他是皇家维多利亚勋位高级爵士、巴斯勋位高级爵士，还有什么之类的。"勤务兵气得浑身发抖。

提金斯很小心地说："你要在邮政酒店下马，然后带朔姆堡和你的花斑马去希望农场的马厩，在十六号步兵基地站后面。"勤务兵得关上马厩所有的窗子，把所有的缝隙都用软填料塞紧。如果可能，他要设法从吉勒姆上校的补给站找一个锯末炉，新款的，点在马厩里。他还得给朔姆堡和花斑马喂燕麦和水，尽量热一点，在马匹能承受的范围内……

提金斯突然说："如果霍奇基斯少尉说什么的话，你叫他来找我。我是他的指挥官。"

勤务兵询问他关于马匹疾病的信息。提金斯说："马贩子认为，贝臣勋爵就是那一派，除了赛马以外所有的马都需要锻炼。"他们培育赛马的时候，每匹要盖上六条毯子！提金斯个人并不相信锻炼过程，也不会允许他手下的任何一头牲口经历这样的过程……人们观察发现，如果动物长期处在低于自己习惯的正常温度下，它会染上平常并不容易感染的疾病……如果你把一只鸡放在一桶水里两天，它会患上人类才会得的猩红热或者腮腺炎，前提是给它注射了相应的杆菌。如果你把鸡从水里拿出来，弄干，并让它回到正常的环境，猩红热或者腮腺炎就会慢慢消退……他对勤务兵说："你是个聪明人。你得出了什么结论？"

勤务兵转头望向塞纳河的河谷。

"长官，我认为，"他说，"由于马棚里一直很冷，我们的马得了本来不应该得的病。"

"那么，"提金斯说，"让这些可怜的牲口暖和点。"

他认为，如果他所说的话传到贝臣勋爵耳中，不管以什么方式，都会给他自己招来一场糟糕的争吵。但他还是得试一试。他不能让一匹他为之负责的马就这么受折磨……要考虑的事情太多了，所以，反而没有什么特殊的事情需要考虑。太阳炫目。塞纳河的河谷是蓝灰色的，好似一块哥白林挂毯。在这之上悬挂着一名已故的威尔士士兵的阴影。一只奇怪的云雀在焚化炉中心后面那片空旷的田野上慷慨陈词。一只奇怪的云雀。因为按规矩，云雀在十二月是不叫的。云雀只在求偶或者护巢的时候唱歌……这只鸟一定是纵欲过度了。〇九摩根是另一件事，那都得怪那个职业拳击手！

他们沿着砖墙间的一条泥泞小路往下走，进到城里去。

# 卷　中

# 第一章

城中最好的酒店的休息室里，房间里摆满了令人赞叹的陈设，装饰有白色珐琅和藤条，镶满了镜子。西尔维娅·提金斯坐在一把藤条椅上，心不在焉，并没有在听那位哭哭啼啼的参谋长说的话。他一直求她当晚不要锁上她的房门。

她应着："我不知道——是，也许——我不知道。"然后她远远望着墙上一块泛蓝的镜子，它和其他镜子一样，镶在涂了白漆的软木框里。

她坐直了一点，说道："克里斯托弗来了！"

参谋长扔下他的帽子、手杖和手套。他的黑头发没有偏分，因为涂了某种发胶之类的东西而沉沉地趴在头顶，焦虑不安地在他的头皮上晃动着。他刚才正在说，西尔维娅毁了他的人生。西尔维娅

127

难道不知道她毁了他的人生吗？要不是为了她，他可能早就娶了哪个年轻纯洁的小姑娘。现在他叫起来："但是他想要怎样？老天！他想要怎样？"

"他想要，"西尔维娅说，"扮演耶稣基督的角色。"

佩罗恩少校继续叫道："耶稣基督！但他是将军手下说话最刻薄的军官啊！"

"唉，"西尔维娅说，"就算你娶了那位年轻纯洁的小姑娘，她也可能会——怎么来着？——在九个月之内给你戴上绿帽子。"

佩罗恩听到这话，微微打了个冷战，嘟囔道："我不觉得。看起来正好相反。"

"噢，不，不是的。"西尔维娅说，"想想吧，从道德上讲，**你是丈夫**；**不道德**地讲，我可以说……因为他是我想要的那个男人……他看起来不太好……医院的领导通常会告诉妻子她们的丈夫出了什么问题吗？"

他半个身子露在椅子外面，从他的角度望去，西尔维娅好像在看着一面空白的墙。

"我看不到他。"佩罗恩说。

"我可以在镜子里看到他。"西尔维娅说，"看！从这里你就能看到他了。"

佩罗恩颤抖得更厉害了些。

"我不想看到他。我有时候在公务上不得不见他。我并不想见的。"

西尔维娅说："**你啊**，"语气里带着深深的轻蔑，"你只会给摩登女郎带巧克力盒子——他为什么会跟你在公务上有来往？你又不是

128

个士兵！"

佩罗恩说："但是我们要怎么办？**他会干什么？**"

"我这边嘛，"西尔维娅回答，"那个小男仆拿着名片过来的时候，我就让他去说我很忙。我不知道**他会**怎么做。揍你一顿，很有可能。现在他正看着你的后背。"

佩罗恩僵住了，陷进深深的椅子里。

"但是他**不会的**！"他焦虑地叫起来，"你说他要扮演耶稣基督的。我们的主可不会在酒店休息室殴打他的臣民。"

"我们的主！"西尔维娅轻蔑地说，"关于我们的主你都知道什么？我们的主是一位绅士，克里斯托弗正在扮演主，召唤通奸的夫人。他给我提供社会上的支持，他认为作为我的丈夫他应该这么做。"

一位独臂、蓄须的酒店领班①穿过面对面②摆放的一排扶手椅走了过来。他说："不好意思，我一开始没有看到这位夫人。"然后他亮出一张放在托盘上的卡片。

看都没看那张卡片，西尔维娅便说："告诉那位先生，③我现在正忙。"酒店领班神色严峻地走开了。

"但是他会把我揍成肉酱的。"佩罗恩叫起来，"我该怎么办？我到底该怎么办？"他无路可逃，除非从提金斯的眼皮底下溜走。

西尔维娅上身挺得笔直，表情宛如盯上了一只鸟的毒蛇，直直

---

① 原文为法文。

② 原文为法文。

③ 原文为法文。

129

地注视着前方，什么都没说。最后，她叫起来："看在老天的分上，别抖了，他不会对你这样的小女孩出手的，他是个男人。"佩罗恩的藤条椅本来正吱呀作响，好像它在火车车厢里一般。于是这吱呀声一抖，停下了……突然，她捏紧双手，唇齿之间小小吐出一口恶气。

"对永生的圣徒发誓，"她叫道，"我一定会让他那木头般僵硬的脸痛苦地皱起来。"


在泛蓝的镜子里，几分钟以前，她看到了她丈夫玛瑙般湛蓝的眼睛，三十英尺以外，隔着扶手椅，在棕榈树叶之间。他站在那里，手上拿着一条马鞭，穿着不适合他的制服，看起来相当笨拙。相当笨拙且疲倦，但是仍毫无表情！他直直地看着她的眼睛在镜子里的映像，然后移开了视线。他动了动，好让他的侧影对着她，然后继续一动不动地盯着装饰在镶了玻璃的门上方的墙上的一只驼鹿头，那扇门通向酒店的内部。酒店侍应生向他走去，他拿出一张名片递给侍应生，说了几个字。她看到他的嘴唇动着，吐出这几个字，"克里斯托弗·提金斯夫人"。

她无声无息地说："他的骑士精神真该死！噢，真该死，他的骑士精神！"她知道他心里在想什么。他看到了她，和佩罗恩在一起，所以他既没有向她走过来，也没有直接告诉侍应生她的位子在哪里，就怕让她尴尬！他让她自己过去，如果她愿意的话。

侍应生，映在镜子里，曲曲折折地来了又去，提金斯仍然盯着那个驼鹿头。他拿回了那张名片，夹回他的手册里，然后和侍应生说话。侍应生带着他们阶层特有的礼貌热情地耸了耸肩膀，耸肩膀的同时一只手指向朝里的门，领着提金斯进了酒店。拿回卡片的时候，提金斯脸上的线条一丝一毫都没有变。就是那时，西尔维娅发誓她一定要让他木头般僵硬的脸皱起来……

他的脸让人不能忍受，沉重，僵硬，并不粗鲁，但是他的目光高高越过所有这些东西和人类，凝望着一个遥远得无人能进入的世界……不过，在她看来，他如此笨拙而疲倦，再折磨他几乎要有失风度了。这就像鞭打一只行将就木的斗牛犬……

她沉回自己的椅子，有一瞬间几乎是灰心丧气，说："他进了酒店。"

佩罗恩突然焦虑地从椅子上向前坐了起来。他嚷嚷着说他要走了，然后他也灰心丧气地沉了回去。

"不，我不走，"他说，"我在这里可能还安全得多。我要是走，可能正好碰到他出来。"

"你现在也知道我的裙摆保护着你了吧。"西尔维娅轻蔑地说，"当然，我在的时候克里斯托弗是不会打人的。"

佩罗恩少校用两个问题打断了她，"他会怎么做？他在酒店里要做什么？"

提金斯夫人回答："你猜！"她补充了一句，"在类似的情况下你会怎么做？"

"去砸了你的卧室，"佩罗恩马上说，"我发现你离开了伊桑若之后就是这么做的。"

西尔维娅说："啊，那地方原来叫这个名字。"

佩罗恩呻吟道："你简直冷酷无情——没有更适合的词了。冷

131

酷无情。你就是这样。"

西尔维娅心不在焉地问，为什么他偏偏在这个关头说她冷酷无情。她想象着克里斯托弗笨拙、脚步沉重地走过酒店的走廊，看着各间卧室，给侍应生一笔慷慨的小费，保证把他安排在跟她同一个楼层。她几乎可以听到他那并不令人讨厌的男性嗓音从胸腔发出，微微震颤着，也让她感受到了共鸣。

佩罗恩继续嘟囔。西尔维娅冷酷无情，是因为她竟忘记了布列塔尼的那个小村庄的名字，他们在那里共同度过了无比美好的三个星期。尽管后来她离得那么突然，她所有的衣服都还留在旅馆里。

"唉，那对我来说根本不是什么盛宴。"西尔维娅重新把注意力集中到佩罗恩身上，继续说，"老天！你觉得对你来说那**会**是什么盛宴吗，专门为你开设的吗[①]？我为什么要记得那个可恶地方的名字？"

佩罗恩责备地说："伊桑若－勒－佩旺谢？多么好听的名字。"

"这么做没有用，"西尔维娅回答道，"你想要在我心中唤起感伤的回忆。如果你想跟我继续相处，就得让我忘记你是个什么样的人。我停下来坐在这里听你那长脚秧鸡一样的嗓音，只是想等克里斯托弗离开这家酒店，然后我要回房间，为萨克斯夫人的聚会做准备，你得坐在这里等我。"

"**我不去**，"佩罗恩说，"我不会去萨克斯夫人家的。唉，**他**将会是签署婚姻条款的主要见证人之一。而且老坎皮恩和其他参谋官都会去——你抓不到**我**。没想到之前就定好了。我不怕。"

------

① 原文为法文。

"你得跟我来，我的小家伙，"西尔维娅说，"如果你还想沉浸在我的微笑中的话。我不会一个人去萨克斯夫人家，看起来好像我连一个护送我的男人都找不到一样，而且是在半屋子法国社交沙龙的同伴眼皮底下。如果他们有一屋子的同伴呢！你抓不到**我**。我不怕！"她模仿着他叽叽嘎嘎的声音。"只要你露个面，表示你是护送我来的，你就可以走了。"

"可是，老天！"佩罗恩叫起来，"只有这件事我一定不能做。坎皮恩说如果他再听说我出现在你身边，就会把我送回该死的团里去。我那该死的团队现在在战壕里。你不想看到**我**在战壕里吧，不是吗？"

"我宁可看到你在战壕，也不愿意看到你在我房间里，"西尔维娅说，"任何一天！"

"啊，你看你！"佩罗恩生气地叫起来，"我能得到什么保证：如果我按照你的意愿去做，就可以沉浸在你的微笑中，像你说的那样？我自己跳进最可怕的火坑，没有任何证件、公文就把你带到了这里。你从来没告诉过我，你什么证件都没有。奥哈拉将军，宪兵司令，为这事发了好大一通火。而我为这个得到了什么？连个笑容的影子都没有。你得看看老奥哈拉猪肝色的脸！有人在他睡下午觉的时候把他叫醒，告诉他你十恶不赦的行为，他现在还没有从消化不良中恢复过来。还有，他恨死了提金斯。提金斯总在削弱他手下的职能——奥哈拉心爱的那些小羊羔。"

西尔维娅并没有在听，但是她因为心中的一个念头慢慢地展现出笑容。这让他气昏了头。

"你在玩什么把戏？"他叫道，"真是活见鬼了，你在玩什么把戏？你来这里不会只是为了看——他。至少在我看来，你不是来看我的。那好吧。"

西尔维娅瞪大眼睛把他从上到下打量了个遍，眼睛睁得好像她刚刚从沉睡中醒来一样。

"我自己也不知道我要来，"她说，"我突然想到就这么来了。在我出发前十分钟突然想到的。然后我就来了。我不知道需要公文，我以为我想要就能弄到。你也从没问我有没有公文呀。你就只管黏住我，然后把我带进了你的专属车厢。我又不知道你要来。"

对佩罗恩来说这似乎是最后的侮辱。他叫起来："噢，该死，西尔维娅！你**一定**是知道的。你星期三晚上去科克斯家看了壁球赛。**他们**知道。他们是我最好的朋友。"

"既然你这么问，"她说，"我不知道。如果我知道你会坐那班车的话，我就不会坐了。是你逼我对你说这么粗鲁的话的。"她补充了一句，"你为什么就不能再缓和一点呢？"这让他稍微安静了一小会儿。他惊诧得合不拢嘴。

她在想克里斯托弗是从哪里弄到住酒店的钱。没多久之前，她把他银行账户里的钱全都取光了，只剩下一个先令。现在是月中，他没法再取钱来付……当然，这是她要的花招。这样他可能会被迫抗议。以同样的方式，她也尝试控诉他带走了她的床单。这完完全全出于恶意，而当她再次看到他纹丝不动的面容，她就知道自己太傻了……但她已经无计可施了。她以前确实尝试指控她的丈夫，但是从来没想给他添麻烦……现在，她突然意识到她的所作所为有多么愚蠢。他绝对知道，她一点都不在乎这些令人不快的小事；所以他也会知道，每件这样的事都只是她的花招。他会说："她在想办法让我尖叫出声。我要是真这么做就完蛋了！"

她得使用更难招架的法子，于是说道："他会，他会，他**会**臣服的。"

佩罗恩少校现在合上了嘴巴。他在思考着……有一会儿他嘟囔道："再**缓**和一点！老天啊！"

她突然感到有了精神：看到克里斯托弗的身影，她很确定他们又将生活在同一屋檐下了。她愿意赌上她的全部身家和她不朽的灵魂，赌他不会和那个姓温诺普的姑娘在一起。这就像在确定的事实上下赌注一样！但是她不知道，在战争结束后他们的关系会变成怎样。一开始，当她凌晨四点离开他们的公寓之际，她认为他们永别了。当时这很符合逻辑。但是，在她隐居伯肯黑德期间，在安静的、白色的修女房间里，渐渐地，怀疑的思绪向她袭来。他们这样住在一起的一个缺点是他们几乎从不交流各自的想法。但是有时候这也是个优点。她当时确定地表示，他们是要永别了。她确定她提高了嗓音，对着出租车司机喊出她要去的车站的名字，以保证他一定能听见；她也很确定，他会认为这意味着他们的结合彻底消亡了……相当确定。但还不一定！

当初，她死也不愿意给他写信；现在，她则死也不愿意暗示她希望他们重新生活在同一屋檐卜……

她对自己说："他给那个女孩写信吗？"然后自己回答："不！我很确定他没有。"她在公寓截下了他的全部信件，只给了他几份宣传广告，好让他以为全部来信都寄给他了。从她读过的他的那些信件来看，她很确定他没有把除了格雷学院以外的地址给任何人……但是没有从瓦伦汀·温诺普那里来的信……两封来自温诺普夫人，两封来自他哥哥马克，一封寄自朴次卡索，有一两封是军官同僚寄的，还有几封官方的短笺……她对自己说，如果**有**任何从那个女孩那里寄来的信件，她就会把他所有的信都寄过去，包括那个女孩的……现在她不是很确定自己会不会这么做了。

从镜子里，她看到克里斯托弗沿着从大门通到她身后门里的那条路木然地走出了酒店……她突然非常高兴地意识到——可以确信，他绝对没有和温诺普小姐通信。绝对确信……如果他精神好到可以这么做的话，他看起来会不一样的。她不知道会是怎么个不一样法，但是一定不一样……更有活力！可能更有自我意识，可能，很满足。

少校已经嘟嘟囔囔地抱怨了半天他所犯下的错误。他说他整天都跟在她后面转，像只哈巴狗一样，但是什么好处都没有得到。现在她还要他缓和一点。她说面子上她需要一个男人护送。那么好，护卫人员总该得到什么东西吧……就在这个时候，他又开始说：

"你看，你今天晚上会不会让我去你的房间？"

她爆发出尖厉而响亮的欢笑声。

他说："真该死，这不是什么好笑的事情！你看看！你不知道我冒了多大的风险。这个城镇所有旅馆的走道上走来走去的人里面又是宪兵副司令，又是宪兵司令，还有助理宪兵副司令，整晚整晚的，我可是冒着赔上我的工作的风险。"

她把手帕举到嘴边，好挡住自己的一丝微笑；她知道这笑容对他来说实在太残忍了，他不会注意不到。果然，即便她拿下了手帕，他还是说了出来：

"等一下，你是个多么残酷的恶人啊！我到底为什么要在你周围晃来晃去？我母亲有张画，是伯恩·琼斯①画的，一个面相残酷的女人，带着一丝冷淡的微笑，无情的妖女②、吸血鬼什么的，你就是那个样子。"

她突然以相当严肃的表情看着他。

"你看，波蒂……"她开口说。

他又呻吟道："我相信你一定想要我去那可怕的战壕里，但是我这样一个长相尊贵的大个子家伙是没有机会的。在德国佬的第一轮炮火里，他们就会把我干掉的。"

"噢，波蒂，"她叫起来，"稍微严肃一会儿。告诉你吧，我是个正在试着，拼命想要和丈夫重归于好的女人！我本不会和其他任何一个人说的，甚至都不会和我自己明说，但是女人总欠点什么东西——一场分离，如果没有别的。啊，总得有点什么……和一个跟她上过床的男人……我在那里没有好好跟你分别，在——啊，伊桑若－勒－佩旺谢，所以我现在给你这点好处。"

---

① 爱德华·伯恩－琼斯爵士（1833—1898），英国画家、图书插画家、彩色玻璃和马赛克设计师。

② 原文为法文。英国诗人济慈曾有同题诗作，拉斐尔前派画家也常描绘这一主题。但伯恩·琼斯没有以此为题的画作，佩罗恩可能混在一起说了。

他说："你今晚会留卧室的门吗？"

她说："如果那个男人接受我的追求，我会尽我所能追随他到天涯海角！看看这里，看我想到这件事的时候都在发抖。"她伸出一只长长的手臂，从手到手臂整个颤抖着，起初还微微地，然后变得非常剧烈……"啊，"她最后说，"如果你看到这个，还想要到我的房间来，你的鲜血可能会沾到你的脑袋上。"

她停下来喘了一两口气，接着说："你可以过来，我不会锁门，但是我不会保证你能得到什么，或者保证你会喜欢所得到的东西。这已经是一笔不错的报酬了。"她突然又补了一句，"你这个该死的自负的人<sup>①</sup>，随便你能得到什么，都是怪你自己！"

佩罗恩少校突然捻起他自己的小胡子来，说道："噢，我会冒碰上宪兵副司令的险……"

她一下子盘起腿坐在椅子里。"现在我知道我是干什么来了。"她说。


佩罗恩即威尔弗里德·福斯布鲁克·艾迪科尔·佩罗恩少校，他母亲的儿子，是这样一类人：没有历史，没有强烈的倾向，也没有——或者说几乎没有——性格。他什么成就都没有；他的学识看起来仅限于了解当天报纸的内容。不管怎样，和他的对话从来没有深刻过。他不勇敢，不害羞；他既不特别英勇，也不特别胆小。他

---

① 原文为法文。

138

的母亲富有得过分，拥有一座坐落在悬崖顶端的巨大城堡，在一片西方海域之上，像极了高高的公寓楼窗台上挂着的鸟笼。但是她招待的访客很少，甚至没有访客，她家的饭菜十分普通，酒也难喝得吓死人。她有强烈的禁酒倾向，在她丈夫去世之后，她立刻清空了他那几乎和城堡一样历史悠久的酒窖，把酒倒进了海里，这消息让全英格兰的乡绅家庭都打了个激灵。但就算这样还不足以让佩罗恩臭名昭著。

在他早年开阔了眼界之后，他母亲给了他一笔相当于较低级别的王室人员的收入，但是他拿这笔钱什么都没做。他住在肯辛顿宫御花园一处不错的房子里，他一个人和他母亲亲自挑选的一大堆仆从住一起，但是他们什么事情都不做，因为他在巴斯俱乐部吃每一顿饭，甚至在那里洗澡，并在晚饭前更衣。在其他事情上他很吝啬。

他曾经，追随当时的潮流，年轻的时候在军队里待了一两年。他先是被委派到第四十二团，但是在苏格兰高地警卫团①出发去印度时，他被调换到了格拉摩根郡，当时是坎皮恩将军指挥，在林肯郡周围招兵。将军是佩罗恩母亲的老朋友，当他被提拔为陆军准将以后，就把佩罗恩安排进了他的参谋人员中，担任他的副官。因为，虽然佩罗恩骑马骑得很一般，但他至少有足够的社交知识，将军可以信赖他代表军团得体地去邀请嫁给了某位子爵的第三个儿子的遗孀……作为一名军人，他指挥水平十分一般，训练水平很糟糕，几

---

① 苏格兰高地警卫团，绰号为"黑卫士兵团"，上文的"第四十二团"指的也是该团。

乎无法控制手下的军队。但是他很受他的勤务兵的欢迎；而且他穿着老旧的深红色制服或者蓝色晚礼服的样子虽然有点僵硬，但是还挺像样。他正好六英尺高，分毫不差，穿着高筒袜，眼睛颜色很深，嗓音很刺耳；他的四肢相对于丝毫没有发福的躯干来说有一点太粗壮了，因此这让他看起来稍微有些笨拙。如果你在一个俱乐部里问他是个什么样的人，别人最有可能会回答你，他的脑袋上长了或者据说长了疣，这就是为什么他这辈子一直把头发往后梳，而不是从额头向两边分梳。但实际上他头上并没有长疣。

他有一次去葡萄牙属东非地区打猎。但刚到达目的地，就听说内地的土著发生了暴动，所以佩罗恩又回到了他在肯辛顿宫御花园的房子里。他在和女性交往方面有几次小小的成功，但是，因为他小气又害怕感情纠葛，直到三十四岁为止他的恋爱范围仅限于较低阶层的年轻女性。

他和西尔维娅·提金斯的风流韵事本来是可以拿来吹嘘的谈资，但是他并不爱吹嘘，而且实际上她离开他的时候他被伤害得太厉害，以至于没法编造些谎言来掩饰他和她在布列塔尼度过的那段时间。幸运的是没人对他在夏天做了什么感兴趣。当他回想起她抛弃了他，他的眼眶就会湿润，并不明显，好像海绵表面渗出了水一样。

西尔维娅离开他的时候，为了方便，只带着一个小包就上了那辆小小的法国电车，它会把她带到铁路主干线上。从那里她用铅笔写了一张封好的明信片给他，说她离开他就是因为她既没法忍受他的无聊，也没法忍受他尖厉的声音。她说他们秋天可能会在城里相遇。在买了一些过夜的东西之后，她直接去了那个德国矿泉疗养地，她母亲在那里静养。

在那之后，西尔维娅想起自己和这么个笨蛋私奔的事情时，毫无困难地就把责任算到了自己头上：她只是出于性方面突然产生的强烈仇恨才做出这样的反应的，这主要还是因为她丈夫。在全伦敦像点样子的男人里，她没法找到一个比佩罗恩更和她丈夫彻底相反的人了。就算是多年以后，在这个法国旅馆的会客厅里，她也可以想起在她第一次想出和他私奔这个点子的时候，她心里袭来的那股愉悦的恨意，那种情绪几乎让她感到痛苦。这好像是自我褒扬，因为刚刚获得一次极为鼓舞人心的智识上的发现。她之前对克里斯托弗短暂的不忠让她意识到，无论与她发生浪漫关系的男人有多么拿得出手，无论这段关系有多短暂，就算只是一个周末……克里斯托弗把她惯得受不了其他男人了，这是他身上的特质里最糟糕的一点。当她听到其他任何一个男人对任何话题发表看法——任何一个，任何一个话题——从稳定结构到权力制衡，或者从某个歌剧演员的声线到彗星的循环出现——在和克里斯托弗度过周中之后，再和任何一个男人过周末，还得听他说话的时候，你会发现，不管你多讨厌克里斯托弗的想法，这两件事之间的区别都如同聆听一位成年男人的谈话，和带着强烈的厌倦感、试着逗一位不善言辞的中学生开心之间的区别。除了他以外，其他男人就像从来没有长大过一样。

在非常突然地答应和佩罗恩私奔之前，她猛地想到一个让她眼前一亮的点子：如果我真的跟他私奔了，这将是我能对克里斯托弗做的最让他感到耻辱的事情……正当她想到这个点子的时候，在将军的姐姐科罗汀·桑德巴奇夫人举办的一场在音乐学院进行的舞会上，佩罗恩在她的椅子旁，他的声音因为充沛的感情而比往常更沙哑和令人愉快，一直不停地央求她和他私奔……

她突然说："很好，让我们……"

他的感情因为受震惊而无法自抑，就算这样，她也几乎宁愿把她自己的话当成一个玩笑，放弃这一报复……但是羞辱克里斯托弗这个点子在她看来太有吸引力了。因为，你妻子为了一个吸引人的男子而抛弃你已经够羞辱人的了，而她还只是为了一个几乎没有智力可言的人公开抛弃你，而你恰恰为自己的头脑感到骄傲，这几乎是所有能发生在你身上的事情中最令人感到羞愧的了。

但是，她的恶作剧刚要上演，她的计划中两个非常重大的缺陷就狠狠地打击了她：一是，无论克里斯托弗感到多么羞愧，她都没办法在他身边目睹他的羞愧；二是，带着佩罗恩出现在随意的社交场合已经显得那么蠢笨了，在亲密的日常关系中他更是显得蠢到简直让人无法忍受。她想象中他至少有可能在谨慎的轮番爱抚和责骂之后**成点气候**。她发现他母亲基本已经为他做了可以做的一切。因为，当他还是个私立中学里有些迟钝的孩子的时候，他母亲给他的零花钱太少，他就在其他孩子的桌肚里左偷几个先令，右偷几个先令，好给校长的妻子订购一份生日礼物。他的母亲，为了给他上有益的一课，对这件事夸大其词，以至于他变得一直很害羞，还因此一会儿不信任自己，一会儿又自吹自擂。虽然他对外压制了这两方面的倾向，但长期的压抑让他几乎没有能力产生任何比较有力的想法，或者做出任何比较有力的行动。

这一发现并没有让西尔维娅对他的态度缓和下来，像她说的那样，这就是**他的**葬礼，虽然她本来准备好了让一个粗鲁的男人变聪明，但她可没有做好准备矫正其他女性在做母亲方面无可救药的错误。

所以她只走到了奥斯坦德，他们本来在餐桌上说好要待一个星期左右，而那之后她发现自己对一些见到的熟人解释她只要在这个欢乐的城市待一两个小时——在两班火车的间隙——她母亲现在在德国的一家疗养院，她准备跟她待在一起。她惊讶地发现她自己冲动地说了这番话，因为直到当时为止，对批评丝毫不介意的她从来没有意图遮掩她的所作所为。但是，非常突然地，在赌场里见到了几位有名的英国人之后，她突然想到，无论她多么希望克里斯托弗因为她和佩罗恩那样的蠢货私奔而感到羞愧，想到她可能会发现自己没法跟一个比佩罗恩这样的蠢货更好的男人私奔，克里斯托弗的羞愧相比之下立刻就一钱不值了。何况……她开始想念克里斯托弗了。

在巴黎圣罗奇街上那间相当拥挤但是并不起眼的酒店里，这种感觉并没有减少。在那之后她立刻把有些迷惑但是并没有抱怨的佩罗恩转移到这间酒店里，他本来以为自己会被带到威斯巴登参加一些轻快的娱乐活动。当你想避开那些更加惹人注目的度假地，而且没有令人愉悦的人陪伴的时候，可以说巴黎像星期天的伯明翰一样让人喘不过气。

所以西尔维娅只花了一小段时间向自己确认，她又大没有明显的意图要立刻申请离婚，而且事实上，没有明显的意图做任何改变。她给他寄了张明信片，说把她的信件和其他方式的通信都寄到这个不显眼的酒店里——透露出她住的酒店这么不起眼让她感到很羞愧。但是，除了她自己的通信被有规律地转到了这里之外，没有提金斯发来的任何消息。

在那之后她把佩罗恩弄到了法国中部一家空气疗养院，在那里她发现自己严肃地考虑着提金斯**可能会**做的事情。通过她自己的朋友们在信中毫不怀疑地提及的内容，她发现如果提金斯没有编造出她母亲病重，她得去照顾或者和她母亲在一起的故事的话，他至少也没有否认……这就是说，她朋友们说她母亲，赛特斯维特夫人，病重实在太不幸了；对她来说被关在一家小小的、愚蠢的德国疗养院里实在太不幸了，而这时这个世界本该那么有趣。考虑到克里斯托弗被一个人留在那里实在太不幸了，他们偶尔去见他的时候他看起来还不错。

大概这个时候佩罗恩开始变得，如果可能，比以前更令人厌烦了。在空气疗养院里，虽然客人几乎全部是法国人，但那里刚开了一片高尔夫球场，在打高尔夫球的时候佩罗恩显得既没用又消极自负，这发生在一个天生苍白无力的人身上显得很令人吃惊。如果西尔维娅或者任何一个法国人在某一轮赢了他，他整晚都会很愠怒。虽然西尔维娅当时对他的愠怒毫无反应。更糟糕的是，他为了他的比赛大声而沮丧地和他的外国对手吵了起来。

三件事接连发生在十分钟之内，让她下定决心离开这家空气疗养院，走得尽可能远一点。首先她发现街尽头有个她似乎认识的英国人，叫瑟斯顿，这让她突然感到非常紧张，她知道她应该保留让提金斯带她回去的可能性。然后，当她在高尔夫俱乐部的房间里急匆匆地付账取球杆的时候，她听到两名球手的对话，给她留下深刻的印象，佩罗恩偷偷地动了他的球，或者是在自己的分数上动了手脚……这对她来说几乎不能忍受了。同时，她心里也放下架子回忆起了克里斯托弗的声音，那次他傲慢地说，凡是他愿意与之交谈的人没有一个曾想过和女人离婚。如果他不能保护他至高无上的家庭生活的话，他也得将就着过，除非那个女人想跟他离婚……

他说这话的时候，她当时非常恨他，所以她并没有注意到他说的这句话。但是现在它再次故意引起她的注意，她心里想：也许他不仅仅是说说而已！

她把悲惨的佩罗恩从床上拽起来，午饭后他就沉沉地睡下了，并告诉他，他们必须离开这个地方，然后，他们一到巴黎或者别的大一点的地方，那种侍者和其他的人能听懂他的法语的地方，她就会永远离开他。结果，他们直到第二天早上六点才坐上火车。听说她要离开自己，佩罗恩表现出的狂怒和绝望让事情变得很棘手，因为他并没有像意料中的那样宣称自己想要自杀，竟然沮丧地变得杀气腾腾。他说，除非西尔维娅对着她随身携带的圣安东尼的遗物发誓她不会离开他，否则他会控制不住杀了她的。他说，就像他之后一直说的那样，她毁了他的生活，让他心里的道德严重堕落了。但是为了她，他可能会和一个纯洁的小姑娘结婚。另外，和他母亲的规矩相反，她通过纯粹的奚落逼着他喝葡萄酒。因此，他确信，这对他的健康和他的男性的部分都造成了不利的影响……对西尔维娅来说，这是这个男人身上最不能让人接受的一点——他对葡萄酒的看法。每当他把酒送到嘴边，他都会令人无法忍受地咯咯笑着说些蠢话，比如：这是我棺材上的又一根钉子。然而他很能喝，无论是葡萄酒，还是更烈的酒。

西尔维娅拒绝对圣安东尼发誓。她是绝对不会把自己的风流韵事告诉这位圣人的，而且她是绝对不会对任何遗物许下一个她随时可能背叛的誓言的。有种事情叫作玩得太低级；跟有些耻辱相比，死亡可能还更好些。所以，当他两手拎在一起的时候，她抓住他的左轮手枪，扔到水瓶里，然后就觉得自己挺安全的了。

佩罗恩一句法语都不会说，对法国也几乎一无所知，但他发现，法国人对你杀掉一个想要离开你的女人无动于衷。另一方面，西尔维娅很确定，没有武器的话，他对她做不了什么。如果说她在她读的那间很贵的学校里没练过别的什么，她至少还是练了不少健美操的，因此可以自由操控自己的四肢，而且为了保持美丽，她一直保持着健美的体形。

她最后说："很好。我们会去伊桑若 - 勒 - 佩旺谢。"

酒店里一对很讨人喜欢的法国情侣提到过法国最西边这个孤单的天堂，他们在那里度了蜜月……西尔维娅要的正是一个孤单的天堂，如果在她离开佩罗恩之前还会发生争吵的话。

她对自己打算做的事情没有任何迟疑。乘上这糟糕的火车穿越半个法国，这漫长的旅途让她产生思乡的痛苦！完全不比这个好！患上思乡病是一种耻辱。但这无法避免，就像流行性腮腺炎。你得忍过去。而且，她甚至发现自己想见到她的孩子，她本来以为自己会恨他，因为他是她这全部厄运的根源。

因此，在仔细思考之后，她准备了一封信，告诉提金斯她打算回到他身边。她把这封信写得尽可能像是一个被邀请去了乡间小屋一段时间的人声称自己要回来了，她还加了几句关于她的女仆的指示，以清除信里一切跟感情有关的痕迹。她确信，如果她展露出任何情感，克里斯托弗绝对不会让她回到他的屋檐下……她很确定她的私奔没有引起任何流言蜚语。当他们离开的时候，瑟斯顿少校在火车站，但是他们并没有说话——瑟斯顿是个很正经的、长着棕色小胡子的家伙，是那种从来不说别人闲话的人。

事实上，她发现逃跑有些困难，因为几个星期以来佩罗恩就像精神病院的看护一样看着她。但是他认为她绝对不会不带她的衣服就走，然后，有一天，喝了很多当地的烈性甜酒，在午饭后一阵浓浓的瞌睡袭来之后，他放她一个人去散步了。


她当时已经厌倦了男人……或者至少她认为她已经厌倦了；因为她并没有准备好确信这件事，考虑到她看到周围的女人因为那些最不像样的家伙而追悔莫及。不管怎么说，男人永远都不能达到人的预期。在熟悉了之后，他们可能变得比看上去更有趣一些；但是和一个男人在一起差不多都像是读一本你忘了自己已经读过的书。你跟任何一个男人熟悉了还不到十分钟，就会说："但是这些我之前都读过了。"你知道了开头，中间部分早就让你觉得无聊，特别是，你还知道了结局。

她记得，几年前她曾试图吓唬她母亲的精神导师，康赛特神父——他最近在爱尔兰遭到谋杀——还有凯斯门特……那个可怜的圣人丝毫没有被吓唬到，还赢了她一局。因为当她说什么关于她心目中神赐般的生活——那时候他们还用"神赐"这个词——每周末都会跟不同的男人私奔的时候，他告诉她，片刻之后，在那个可怜的家伙买火车票的空当她就厌倦了。

可是，老天啊，他是对的……在那家小小的德国水疗中心，那个可怜的圣人在她母亲的客厅里说过这句话之后——罗布施德，那个地方一定是叫这个名字——在烛光中，他投在四面墙上的影子中的每一个都在告发她的行为。直到现在，她坐在那张为了庆祝战争而新粉刷装修过的酒店中的棕榈藤条椅上仔细回想，她从来没有和认为自己有权对她动手动脚的男人一起坐过火车……她想，天堂的康赛特神父看到大堂里正发生的这一幕，会不会对她很满意……可能真的是他所说的那番话改变了她。

一次都没有，直到昨天……因为可能倒霉的佩罗恩昨天刚拥有这样的权利两分钟，她就把他变成了一个被掐住脖子的、双目圆睁的苍白的雪人。人在火车车厢里会变得非常讨厌，太大胆，但是又愚蠢又尴尬，因为担心卫兵从窗子往里看，火车时速超过六十码，没有走廊……"不，**我**再也不会这么做了，神父。"她对着天花板说。

为什么你不能让一个男人跟你私奔——噢，这出轻喜剧——整整，整整一个该死的周末呢。该死的一辈子……为什么不呢？想想……该死的一辈子，和一个还不错的男人在一起，但是不会发出咯咯响声，没长鳕鱼那样的眼睛，也不那么谄媚——不会在被要求出示车票的时候找不到它们……神父，亲爱的，她又仰头对天说，如果她能找到这样一个男人，那可能就是极乐世界了……一个没有婚姻的地方……但是，当然，她几乎无可奈何地说，他不会对你保持忠诚……那时候，就不得不忍受。

她突然从椅子上站起来，弄得身边的佩罗恩少校差点从他的藤条椅里跳出来，然后问他回来没有……她喊着："不，那样我就完了，我就完了，我就完了，我就完了，如果我那样做的话。不会，不会。我对老天发誓！"

她恶狠狠地问焦虑的少校："克里斯托弗在这个城里找姑娘了没有？你最好告诉我实话！"

少校嘟囔道："他，没有，他太像块木头了，他甚至没去过叙泽特酒吧。除了有一次是去领一个倒霉的小手下回来，那个人砸坏了哈德罗嬷嬷的家具。"

他抱怨道："但是你不能这么匆匆忙忙下结论！缓和点，这是你说的。"他继续嘟囔，来伊桑若－勒－佩旺谢之后她就没什么礼貌……然后继续告诉她 yeux des pervenches 在法语里的意思是长春蔓一样的蓝眼睛。这是他知道的唯一一句法语，因为在火车上遇到的一个法国人是这么对她说的，而他一直想着，如果她的眼睛是长春蔓的蓝色……"但是你并没有在听，一点都不礼貌，我是说你这种做法。"他嘟囔着得出了结论。

她身子前倾坐在椅子上，双手仍然紧握，支撑着下巴，想象克里斯托弗可能会把瓦伦汀·温诺普安排在这座城里。这可能是他选择待在这里的原因。她问："为什么克里斯托弗待在这个被上帝遗忘的洞穴里？这是个臭名昭著的基地，他们这么叫它。"

"因为他他妈的必须这么做。"佩罗恩少校说，"别人叫他这么做，他就得这么做。"

她说："克里斯托弗！你的意思是让**克里斯托弗**这样一个人待在任何地方，就算他不愿意。"

"如果他走了的话，他们一定比他干得好多了，"佩罗恩少校叫起来……"你以为你那个该死的家伙是什么人？英国国王吗？"他突然带着沮丧的神情凶狠地补充了一句，"如果他想逃跑，他们会像杀掉任何人一样杀了他。**你怎么想？**"

她说："但这些都不能阻止他在城里有一个情人。"

"啊，他没有，"佩罗恩说，"他死死赖在他那该死的老营房里，就像一只该死的母鸡坐在变了质的鸡蛋上。他们就是这么说他的。我对那个家伙一无所知。"

她带着报复心懒洋洋地听着，觉得自己在他嗡嗡的声音里发现了一丝疯狂的自杀倾向，他在伊桑若的卧室里就是这样的声调。这个家伙身上毫无疑问带着一丝治安法庭上谋杀犯的乏味和疯狂。她突然打起精神来想着，"假设他想要谋杀克里斯托弗……"然后她想象自己的丈夫用膝盖顶断这家伙的背，这想法好像火苗穿过猫眼石一样划过她的脑海。然后，她用干燥的喉咙对自己说："我得弄清他到底有没有把那个女孩带到鲁昂来。"人们挤在一起。佩罗恩那家伙可能在保护提金斯。任何军事规则能让克里斯托弗待在这个地方都是不可思议的。他们没法让上流社会闭嘴。如果佩罗恩还有点脑子的话，他就会知道做提金斯的挡箭牌并不是得到她的办法……但是他没有脑子……何况，男人要是在性方面紧密团结起来是很可怕的。她知道她不会说出一个女人的秘密好得到她的男人。那么……

她怎么才能查明那个女孩到底在不在城里呢？怎么做呢？她想象提金斯每天晚上回家来到她身边……但是他今晚要在她身边过……她知道……在那个屋檐下……久别重逢。

她想象着他在那里，现在……你在小城顶上的有轨电车上看到的那些小小别墅的起居室里……现在，他们彼此都无所顾忌地讨论着她……她的身体扭曲着，从一块肌肉到另一块肌肉，蜷缩在椅子上。她一定要弄清……但是你怎么弄清呢？对手是一个众所周知的阴谋……这场战争就是个自由性爱的温柔乡……当你想强奸数不清的女人的时候，你就去打仗。这就是战争的目的……这么多人，挤在这么个小小的角落里。

她站起来，"我要走了，"她说，"扑点粉去参加萨克斯夫人的宴会。你如果不想去，就待在这里。"她准备盯着每一个人的脸看，直到看出克里斯托弗到底有没有把温诺普小姐藏在城里为止。她想象她长着雀斑和高傲的鼻子的脸劈头盖脸地贴上——正确的词应该是"压在"——他的脸颊……她要去调查一下……

151

# 第二章

　　她迅速找到了个机会，以继续她的调查。因为，那天晚饭时，提金斯和一个一等兵去打电话了，她发现她自己坐在在她看来是个小商人的家伙对面。这人脸色红润，长着不错的灰色小胡子，直往外戳，穿着油腻得不行的制服，油腻到上面的褶皱看起来像树叶上的叶脉……他是个非常值得信赖的小商人，街角杂货店的老板，有时候，你会让他向你提供煤油……他对她说："夫人，如果你把两千九百多乘以十，你就会得到两万九千多。"

　　然后她叫起来，"你真的想告诉我，我丈夫，提金斯上尉，昨天整个下午都在检查两万九千颗鞋钉，还有两万九千把牙刷？"

　　"我跟他说，"她的对谈者非常严肃地回答，"这些是海外领地部队，所以并不需要检查他们的牙刷。大英帝国部队**会**把他们刷扣子用的刷子做牙刷，好把干净的给医疗官看。"

"听起来，"她微微发着抖，"好像你们就是一群中学生在玩游戏。你说我丈夫真的把这种事放在心上？"

考利少尉，对他的山姆·布朗武装带上的肩带非常在意，那天下午刚从军械署买来，还是崭新的，担心它会跟扎肚子上的那一截皮带不配套，他已经用了快十年——那条腰带的皮子非常棒！——不过，考利还是坚决地说："夫人！如果一支军队的智囊不在意这些东西，一支军队的生命**就**，就命悬一线了。现在，医疗官说，就入了虎口了。夫人，你丈夫是位令人尊敬的军官，他说他负责的队伍一支都不能……"

她说："他花了三个小时，你说，花在检查脚和装备上？"

考利少尉说："当然，也有其他军官帮他检查装备，但他自己检查了每一只脚。"

她说："这让他从两点忙到五点，然后他喝了茶，我猜。最后去——什么来着？——检查征兵的文件？"

考利少尉在小胡子下嗡嗡地说："如果上尉稍稍忽视了给你写信——我听说了——你可能——夫人，我也是个已婚男人，有个女儿，但军队里的人就是不太擅长写信——在这方面，你可能会说，感谢老天，我们还有海军，夫人。"

她让他磕磕巴巴地往下说了一两句，幻想着，在他困惑的语句里，找到温诺普小姐在鲁昂的蛛丝马迹。然后她大度地说："当然，你向我解释了一切，考利先生，我非常感激。当然，我丈夫没时间给我写很长的信，他不是那种晕乎乎的年轻下属，追着……"

153

他迸发出一阵大笑，叫起来，"上尉追着女孩的裙子跑？嘿，自打他进了军团，他离开我视野的次数，我扳扳手指就能数出来！"

一阵低落的情绪将西尔维娅席卷。

"哎呀，"考利少尉继续笑着，"如果我们有嘲笑他，那也是说他管我们这管我们那，好像他是只老母鸡，坐在已经变质了的蛋上，因为这只是一支破调军队①，就像人们说的，这已经是说得最好听的了。看看在他之前我们的其他指挥官，有个布鲁克斯少校，从来没在中午起过床，如果能起来，两点半就离开营地了。你得在那之前把报告给他签字，否则你永远拿不到签名。还有波特上校，上帝保佑，什么他妈的文件都不签，他住在山下这家酒店里，我们从来没见他去过营地。但是上尉，我们总是说他简直是个切尔西的副官，要从冷溪禁卫队第二兵团里带一批兵过来似的。"

带着懒洋洋而优雅的美丽——西尔维娅知道她所呈现的是懒洋洋而优雅的美丽——西尔维娅靠在桌布上，听着这份可怕的起诉里的条条款款，她将要以此来反对提金斯……因为这种事情的道德规范就是：如果你手上有位美得不同寻常的女人，你就得把你的时间全部花在她身上……这是大自然的恩惠……除非你跟一个长着短翘鼻和雀斑的姑娘出轨，对她不忠；当然，实际上，这仍然是一种让你和你的女人在一起的办法！……但是因为军营而背叛她……这就不得体了，这就反自然了……竟然让他，克里斯托弗·提金斯，降

—————————

① 破调起初是美国流行音乐的术语，指一种大量使用切分音的曲调。一战时期这个词广泛地出现在各种战地小调中，用来指破破烂烂、毫无组织的样子。

154

到跟你在这里碰到的那些男人同一个层面!

提金斯,坐在一张张桌子之间出神,从电话亭出来之后,他身上就带了比平时更多的冷漠气息。他,累成一团,滑坐进她和少尉之间抛过光的椅子里。他说:"我已经把衣服洗好了。"而西尔维娅牙齿间发出嘶嘶的声响,带着报复的快感! 这的确是为了军营而背叛。他补了一句,"我明天早上四点半得到军营里。"

西尔维娅忍不住说道;"不是有首诗,'啊,黎明,黎明,它来得太快! '……当然,说的是床上的情侣? 这是谁写的?"

考利的脸红到了发际线,很明显还红到了更多的地方。提金斯把说给考利的话讲完,考利为了抗议他那么早就要去营地,说他没办法理解一个自己操练军队的军官。他用他那种慢悠悠的语调说:"中世纪这样叠句的诗歌有很多,你想的那个可能是阿诺特·丹尼尔①的一首晨歌,最近有了翻译了。晨歌就是凌晨唱的歌,据说,只有情侣才会唱。"

"除了你,"西尔维娅说,"在你的军营还有人会在明天凌晨四点唱歌吗?"

她没忍住……她知道提金斯慢悠悠地装腔作势是为了给桌前这个跟他们坐在一起的奇怪家伙一些从困惑中恢复过来的时间。她讨厌他这么做。他有什么权利为了掩护别人的困惑,而让自己显得像个自负的浑蛋?

---

① 阿诺特·丹尼尔 (1180? —1210),普罗旺斯的行吟诗人,他被意大利诗人但丁称赞为"最佳手艺家",被意大利学者彼特拉克称赞为"无上爱情大师"。

少尉从困惑中惊醒，拍着大腿叫道："就是这样，夫人，我们相信上尉什么都知道！我不相信太阳底下有任何一个你能问出来他却答不出来的问题，军营里他们都这么说。"他讲了个关于提金斯在军营里回答各种问题的长长的故事。

西尔维娅心中泛起种种情绪……在提金斯的身边，她对自己说："会永远这么下去吗？"她的手像冰一样凉。她用右手的手指抚摸左手的手背，是像冰一样凉。她看着她的双手，它们毫无血色……

她对自己说："这完全是性冲动，这完全是性冲动，上帝！我难道没法克服这种事吗？"

她说："神父！你曾经很喜欢克里斯托弗，让圣母帮助我克服吧。这会毁了他，也会毁了我。但是，噢，**该死的**，别这样！因为这是我生存的全部意义。"

她说："当他从电话亭回来，发着呆的时候，我以为一切都还好，我以为他看起来像是笨重的木马，持续有两分钟，接着我又开始了。我想咽口水，但是我不能。我的喉咙没法动了。"

她光着一只白皙的手臂，靠在桌布上，身体俯向那个长着海象胡子的家伙，而他还在得意地吸着鼻子。

"在学校里他们曾经叫他老太阳神，"她说，"但是有一个关于所罗门的问题他没法回答，那就是一个男人如何同一个——噢，一个女仆！……问他九十六天前的黎明发生了什么——不，九十八天以前。"

她对自己说："我忍不住……噢，我忍不住……"

前准尉副官高兴地叫起来，"噢，从来没人说过上尉是意见领

156

袖中的一个。他对人类和事情的了解是实打实的，很神奇的是他没有部队出身，却很了解军队里的人。但是你看，你家这个天生的绅士整天跟军队的人混在一起，实际上对他们很了解。彻彻底底，在他们的绑腿里。"

提金斯直直地看着前方，脸上一点表情都没有。

"但是我敢说我一定抓住了他的把柄。"她自语着，然后又对准尉副官说："我现在认为任何一位军官——比如你们这样天生的绅士——当一列从后方开回来的火车从一个大站出发——比如帕丁顿——到前线去的时候，他知道男人们都是怎么想的，但是他不知道已婚女人或者女孩怎么想。"

她对自己说："该死的，我现在怎么变得这么笨啊！我曾经用一个词就能卸下他的伪装。现在我一次得用好几句话。"

她没有停，继续对考利说："当然他可能再也见不到他唯一的儿子了，这让他很感伤。帕丁顿那里的军官，我的意思是……"

她对自己说："老天，如果这家伙今晚不对我缴械投降的话，他就再也见不到迈克了。啊，但是我抓住了他的把柄。"提金斯闭上了眼睛，他肤色明亮的鼻孔周围开始发白。那白色渐渐蔓延开来，人在要昏倒的时候鼻尖周围会变白……她突然一个激灵，用她纤长的手臂扶住桌子的边沿，好稳住自己，她不希望他昏倒，但是他确实**有**注意到帕丁顿这个词。九十八天以前……她在那之后每一天都在数……她已经透露那么多信息了……那天凌晨她在房子外面说了**帕丁顿**，他把那句话当作是离别。他**曾经**，他**曾经**认为自己在那之后自由了，跟那个女孩想做什么都可以了……啊，他并没有……这就是为什么他的鼻孔周围会发白……

考利大声叫起来："帕丁顿！从后方回来的火车并不是从那里出发，不是去前线的，是英国远征军，不是帕丁顿。格拉摩根郡的人从那里去补给站，还有利物浦。伯肯黑德有个补给站，或者那是在柴郡？"他问提金斯："伯肯黑德的补给站是在利物浦还是在柴郡，长官？你记得吧，我们在彭豪利的时候从那里招了一批士兵。不管怎么说，你从帕丁顿去伯肯黑德，我自己从来没去过。他们说那是个不错的地方。"

西尔维娅说（她并不想说）："是个不错的地方，但是我不应该认为自己可以在那里待一辈子。"

提金斯说："柴郡有一个训练场——并不是补给站——在伯肯黑德附近。当然，那里还有一支皇家要塞炮兵部队。"她转眼不去看他。

考利叫起来，"你差点晕过去，长官，"他滑稽地说，"你眼睛都闭上了。"他举着一杯香槟，向她倾着身。"你一定得放过上尉，夫人，"他说，"他昨天晚上没睡觉，大部分是我的错导致的，所以，他对我实在太好了。我告诉你，夫人，几乎没有什么事是我不会为上尉做的。"他喝光他的香槟，开始解释，"你可能不知道，夫人，这对我来说是个大日子，是你和上尉使它成为我的大日子。"为什么这么说，今晨四点，在这个被摧毁的城里没有一个比他更惨的人了。而现在，他一定要告诉她，他正在经受一场不幸的、悲惨的疾病，让人在庆祝的时候也得小心。而今天是他必须庆祝的一天，但是在准尉副官勒杜和一群老伙计都在场的地方，他不敢……"我不敢，我不敢！"他最后这么说，"所以我本该坐着，现在，就此刻，在冰冷的营地里。但是为了你和上尉……在冰冷的营地里……你得原谅我，夫人。"

西尔维娅感到她的嘴唇突然颤抖起来。

"我自己可能，"她说，"也会被抛弃在冰冷的营地里。如果我没有前来请求上尉赦免的话！在伯肯黑德，你知道，我碰巧三星期以前都还在那里……好奇怪，你正好提到了它。的确，有些东西就像是征兆，但你不是天主教徒！这几乎不可能是巧合。"

她在发抖……她颤抖着手打开她的粉盒，看着里面的小镜子——粉盒雕着花，一颗小蓝宝石镶在镂刻着薄薄黄金的盒面中央，仿佛一朵勿忘我……这是德雷克——可能是迈克的父亲——送给她的……这是他给她的第一件东西。她今天为了反抗特地把它带来了。她想象提金斯可能会不喜欢它……她上气不接下气地对自己说："可能这该死的东西是个凶兆……"德雷克是第一个……一个喘气热乎乎的、粗鲁的人！在小镜子里的她，脸色煞白。她看起来像……她看起来像……她穿着金色薄纱裙子……她白色的整齐牙齿间呼出的气息十分急促……她的脸就像牙齿一样白……还有……是的！简直！她的嘴唇……她的脸像什么？……在伯肯黑德的修道院的小礼拜堂里，那里有块雪花石膏墓碑……她对自己说：

"他快要晕倒了。我快要晕倒了。我们俩到底是有什么问题？如果我让自己昏倒……但是这也不能让那个怪物的木然表情减少一丝一毫！"

她斜倚着桌子，拍拍前准尉副官长着黑黑的绒毛的手。

159

"我确定，"她说，"你是个好人——"她回想起他的话，"在冰冷的营地里。"她流下泪来……"我很高兴上尉——你这样称呼他——没有甩下你们离开冰冷的营地，你们忠于他，不是吗？他甩下了别的人，冰冷的营地是惩罚，你知道……"

前准尉副官，眼里也饱含着泪水，说："啊，你得把士兵禁闭起来，禁闭的意思就是把他们关在营房里。"

"噢，那里有！"她叫起来，"那里有！还有女人。当然那里也有女人吧？"

准尉副官说："妇女后勤军团？可能，我不知道。他们说她们的纪律跟我们的差不多，她们的日程是按小时计算的！"

她说："你知道他们曾经怎么说上尉吗？"

她对自己说："我祈求上帝，坐在这里的这个僵硬、愚蠢的怪物正在听着我们的谈话。圣母玛利亚，上帝的母亲，让他把我带走，在午夜之前，在十一点之前。只要我们能赶走这——这——不，他是个不错的小家伙。圣母玛利亚！"

"你知道他们曾经管上尉叫什么吗？我听到全英格兰最富有的银行家这么说他……"她继续说。

准尉副官的眼睛瞪得浑圆，说："你认识全英格兰最富有的银行家吗？但是你看，我们一直都知道上尉是很有人脉的。"

"他们说他——他总是帮助别人。"她继续说。

"圣母玛利亚，上帝的母亲！他是**我丈夫**……这并不是罪恶……在午夜之前……噢，给我个信号……或者在那之前……结束战争……如果你给我一个信号，我可以等。他帮助品德高尚的苏格兰学生和身世落魄的人，还有通奸的妇女……所有这些人就像……你知道是谁，那是他的道德楷模。"她对自己说，"诅咒他！我希望他喜欢这个……你会认为他心里想的唯一一件事就是他正在狼吞虎咽地啃着的那只该死的鸭子。"

然后她大声说："他们曾经说，'他救了别人；不能救自己。'[1]"

前准尉副官阴沉地看着她。"夫人，"他说，"我们不能这么说上尉，因为我觉得这是说我们的耶稣基督的。但是我们确实说过，如果上尉能帮助一个可怜的家伙，他就肯定会帮忙的。但是我们的小队总是收到总部发来的狂轰滥炸一样的电报。"

突然，西尔维娅笑了起来。当她开始笑的时候，她想起伯肯黑德修道院里那尊雪花石膏雕像出现在她眼前，那是尊敬的特梅尼·沃洛克夫人躺卧的坟墓，据说她年轻的时候犯下了错，她丈夫一直没有原谅她。修女是这么说的……

西尔维娅大声说："一个信号……"

然后西尔维娅对自己说："圣母玛利亚！你狠狠惩罚了我，但是你说不出你孩子的父亲的名字，而我可以说出两个。我要疯了，我和他都要疯了。"

她想要在脸颊上涂上一抹红色。之后她觉得这可能有些过于戏剧化了。

---

[1] 出自《圣经·马太福音书》。

161

她进了吸烟室，等提金斯和考利两人打完电话回来，再定下一个契约……这次是跟天堂里的康赛特神父！她很确定康赛特神父——很可能是其他有天赐神力的人——会希望克里斯托弗不要着急，让他好好打仗——或者因为他是个人品很好、很无聊的人，天神可能会喜欢，类似这样的东西。

这时她已经又比较冷静了。你不可能几小时几小时地保持汹涌澎湃的感情。不管怎么说，这种汹涌澎湃的感情是周期性、预料不到的，但是她更冷静的激情仍然保持原样……因此，当克里斯托弗那天下午到萨克斯女士家的时候，她非常冷静。他漫无目的地从一群军官中间走过，有英国人也有法国人，在一个八边形、浅蓝色的沙龙里，萨克斯女士举办了一个茶会，他点点头就坐在了她的身边——仅仅低下了他的脑袋！佩罗恩从那个令人不快的公爵夫人背后什么地方消失了。将军，非常华丽，满头白发，鼻尖通红，衣服上佩有猩红条带的镀金扣子，也向她弯下了腰……看到佩罗恩和她在一起，他对那位年轻贵族说话时就一直从鼻孔里吸气，再喷出来——年轻贵族肤色很深，穿蓝色制服，扎簇新皮带，打扮得稍稍有点过于戏剧化，他是一位法国元帅的司机，是他未来的新娘的近亲表兄弟，也是除了父母和祖父母以外和新娘关系最近的亲属。

将军告诉她他这场秀做得很足，因为他认为这可能有助于巩固英法协约[①]。但是它似乎没能起到作用。法国人——无论是军官、

---

① 英法协约，又名挚诚协定，是指一九〇四年四月八日英国和法国签订的一系列协定，它标志着两国停止关于争夺海外领地的冲突转而开始合作对抗新崛起的德国。

士兵，还是女人——全都待在房间的一头，而英国人在另一头。法国人好像履行一种规则一样，比一般的男人和女人都要阴沉。一个侯爵之类的人——她知道这些都是奉行波拿巴主义的名人——被介绍给了她，他明确地通过语言表达出，从他的角度，他认为公爵夫人是正确的。这位侯爵把这话说给了佩罗恩听，他一句法语都不懂，听了这话突然被呛到了，好像他的舌头突然变得大到塞不进嘴里。

她没有听见公爵夫人刚才所说的话——那是个很不讨喜的公爵夫人，坐在沙发上，看起来凶狠而忧心忡忡——于是她俯下身，摆出学校里教的那种用于法国正统主义名流拜访时的彬彬有礼的姿态——但她觉得她可能会在和波拿巴主义者的正式交往中就把这种礼貌用光——回答说，毫无疑问，公爵夫人在这方面有权力……侯爵深色的眼睛给了她意味深长的一瞥，然后她回敬了他一个长长的、冰冷的眼神，明确告诉他她将了他一军，这浇灭了他的热情。

提金斯把他和她的会面演绎得相当不错。它像是他**会**做的苍白无力的事情，所以，有五分之一分钟，她琢磨着他到底有没有任何感觉或者感情。但是她知道他有……无论如何，将军满意地向他们走来，说道："啊，我看出来了，你们在今天之前就见过面了。我本来以为你没空的，提金斯，你的兵一定给你添了很多麻烦。"

提金斯面无表情地说："是，我们之前已经见过面了，我抽时间去了西尔维娅的酒店，长官。"

在遇到这种情况的时候，正是提金斯表现出的令人害怕的面无表情，使得第一波情感改变了她的立场……因为，直到那一刻，她还在讥讽这个房间里没有一个像样的男人……连一个你可以称他为

163

绅士的都没有……因为你不能品评那些法国人……一向如此！但是，突然地，她感到很绝望！……她对自己说，她怎么可能打动，投入感情给，这个头脑迟钝的家伙！她好像是在试着搬动一个装满羽毛的、沉重的床垫。你从头上拽，垫子里的填充物就往下坠，挪动不了，直到你好像一点气力都使不出来，直到贞操美德都离开了你。

他好像有一只邪眼或者什么特别的保护神一样。他能力强到令人吃惊，他总是位于自己的蓝图的中心，正得令人吃惊。

将军相当高兴地说："那么你可以空出一分钟来，提金斯，跟伯爵夫人说说话！谈谈煤矿！看在老天的分上，伙计，救救场吧！我累得不行了。"

西尔维娅从里咬着她的下唇——她以前从来没有咬过她的嘴唇！——好让她不要大声叫起来。这当儿最不能发生在提金斯身上的就是这个……她听见将军彬彬有礼地向她解释，伯爵夫人办这整个茶会就是为了煤炭价格。将军无可救药地爱着她。她，西尔维娅！以对一位年长的将军来说非常得体的态度……但是他为了她的利益不惜小小走一下极端。他姐姐也是一样。

她仔细看着这个房间，好让她的感官重新恢复正常。她说："这里看起来像贺加斯①的画。"

法国人努力在各个方面保持着这个房间那种挥散不去、独特的

---

① 威廉·贺加斯（1697—1764），英国著名画家，版画家，讽刺画家，欧洲连环漫画的先驱，他的作品经常讽刺当时的政治和风俗，这种风格后来被称为贺加斯风格。

十八世纪风味。伯爵夫人坐在沙发上，亲属聚拢在她身边。她有一个简直不像真名的名字：波尚－哈迪古茨还是什么的。这个发蓝的房间是八边形的，拱顶指向天花板正中心的一个玫瑰图案。仪表堂堂的英国军官和志愿救护队成员在左边站成一排，法国军官和各个年龄段、着纯黑衣服的女人——很明显都是寡妇——在右边站开一排，好像伯爵夫人洒下了一片日落后的海面。沙发上，坐在她旁边的并不是萨克斯夫人，靠在她身旁的也并不是将来的新娘。这个肥胖、不太体面、冷漠又恶毒的女人，穿着不堪的黑衣服，不堪到像是灰色毛呢，她一个人挡住了其他所有人，就像太阳挡住其他星球。一个胖乎乎、十分妖艳的人物，穿着便装，佩深红色玫瑰花形饰品，站在伯爵夫人的右边，他的手向前伸，似乎是在邀请人一起跳舞；一位极度矮胖的女士，显然也是一个寡妇，在伯爵夫人左手边，伸出两只带着黑色手套的手，好像她也在邀请人一起跳舞。

将军，身边站着西尔维娅，满是荣光地站在一块空地正中，这个地方通向一间小得多的房间的敞开的门。穿过门，你可以看见一张铺了一块白色锦缎的桌子；一个镀银的墨水瓶，有些磨秃了，好像被插了一身笔的豪猪；一只肥肥大大的皮箱子，用来转移文件；还有两个公证人：一个穿黑衣服，肥胖，秃头，另一个穿蓝色制服，戴着闪闪发亮的单片眼镜，还长着棕色的小胡子，他一直不停地用手卷着。

看看周围，西尔维娅的幽默感让她冷静了下来。她听见将军说，"她应该挽着我的胳膊走到桌前，签署这份协议。我们本来应该是最先共同签署这份协议的人，但她不会，就因为煤炭价格。好像说她在几英里以外就有一片温室，而且她认为煤炭价格上涨是英国人造

165

成的，好像……该死的，你会认为我们就是为了让她温室的炉子烧不起来，才专门抬高了煤炭价格。"

很明显，公爵夫人发表了一场报复性的、冷淡、冷静、无法打断的演说，抗议她的国家的联军有多么邪恶，他们眼睁睁地看着法国被摧毁，看着他们国家的年轻人被屠杀，只是为了提高她生活中一件必需品的价格。没人跟她争辩。那里面的英国人没有哪个既了解经济又能说法语。她坐在那里，几乎无人能撼动。她并不是拒绝签署婚姻合约。她只是并没有任何举动；而且，很明显，如果不把那份文件拿到她面前的话，这场婚姻将是不合法的！

将军说："现在，克里斯托弗会对她说什么鬼话？他会想到办法的，因为他能没完没了地说下去，把随便什么东西的后腿都说断。但是他会说什么鬼话呢？"

看到克里斯托弗刚好做了正确的事情，西尔维娅心都要碎了。他顺着那条路走向这位太阳，在公爵夫人面前怪异地稍稍低了一下他的头部和肩膀，看起来，相比于鞠躬，更像是屈膝礼。看起来他跟公爵夫人很熟悉，就像他跟全世界所有人都很熟悉。他对她笑笑，然后非常恰当地摆起严肃的架势。然后他开始说一种很令人敬佩、很老派的法语，带着糟糕的英国口音。西尔维娅丝毫不知道他会说法语——她的法语的确很好。她对自己说，说真的，那就像听夏多布里昂[①]说话一样——如果夏多布里昂在英国的约克郡长大的

---

① 弗朗索瓦－勒内·德·夏多布里昂（1768—1848），法国作家、政治家、外交家，法兰西学院院士。

话……当然，克里斯托弗**会**专门磨炼出一种英国口音，好显示他是位英国乡村绅士。但他也会正确的法语，以显示他是位英国托利派人士，也就是说，只要他愿意，全世界什么事情他都能做到。

房间里的英国人面无表情；法国人的脸都像被电击了一样转向他。西尔维娅说："谁会想到呢？"公爵夫人跳下来，抓住克里斯托弗的手臂。她挽着提金斯骄横地从将军和西尔维娅身边慢慢走过。她说，这就是她希望一位英国绅士①会做的事情……带着你那样的忧郁！②

克里斯托弗，简短说，就是告诉公爵夫人，他家拥有全英格兰最大的一片温室燃煤场，而她的家族在法国的友邦拥有最大的一片温室燃煤场，除了联合起来还有什么更好的做法呢？他会叫他哥哥的负责人保证交战期间公爵夫人的供给，只要她愿意，那些用来烧制她的玻璃制品的煤都可以在米德尔斯伯勒－克利夫兰矿井井口以一九一四年八月三号的价格卖给她……他重复道："矿井井口的价钱。准备好，以我乡村地区的矿井井口的价钱卖出，准备运输。③"这让公爵夫人非常满意，她对价格了解得一清二楚。

当下克里斯托弗的胜利正是西尔维娅不想要的，所以她决定告诉将军，克里斯托弗是个社会主义者。这可能会稍稍贬损一下他在将军心目中的形象，因为将军像伙伴一样尊重提金斯，这个没有与

---

① 原文为法文。

② 原文为法文。

③ 原文为法文。

对方就煤价进行争论，而是干脆地行动的男人，在她看来几乎叫人无法忍受……但是，晚饭后在吸烟室里思考了一阵，等她更清楚她擅长的是什么之后，她又并不是那么确定她**真的**做了她想要的。实际上，就算在签字仪式之后略显节俭的庆祝活动上，她也非常不确定她是不是做了跟她想要的正好相反的事情。

这一切都从将军对她嚷嚷的一句话开始。

"你知道你的男人是最靠不住的家伙，他穿的制服比所有跟我说过话的军官都他妈的脏。据说他穷得叮当响，我甚至听说他有张支票被退回了俱乐部。他又这么慷慨地赠人礼物——仅仅是为了让列文少尴尬十分钟。我真的非常希望我能理解这个家伙。他有种在最糟糕的浑水里把事情厘清的天分，这就是为什么他对我更有用了——他又有种踩进最糟糕的浑水里的天分。你太年轻，一定没听说过德雷福斯①，但是我一直说克里斯托弗就是个典型的德雷福斯。如果他最后被军队开除我也不会惊讶。老天保佑这事不要发生！"

就在那时，西尔维娅说："你想过克里斯托弗其实是个社会主义者吗？"

她人生中第一次看到她丈夫的教父表情变得如此狰狞……他张大了嘴，他的白发纷乱，他那点缀着金色栎树叶和深红花纹的漂亮帽子也掉了。当他捡起帽子站起来的时候，他苍老的脸庞发紫并且扭曲。她希望要是她没说就好了；她希望她没说这句话。

---

① 阿尔弗雷德·德雷弗斯（1859—1935），法国犹太裔军官，一八九四年被误判为向德国提供军事机密，引发"德雷弗斯事件。"

他叫起来，"克里斯托弗！一个社……"他喘着气，好像没法说出这个词一样。他说："该死的！我爱那个孩子，他是我唯一的教子，他父亲是我最好的朋友，我一直照看着他。如果她让我这么做，我会和他母亲结婚。该死的，我的遗嘱里除了一些留给我姐姐的小东西和一批给我指挥过的团留下的军号，剩下的东西都是留给他的。"

西尔维娅——他们坐在公爵夫人空出的沙发上——拍拍他的小臂说："可是将军，教父……"

"这样一切都好解释了。"他带着痛苦的羞愧说。他白色的小胡子垂了下来，微微发抖。"更糟糕的是——他从来没有勇气告诉我他的意见。"他停下来，鼻子里喘着粗气，叫起来，"上帝保证，我**会**把他从军队里赶出去。上帝保证，我会的。我至少可以做到这个。"

他的悲伤把他彻底锁在自己的心里，她什么话都没法对他说。

"你告诉我他勾引了那个温诺普小女孩——她简直是全世界他最不应该勾引的人。这世界上难道不是有几百万别的女人吗？他把你卖了，不是吗？他还有个安置在烟草店里的女朋友。老天，我几乎借给他——那次我说了要借他钱。你可以原谅一个年轻男人和女人犯下错事，我们都做过——我们那时候都把女朋友安置在烟草店里……但是，该死的，如果这个家伙是个社会主义者，整件事都不一样了，就算那个温诺普姑娘的事我也可以原谅他，如果他不是。但是，老天，这难道不恰恰是一个社会主义者会做的那种事吗？勾引除了我以外他父亲最老的朋友的女儿，或许，温诺普其实是比我更老的朋友。"

他稍稍冷静了一点——他并不是那样一个蠢货。他看着她，丝毫不显老的蓝眼睛里带着某种热切的情绪，说："你看，西尔维娅，你今天下午演的这一番好戏都是因为你跟克里斯托弗关系不好。我必须得这么说。这对一位国王陛下的军官来说是很严肃的指控，女人跟她们的丈夫关系不好的时候的确会这么说他们。"他继续说着，他并不是说她没有理由这么做，如果克里斯托弗勾引了那个温诺普姑娘，这就足够让她想害他了。他一直认为她是品德最高尚的人，非常诚实，像马路一样正直。如果她想埋怨她的丈夫，即使在一些小问题上不尽真实，但那仍是她作为一个女人的权利。比如，她说，提金斯拿了她两条最好的床单。啊，他姐姐，她的朋友，如果他从家里拿走什么东西的话她都会大闹一场。因为他把自己的漱口杯从自己在蒙特比的房间里拿走这种事，她都闹得天翻地覆。女人喜欢成套的东西。可能她，西尔维娅，也有成套成对的床单。他的姐姐有写着滑铁卢战役日期的亚麻床单……自然，你不希望拆散一整套。但这是另一回事。他最后非常严肃地说："我没时间跟你细说了，我没法在办公室以外多待一分钟。现在是非常紧要的时期。"他停了停，狠狠地骂了几句首相和老家的内阁的坏话。

他继续说："但是这事会导致——我的时间要花在我自己家里发生的这种事简直让人心痛。但是这些家伙可是故意要削弱军队的心脏。据说他们分发上千本小册子，叫士兵射杀自己的军官，投奔德国佬——你想说克里斯托弗属于某个组织吗？发生了什么？你有什么证据？"

她说："只是因为他是全英格兰最富有的人之一的子嗣，相比于一般人，他一个铜板都不愿意碰。他的哥哥马克告诉我，克里斯托弗可以——噢，每年拿上一大笔钱。但是他把格罗比整个转手给了我。"

将军点点头，好像他正在脑海里给各种想法打钩一样。

"当然，拒绝财产是那种人的特征。老天，我必须得走了。但是如果他不会住在格罗比，如果他准备跟温诺普小姐住在一起……啊，看在国家的分上，他可不能勾引她……而且，当然，还有那两条床单！你说得好像他因为放荡才变得穷困潦倒。但是，当然了，如果他拒绝马克的钱，那就是另外一回事了，马克不用动一根汗毛就能买上几百打床单。当然，还有克里斯托弗说的那些特别的事……我常常听你埋怨他看待生活中严肃的事情的那些不道德观点……你说他有一次要把不健康的孩子关进毒气室。"

他叫起来，"我必须得走了。瑟斯顿在找我，但是克里斯托弗说了什么？该死的，这个家伙心里**到底**在想什么？"

"他想要，"西尔维娅说，她说的时候自己都没有概念，"模仿我们的主。"

将军向后倚在沙发里。他几乎是宽容地说："那是谁……我们的**主**？"

西尔维娅说："我们的主耶稣基督……"

他跳了起来，好像她用一个帽子上的别针扎了他一下。

"我们的……"他叫起来，"老天！我就知道他有个弱点……但是……他把东西都给了穷人，但他并不是——不是个社会主义者！上帝说什么来着：恺撒的归恺撒……并没有把上帝踢出军队的必要……老天！老天！当然，他可怜的母亲有一点点……但是，该死的！那个温诺普姑娘！"强烈的不适向他涌来……提金斯正从里屋向他们走来，已经走到中间了。

他说："瑟斯顿少校正在找你，长官。非常急……"将军看着他，好像他是皇家军队里活生生的独角兽。他叫起来："瑟斯顿少校！是的！是的！"

然后，提金斯对他说："我想问你，长官……"他把提金斯推开，好像他害怕遭到袭击一样，然后踏着焦虑的小碎步离开了。


酒店的吸烟室里塞满了军官，毫无疑问，他们都非常值得尊敬，但是还有好多咯咯直笑的女人。她自然从没想到会被请来坐在这样的环境里，等着提金斯和前准尉副官回来。她当然也从来没想到会被要求等候这种人，尽管，多年来她都受够了提金斯的跟班，那个讨厌的文森特·麦克马斯特爵士，在各种饭局和各种地方……但当然那是克里斯托弗唯一的权利……他可以在他自己的房子里招待，在那种情况下，从道义上来讲，任何一个抽着鼻子、紧张兮兮、长着海象胡子或者像个东方人一样曲意逢迎的小跟班都并不属于她……她相信，提金斯一定也没想到会和她一起吃晚饭，那时他邀请了准尉副官共用晚餐，以庆祝他的委任……他令人难堪地拥有一种愚蠢的能力，虽然有的时候他有令人难堪地读出你心中最细微的想法的能力……而且，实际上，相比那些绝对的下等阶级，她反而更不愿意跟麦克马斯特那样呼哧呼哧吸着鼻子的小时政评论家吃饭，准尉副官在她狠狠剥掉克里斯托弗的伪装时帮了她不小的忙……所以，坐在那里的时候，她又达成了一个协议，这次是跟天堂里的康赛特神父。

康塞特神父基本上已经在她脑子里了，因为她就坐在吊死他的英国军队长官中间……在那之前，她似乎从来没有在这些几乎可以忽略的、讨厌、不体面、笑起来像马的中学生中间待过。这让她很反感，也给她增添了不少压力，因为迄今为止，她都彻底无视了他们；在这个地方，他们似乎有种协调感，组成一个集体……几乎有了生命……他们从全是人的房间里冲进来又冲出去，让人无法理解，非常不体面，手上拿着靴子、要洗的衣服、疫苗证明，甚至还有旧罐头！……一个少白头、脸色苍白、皮带上下的紧身上衣都鼓了出来的男人，走进了这位女士的客厅。这位女士掌管城市里所有卖糖果和香烟的小货摊，她对一位头发稀少、鼻头红得出奇的聋子说——他鼻子上的紫色和深红色之间有着非常明显的界线，沿对角线从鼻梁到鼻孔上部——他一定得把他的罐子放下。他得再喊一声，因为那个红鼻头的男人，垂着头，应该什么都没听到。那个耳聋的男子抽抽鼻子。那个办茶会的女人，翰莫尔丁夫人，塔博尔顿那位，你可能在家里见过，她说她有至少十二令①左右上角画着勿忘我的信纸，这时候看起来像个聋子的男人就会粗鲁而不容打断地说上一段自白，说为了给士兵的小屋里新装暖炉，他急需两万吨锯末。

毫无疑问，这好像什么东西正在移动……这些东西都在往同一个方向移动……被来自笨拙的中学生的、令人不快的力量推动着——但是六年制中学的学生邪恶、蠢笨，在游乐场的角落等着折

① 五百张全开纸为一令。

磨某个软弱而倒霉的人……在他们遍布全世界的游乐场上的一个或者另一个角落，他们碰上了康赛特神父，把他吊死了。毫无疑问，他们先折磨了他。然后，如果他为自己所遭受的痛苦开个价，要求在当时当场去天堂的话，毫无疑问，他已经在极乐世界了。或者，如果他还没有进天堂，炼狱里的人遭受折磨时也会倾听凡间的祷告的。

所以她说："上帝保佑殉道的神父，我知道你爱克里斯托弗，希望把他从困境中解救出来。我希望跟你订下这个契约。自从我进了这个房间，我就控制自己的视线，几乎只盯着自己的大腿。我愿意不再折磨克里斯托弗，而我会去乌尔苏拉会神圣女子修道院——因为我忍受不了其他修道院的修女——度过我的余生。我知道这也会让你高兴，因为你一直为我的灵魂担心不已。"如果她抬眼仔细环顾房间，看到一个外貌体面的男人的话，她就会这么做。她无非是想看上去体面而已，因为她不想跟那个人有任何关系。他会是一个征兆，而不是一个猎物！

她向已故的牧师解释说，她不能满世界地寻找一个体面的男人，但是她不能忍受在修道院里度过余生，心里还想着，这个世界上的其他女人连一个体面的男人都没有……因为克里斯托弗对她们来说并没有用。他会永远痴痴地想着那个温诺普姑娘，或者关于她的往事。这都一样……有了爱他就满足了……如果他知道那个温诺普姑娘在贝德福德公园爱着他，而他在开伯尔州，两人中间隔了座喜马拉雅山，他还是会很满足……这于情于理是正确的，但是这对其他女人来说并没有帮助……何况，如果他是这个世界上唯一一个体面的男人，半个世界的女人都会爱上他……这将会是灾难性的，因为他并不比一头被囚禁的阉牛更有责任心。

"所以，神父，"她说，"给我一个奇迹吧，这不仅仅是个小小的奇迹，就算一个体面的男人并不存在，你也可以把他放在这里，在抬头看之前，我给你十分钟。"

她认为这么做很有趣，因为，她对自己说，她是非常认真的。如果在这个长条形、昏暗、打着绿色的灯光，当然也装饰着棕榈叶、比例失调、到处上了釉、很不怎么样的客厅里，有一个多少还算得体的男人，像在这场盛宴开始之前还算得体的男人那样，她就会隐居度过余生。

看了看表，她陷入一种不清醒的昏睡。她常常陷入这种不清醒的昏睡，自从她还是个在学校里读书的小姑娘，康赛特神父做了她的精神导师以后。她似乎感觉到神父在屋里移动，拿起一本书再放下……她的幽灵般的朋友！……老天，他已经够不体面的了，那张看起来总是有点脏的宽脸，他大大的深色眼睛，还有他的大嘴……但他是一位圣人、一位殉道者……她感觉到了他的存在……为什么他们要谋杀他呢？因为一个半疯半醉的少尉的一声命令，因为他听到了某个叛乱者在被抓前夜的忏悔……他在那间房间远端的角落里……她听见他说，那些吊死了他的人并不理解。你会这么说的，神父……怜悯他们，因为他们不知道他们的所作所为。

那就怜悯我吧，因为一半的时间我也不知道我在做什么！就好像你在我身上施下了咒语。我撤下衣服回到了罗布施德我母亲那里。你不是对我母亲说过吗——她之后告诉我了——对克里斯托

175

弗这个可怜的男孩来说，真正的地狱是在他和某个年轻姑娘相爱之后，因为，我会为了把他抢回来把整个世界弄得天翻地覆……当母亲说她确定我不会做这么庸俗粗鲁的事情的时候，你顽固地拒绝认同，你很了解我。

她想唤醒自己，"他**了解**我，该死的，他了解我！……对我，西尔维娅·提金斯，曾姓赛特斯维特来说算什么？我想做什么就做什么，这对所有人来说都够好的了，除了一个牧师以外。粗鲁！我想知道母亲为什么可以这么迟钝。如果我做事粗鲁，那么我有粗鲁的理由。这样的话就不是粗鲁了。这可能是恶习，或者残暴的行为……但是如果你睁大眼睛知道自己犯下了道德上的过错的话，那就不是粗鲁。你将永远试探地狱之火……这样就够好的了！"

疲倦再次使她沦陷，还有神父的存在感……她又回到了罗布施德，在远离佩罗恩三十六个小时之后，和神父以及她母亲待在昏暗的客厅里，那些鹿角，点着蜡烛，神父的阴影在刚松木墙和屋顶上摇晃……这是个闹鬼的地方，在德国深深的森林里。神父说这是欧洲最后一个被基督教化的地方。或许它从来没有被基督教化……这可能就是为什么这些人，这些从幽深的、被魔鬼附身的树林里出来的德国佬，做了这些恶毒的事情。或者他们并不是恶毒……谁也不会真正知道……但很可能神父就是向她施了个咒语……他的话从来没有真正离开她的脑海……在她脑海深处，像他说的那样……

有个人慢慢走到她身边，说："你好吗，提金斯夫人？谁会想到能在这里看到你呢？"

她回答："我得时不时照顾一下克里斯托弗。"他像男学生那样幼稚地咧嘴笑着在她身边晃了一阵，然后慢慢走开，好像一样东西沉进了深深的水底……康赛特神父又在她身边徘徊。她叫起来："但是真正的原因到底是什么呢，神父？这是个游戏吗？是游戏还是别的什么东西？"

康赛特神父喘了口气，"啊！……"带着他那种特别能引起怀疑的可怕的能力。

她说："当我看到克里斯托弗——昨晚？对，就**是**昨晚——转头回到那座山上……我一直对着一群微笑着的列兵说他的事，好**惹恼他**——你**绝对**不能在仆人面前把事情搞大——这个人沉重、疲惫，从山上下来，再拖着脚步回去。在他转头的时候探照灯正好照在他身上……我记得我扔掉的那只白色的斗牛犬，在它死之前的那天晚上……一只疲惫、安静的畜生，屁股又圆又肥，累得虚脱了。你看不见它的尾巴，因为它低垂着；剩余的部分……一只巨大、安静的畜生，兽医说它被盗贼用红铅下了毒——红铅太可恶，它会毁掉你的肝脏，而你以为你两周就会好，你总是觉得冷，血管里像结了冰……那可怜的畜生离开狗窝，想靠在火旁……一个舞会上，我抛下克里斯托弗独自回家，看到它在门口，遭受了犀牛皮鞭和棒打。当时有一种抽打裸露的白色动物的快乐……肥胖而沉默，就像克里斯托弗……我认为克里斯托弗可能……那天晚上……它划过我的脑海，它垂下头……了不起的头脑，能装下一整套大英百科全书里的错误信息，像克里斯托弗曾经说的那样。它说：'这是种怎样的希望啊！'我希望被拯救，虽然我永远不应该被拯救。那只狗说：'这是种怎样的希望啊！'漆黑的矮树丛中，雪白的一团……它又钻到

177

一棵矮树下……他们早上发现它死在了那里……你没法想象那是什么样的，它头靠在肩膀上，好像在说：'这是种怎样的希望啊！'对我说的……在一棵漆黑的矮树下。一棵冬——冬——冬青树，不是吗？在三十度的冰天雪地里①，所有的血管暴露在裸露的皮肤表面……这是第七层地狱，不是吗？冰冻的那层②……那品种中最后一只斑白的斗牛犬……克里斯托弗是格罗比的托利派最后一点斑白的希望……模仿我们的主……但是我们的主没有结过婚。他从来不碰性方面的话题。这对他来说是好事……"

她说："十分钟到了，神父。"然后看着腕表上两颗钻石之间星形的地方。她说，"老天！只过了一分钟，我在一分钟里想了这么多事。我知道为什么地狱会是永恒的了。"

克里斯托弗非常疲惫。前准尉副官考利现在非常健谈，在棕榈叶间隐现。考利在说："这简直无耻！让人无法忍受！在十一点重新下令召回分遣队……"他们陷进椅子里。西尔维娅递给提金斯一小包信，说："你最好看看这些，我让他们把你的信从公寓寄到我这里，因为你的行踪太不定了。"她发现，在康赛特神父的眼皮底下，自己不敢在说这话的时候看着提金斯。她对考利说，"我们可能得安静一两分钟，让上尉读一下他的信，再喝点利口酒？"

她观察到提金斯翻过温诺普夫人的几封信，打开了他哥哥马克的信。"该死的，"她说，"我已经给了他他想要的了！他知道……

---

① 此处应指华氏三十度，相当于零下一摄氏度。

② 在但丁的《神曲》中，冰冻层是第九而非第七层。

他看到了地址，她们还在贝德福德公园，他可以认为温诺普姑娘还在那里。他到现在为止一直都不知道她在哪里。他可以想象自己和她在那里同床共枕。"

康赛特神父宽大、扁平的深色面庞满是智慧的光辉，带着那种圣人和殉道者才有的欢快的神性，靠在提金斯的肩膀上……他一定正对着克里斯托弗的背呼气。她母亲说，当她在拍卖会上举手报价，或者他本人在午夜和第二天的弥撒之间没法打牌的时候，他经常会这么做……

她说："不，我不会发疯。这是疲倦对视神经造成的影响，克里斯托弗向我解释过。他说当他做数学荣誉学位考试中的某道计算题做累了的时候，他常常能看见一个穿着十八世纪服装的女人看着他的写字台上的一个抽屉……感谢老天，我还有克里斯托弗向我解释事情，我绝对不会放他走的，绝对，绝对，不会放他走。"

不过，几个小时之后，她才意识到神父的鬼魂出现的重要性，而中间过渡的几个小时也变得格外充实——充满了感情，甚至是行动。首先，他哥哥的信他还没读几个字，就抬起头说："当然，你可以待在格罗比，和迈克一起……当然，我会适当安排的……"他继续读他的信，陷在椅子里，在灯的绿色光晕下……

那封信，西尔维娅知道，以这些文字开头：

"你的婊子老婆最近来找我，想看我是否介意给你一笔补贴，让你转给她。当然，她可以拥有格罗比，因为我不会出让，自己也懒得处理。另外一方面，你可能想和温诺普小姐一起住在格罗比并碰碰运气。如果我是你，也会这么想的。你大概会发现那地方值得——怎么说？离群索居，如果算的话。可我忘了那女孩不是你的夫人，除非是在我见到你之后又发生了什么。你很可能还希望迈克在格罗比长大，这样的话你就不能让那个女孩待在那里，就算你把她打扮成家庭女教师也不行。至少我认为这样的安排不会有什么好结果，这肯定会招人不快，虽然尤里克的克罗斯比这么做了，也没有人介意，但是这对克罗斯比的孩子们来说有些肮脏。当然，如果你希望你妻子拥有格罗比，她一定得有足够的信贷来维持，而现在的价钱贵得简直可憎。不过，我们的收入也涨了不止一点点，有的人那里可不是这样的。我坚持的唯一一件事情就是，你得跟那个婊子说清楚，不管我给她多少钱，就算是数不过来的一大笔钱也好，这里面的一分一厘都不是我本来希望你能允许我让你拥有的。我的意思是，我希望你对那个涂脂抹粉的东西说清楚——或者可能这很自然，我的眼睛已经不如从前了——你的所得和她搜刮走的一点关系都没有，她得到的一切是因为她是我们父亲的子嗣的母亲，要让我们父亲的子嗣保持他所应得的体面生活。我希望你能相信那个孩子是你儿子，因为看着她那帮人……我是不相信的。但是，就算他不是我们父亲的子嗣，他也应该得到这样的待遇。

"但是说实在的，因为那个荡妇自己来找我——如果你愿意我这么说的话——向我提出我应该扣除我可能会向你许诺的任何收入——当然，你绝对被列在了我们父亲的遗嘱里，虽然提醒你这件事也没什么可说的！——以此来表示我不批准你的行为，虽然，该死的，你没有任何一项行为让我觉得我不会因为做你的贷方而感到荣幸。至少在这场战争里，因为我没法想象你除了待在现在的位子上以外，还有什么地方更容易让你报效国家的。但是你知道你的良心对你的要求比对我的要高，而且我敢说这些泼妇对你又撕又咬，以至于你认为自己只要躲进战壕里就很高兴了。但是不要让你自己死在战壕里。格罗比需要人照管，就算你不住在那里，你也得管好桑德斯，或者不管你选谁做你的管家都一样。你给自己的姓氏冠上的可怕的谣言——这也是我的姓氏，谢谢你啊！——让我觉得如果我同意让她住在格罗比，她会让她母亲跟她一起住在那里，那样的话她母亲就可以照管这座宅邸。我敢说她会的，即使是她不得不出售自己的房子。但是那时候几乎所有人都这么做。无论如何，她看起来像是位惹人注目的女子，她的脑袋以正确的方式扬起。我没有告诉那个可耻的女儿，她——也就是她母亲——在送走你以后立刻就在早饭的时候到我这里了，她太伤心了。然后她畏畏缩缩地蜷起身，坐在火炉边，跟我好好谈了谈。①你记得吧，园丁戈布尔曾经这么说过。戈布尔是个好家伙，虽然他来自兰开夏郡！那位母亲对她女儿不抱幻想，她真心实意地为了你。因为你走了，她心痛得受不了了，尤其是想到是她的后代把你赶出了这个国家，你打算要……我们还是别说这个词了吧？别这么做。

"我昨天见到了温诺普小姐，她看起来很苍白。不过，当然，我见过她好几次了，她看起来一直都很苍白。我不理解为什么你不给她们写信。因为你没有回信，也没有告诉她写一份瑞士杂志的文章所需要的军事信息，温诺普小姐的母亲吵吵嚷嚷的。"

---

① 这句话原文为兰开夏郡方言。

西尔维娅几乎能背下这封信的内容，因为在伯肯黑德附近的修道院令人难以忍受的房间里，她曾两次动手抄写这封信，想着要保留一份副本，在某个公共场合使用。但是，现在她仔细想想，觉得这并不是一件有意思的事情，而她的行为也被这想法压倒了两次。何况，在那之后，那封信——她曾大概扫过那封信的内容——几乎全是关于温诺普夫人的事情。马克，用他那种非常天真的方式，担心着那位老妇人，虽然她们现在享受着他们父亲的遗赠，但她还没安定下来去写一本不朽的小说；虽然，他补充道，他对小说一无所知。

克里斯托弗在放射出绿色光晕的灯下读着他的信，前军需官说了几句话，在被提醒提金斯正在读信之后，又陷入了明显的沉默。克里斯托弗的脸毫无表情；他看起来就像是以前在早饭的时候读一封来自统计局的回执。她模糊地想，他是否认为自己应当为他哥哥对她使用的形容词向她道歉。可能他不会。他会认为她已经拆过了信，所以应该为里面的内容负责。诸如此类。在相对的静默里出现了砰砰声和轰隆声。考利说："他们又来了！"几对夫妇从他们身边走出了房间。他们中间没有一个像样的男人，他们要么太老，要么年轻得笨拙，长着不成比例的鼻子和茫然半张着的嘴。

在克里斯托弗读信的时候陪在他身边，这让她心里产生了完全不同的感情。她脑海中的图景是马克家昏暗的早餐厅，她在那里和他见面；还有温诺普家住的那栋昏暗的房子外面，在贝德福德公园……但是她还想着她和神父的契约，她看着表，六分钟已经过去了……想到马克，至少是个百万富翁了，可能还不止，竟然住在这么一间昏暗破旧的公寓里——装饰主要是几匹过世的冠军赛马的蹄子，装成墨水台、笔架、镇纸的样子——他只给自己那么可怜的一顿早饭，几片厚厚的火腿和几个流着蛋黄的惨白鸡蛋……因为她，跟她母亲一样，也在马克吃早饭的时候去拜访过。她母亲是因为她刚送走去法国的克里斯托弗，而她是因为，在一个无眠的夜晚之后，在连续失眠三个晚上之后，绕着圣·詹姆斯公园散步，经过马克的窗户的时候，她突然想到她可以告诉他哥哥关于温诺普小姐的纠纷，好对克里斯托弗造成一些伤害。所以，就在当场，她编造出一种对在格罗比生活的渴望，以及需要额外的收入。因为即使她是个富有的女人，她也尚未富有到在格罗比生活，并且维持它的现状。那座巨大的老房子并没有那么巨大，因为房间的空间有限，不过，根据她的记忆，那里一定有四十到六十个房间，但是因为那片广阔的老地皮，还有马厩、水井、玫瑰走道和篱笆……那是个男人的地方，真的是，家具都非常灰暗，一楼的走廊全都铺了巨大的石块。所以她去找了马克，他正在读他的信，炉火前的椅子上挂着他的《泰晤士报》——他这个人还抱有一八四〇年的老观点，认为读一份湿报纸有可能生病。他那严肃、紧张、棕色木头一般的五官看起来简直就是从一把老椅子上雕出来的，在整个会面中没有表现出任何表情。他问她要不要再来些火腿和鸡蛋，然后问了她一两个问题，关于如果她去了格罗比会如何在那里生活。除此以外，他对她所说的克里斯托弗和那个温诺普姑娘有了个孩子的事情缄口不言——出于谈话的需要，她坚持了那个故事的老版本，至少直到那次会面为止。他什么都没说，一个字都没有……在会面结束的时候，他站起来从隔壁房间拿了顶礼帽和一把伞，说他现在必须去办公室了，到那时候为止，他没有对她说任何他在那封信里写的话，在公事上。他说她可以住在格罗比，但是她必须懂得，他的父亲现在已经死了，他本人是政府官员，没有孩子，有一份适合他的工作，又住在伦敦，格罗比实际上就是克里斯托弗的财产，他可以想怎么做就怎么做，只要——他一定也会做到的——他保持它应有的排场。所以，如果她想住在那里，她就必须得到克里斯托弗的授权许可。他又补了一句话，平和得实在太有欺骗性，直到她出门走到大街上才反应过来这句话多么令人吃惊，几乎让她喘不过气来。

"当然，如果你说的是真的话，克里斯托弗可能会想要和温诺普小姐一起住在格罗比。如果是这样，他可以这么做。"然后他对她伸出一只毫无感情的手，有些大惊小怪地把她赶出他昏暗而奇怪的前门——那里只有通往他的洗手间的窗门上的磨砂玻璃透出些亮光。

直到那时候为止，真的，带着狂喜和沉重的心，她意识到她自己其实非常不喜欢这样的组合。当她去马克家的时候，她非常生气，因为她听说克里斯托弗在鲁昂的医院里，虽然医院上级向她保证，一开始发电报，然后又写信，说他只是肺有一点小问题，但她并没法知道红十字会官方有没有误导伤亡人员的家属。

因此在当时，希望给他造成尽可能多的伤害的想法对她来说很自然，想到他可能正在受苦，她就希望是这痛苦是由她造成的。否则，当然，她就不会去马克家……因为这是策略上的错误。但是，然后她就对自己说："去他的！这又是什么策略上的错误呢？我关心什么策略？我这么做又是为了什么呢？……"她做了她想做的事情，在那一刻！

现在她当然已经反应过来了。克里斯托弗是如何说服了马克的，她不知道，也不是很关心，但是克里斯托弗确实说服了马克，虽然他父亲明显是因为关于他儿子的谣言心碎而死的——那个谣言，大部分出自那个叫拉格尔斯的男人，还有更多不负责任的谣言，都被她安到了克里斯托弗头上。他们想要摧毁克里斯托弗，没想到却摧毁了他父亲……

但是克里斯托弗还是说服了马克，他都十年没有见过马克了……啊，他可能可以这么做。克里斯托弗整个人毫无污点，这是个事实，而马克，虽然他看起来像个北部乡村人那样不那么聪明，但他并不是个傻瓜。他是位非常有威严的政府公务人员。而且，虽然西尔维娅从来不会对政府公务人员有什么特殊的好感——如果一个像马克这样的人凭出身可以在得体的男人中间脱颖而出获得这样的工作，又是部门领导，据说绝对不可取代——你仍然没办法忽略他……他说，实际上，在那之后，那封信里更像流言蜚语的部分是说他被授予了一个从男爵爵位，但是他希望克里斯托弗能同意他拒绝这个爵位。克里斯托弗可不想要在他死后拥有这么个可怕的头衔，而他自己，他宁可要克里斯托弗待在军队里，也不想让这个婊子——说的是西尔维娅她自己——变成提金斯男爵夫人。他又加了一句，带着奇怪的关切，"当然，如果你想过离婚——老天，我真希望你会这么做，虽然我也同意你不这么做是对的——而这头衔会在我死后转到那女孩身上，我会很乐意，因为在离婚之后这么个头衔总是能帮点忙。但是既然如此，我希望拒绝它，申请一个爵位，如果你不觉得我成为一个爵士太让人恶心……因为我认为在这种时候人们不该拒绝一份荣耀，就像有些令人恶心的知识分子做的那样，因为这好像给了国王一记耳光，一定会给国家的敌人带来正面影响，本来这些家伙毫无疑问就是要这么做。"

毫无疑问，马克——可能还要加上温诺普一家——做了克里斯托弗坚强的后盾，如果她决定要把他的丑闻公开的话……还有温诺普一家……那女孩可以忽略不计，也可能不行，如果她变得恶意满满，玩弄克里斯托弗于股掌之间的话。但是那个老母亲是个可怕的角色，她毒舌，在很多人多口杂的地方还很受人尊重……一方面是因为她已故的丈夫的地位，一方面也是因为她写的那种文章……她，西尔维娅，去看过这些人住的地方，在郊区外围一条阴惨的街道上，那房子——她对房产知道得足够多，所以她知道——是所谓瓦合的，上面是瓦片，下面是不太结实的砖头，而瓦片也破损得很厉害。那真的都是些非常老的房子了，虽然它们伪造出一种艺术氛围，这个地方又被古老的树木遮挡住了大半——它们被留下来一定是为了给这栋房子添加诗意……房间很窄小，也一定很幽暗……这是一处极端清贫的住所，或者绝对的穷困……她知道那位老女士的收入在战争期间减少得非常厉害，以至于她们只能靠那女孩做学校老师的钱来维持生计，或者是女校的体育老师……她在那条街上来来去去走了两三个来回，想着那女孩可能会出来，然后她想到这样继续下去会很不光彩，真的……事实上，这对她来说已经很不光彩了，她的对手在垃圾堆里挨饿……但人就是这个样子；她应该感到很幸运，那女孩没有住在一个糖果铺子里……还有那个男人，麦克马斯特，说这女孩头脑不错，说话很在理，虽然麦克马斯特曾说她的女人粗陋无知……最后一点可能不是真的；不管怎么说，那女孩和麦克马斯特的女人是多年的亲密伙伴——至少他们在揩克里斯托弗的油，直到他们开始认为通过在她面前表现自己就能进入上流社会，像他们中下阶层的势利鬼常干的那样……不过，那女孩可能很会说话，而且，虽然她个头很小，但是体型上健美得非同一般……一个不错的、朴实的小物件！她希望那个姑娘过得好！

令人难以置信的是，克里斯托弗能让那个姑娘在这样穷困的地方继续挨饿，而他自己手上有数不清的财富……但是提金斯一家都是冷酷无情的家伙！你可以从马克的房间里看出来……而克里斯托弗在鹅毛床上、硬地板上都能睡得一样好。可能那女孩也不会要他的钱。她是对的，这是留住他的办法……西尔维娅不想理解吝啬的生活所带来的刺激感……回到她的修道院里，西尔维娅像任何一位修道者一样睡在又冷又硬的床上，在早上四点参加修女们的晨祷。

实际上，并不是他们提供的衣物或者食物让她反感——是那些平信徒修女，还有一些修女，对她来说社会地位都太低了，她不想让她们整天在她身边转来转去……这就是为什么她要去神圣女子修道院，如果她要按照合约隐居度过余生的话……

兴奋的防空兵放了一炮，那声音离她那么近，一定是在酒店花园里开的炮，让她浑身一震。而几乎与此同时，告警响炮的一声巨响从酒店门口那条街道尽头处的码头上爆发出来。她心里对这些男学生的把戏充满了愤慨。一个高个子、紫红脸庞、留着白色小胡子的将军，是那种比较令人讨厌的类型，出现在门边，说只留两盏灯，其他的必须关掉，如果他们愿意听取他的建议，他们最好去别的地方。酒店里有很不错的地窖。他在房间里闲逛了一圈，关掉电灯，成群结队的人从他身边走向门边……提金斯从信上抬起头来——他现在正在读温诺普夫人的一封信——但是看到西尔维娅没有任何举动，他陷在自己的椅子里不动。

老将军说："不用起来，提金斯……坐下，中尉……提金斯夫人，我猜……但我当然知道你是提金斯夫人……这周的什么报刊上有你的肖像……我忘了名字了……"他坐在宽大的皮扶手椅的扶手上，告诉她，她冒险闯入这座城镇给他带来了多少困扰……刚刚饱餐过一顿不错的午饭，他就被参谋人员中一位年轻的军官惊醒了，这位军官真是吓坏了，因为她没有带任何证件就闯了进来。从那时起他的消化系统就有些紊乱……西尔维娅说她非常抱歉。他午饭的时候只能喝热水，不能喝酒了。她有非常重要的事需要跟提金斯商谈，而且她真的不知道他们要求成年人也必须出示证件。将军开始详细阐述他的办公室的重要性，还有依靠他的洞察力每天在这座城镇和各条通讯线上抓住的敌军特工数量。

西尔维娅被康赛特神父的聪明才智压倒了。她看了看手表，十分钟了，但是这个昏暗的地方没有出现一个人……神父他——毫无疑问，这是一个绝对不会被误读的信号！——彻底清空了这个房间。这正像是他的幽默！

为了确认这一点，她站了起来。在房间的尽头，在将军没有熄灭的另一盏台灯下，有两个几乎无法看清的人影。她向他们走过去，将军在她身边说着客套话。他说她不必忧虑。他清空这个房间，主要是为了赶走那些讨厌的年轻低级军官，关了灯以后他们就会找机会钻进来。她说她只是要从房间的另一头拿一张时间表。

她还有一线希望，那就是那两个人中间有一个是比较体面的……他们中间有个年轻的、愁眉苦脸的低级军官，留着刚长出来不久的小胡子，眼里几乎含着泪水，还有一个年纪比较大，是个非常愤怒的秃头，穿着非军方人士的晚礼服，一定是乡下裁缝做的。他重重地拍着手，带着强烈的焦虑，强调着他所说的话。

将军说他的参谋人员中的一个年轻小兵被他父亲降了职，因为他花了太多钱。那些年轻的小鬼会去找姑娘——那些年龄大一些的也是。这事根本制止不了。这地方简直是……的温床。这句话还没说完他就不说了。她不相信自己给他带来的那些麻烦……这旅馆本身……这些丑闻……

他说希望她不介意他在远处的扶手椅上打个盹，以免打扰他们谈事情。后半个晚上他都得醒着。在西尔维娅看来他是个极为可鄙的人物——说实在的，康赛特神父用他作为代理人来清空这个房间，也够可鄙的……但是这征兆已经出现了。她得重新考虑她的立场。这就意味着——不是吗？——她得和神圣的力量战斗！她握紧了双手。

在走过提金斯身边的时候，将军低沉有力地说："今天早上我看了你的短简，提金斯。我得说……"

提金斯吃力地从椅子上站起来，专注地站着，他羊腿一样粗壮的双手僵硬地贴着他的裤缝。

"言辞非常有力，"将军说，"在从**我的**部门寄出的指控书上标上：**案情已得到解释**。我们不会不经过充分的思考就随随便便做出指控。一等兵贝利又是个特别靠得住的士官。为了把这些人弄到我的手下我费了不少劲，特别是在最近的暴动之后。我可以告诉你，这需要勇气。"

"长官，"提金斯说，"如果你觉得合适，可以命令那些驻防部队宪兵不要再管海外领地军团叫'该死的应征入伍者'，这样以后就不会有这种麻烦……上头有令，作为军官，海外领地军团事务需要特殊处理。据说他们对侮辱非常敏感……"

将军突然被气得像炉子上的滚水，爆出几句断断续续的话：**该死的粗鲁，军事法庭，他们也是该死的应征入伍者。**他冷静下来，说："他们**是**应征入伍者，你的手下，不是吗？他们给我添的麻烦更多。我本该想到，你想要……"

提金斯说："不，长官。我的分遣队里没有一个人，至少说加拿大人或者不列颠哥伦比亚人里面，没有一个不是自愿参军的。"

将军跳将起来，说他要把这件事拿到总司令那里去评理，坎皮恩怎么处置都可以，这已经超出了他的权力范围。他开始盛气凌人地说话，从他们身边走开，停下，对西尔维娅冷冰冰地一鞠躬。她并没有看他，他耸耸肩膀，冲出了门。

想在这吸烟室里重新聚起思绪，对西尔维娅来说有些困难，因为夜晚弥漫着军队的气息，这对她来说不过是男学生的恶作剧。考利喝了足以让他醉倒的利口酒，他对提金斯说："老天做证，如果那个坏脾气的老家伙今晚再看到你的话，我可不想像你这样。"

西尔维娅带着真切的惊讶对提金斯说："你不会想告诉我那样一个满脑子糨糊的老蠢货会对你有任何影响吧……"

提金斯说:"啊,这件事很麻烦,整件事……"

她说从她的角度看也是这样。因为在他说完这句话之前,一名勤务兵站在他的手肘旁边,递过来一沓破破烂烂的文件,还有一支铅笔。提金斯快速地翻看这些文件,一张又一张签上名,在这期间说着,"这一阵很难熬。我们正在尽快往前线输送部队。这期间还有无休无止的人事调动。"他恼怒地哼了一声,对考利说:"那个可怕的小皮特金找到了一份轰炸指导员的工作。他不能带兵了……我他妈的应该派谁去?还有他妈的谁留下了?你知道所有那些小……"他停了下来,因为勤务兵能听见,他是一个聪明的孩子。可能是留给他的唯一一个聪明的孩子。

考利从椅子里跳起来,说他会给团里打电话问一下,看看还有谁在那里。

提金斯对那孩子说:"是准尉副官摩根做的这些新兵宗教信仰回执吗?"

"不,长官,是我做的,里面没什么问题。"他从紧身上衣的口袋里抽出一张纸,害羞地说,"如果您不介意签署一下这个的话,长官……我可以搭陆军补给运输勤务队的便车,明早六点去布洛涅……"

提金斯说:"不,你不能请假。我没法放你走。你走的原因是什么?"

那孩子几乎不出声地说他想回去结婚。

提金斯签着字,说:"别……问问你结了婚的伙伴,结婚是个什么样子!"

191

那孩子穿着卡其色军装，面色通红，一只脚的鞋底蹭着另一只的鞋面。他说保住女士的名声十分紧要，孩子可能在任何时候出生，她是个真正的上流社会女子。提金斯签了那孩子的条子，头也没抬就递给了他。那孩子站在那里，眼睛盯着地面。来自房间另一头的电话铃声转移了他们的注意力。考利没法去营地，因为一条关于德国谍报活动的紧急消息需要转达给正在睡觉的将军。

考利开始叫起来："看在老天的分上，别挂电话。看在老天的分上，别挂电话。我不是将军，我**不是**将军。"提金斯让勤务兵把正在睡觉的将军弄醒。安静的电话机旁边掀起了一场风暴。将军对着电话机怒吼，想知道正通话的军官是谁……波比利乔克上尉……柯德斯托克上尉……这他妈的是个什么名字？他替谁传话？……谁？他自己？……这事急吗？……他不知道正确的程序是通过写报告吗？……该死的急事！……他知道他在哪里吗？……在卡塞尔运河旁边的第一军团……那好吧……但是那个间谍在 C 区的 L 镇，运河对面……法国的文官很关心这件事……当然啦，他们啊！……该死的军官。该死的法国市政厅<sup>①</sup>。那德国间谍骑的马也够该死的……那该死的军官就让他给第一军团总司令部写报告，把他的马和子弹带都拿出去展览。

类似的事还有很多。提金斯，还在读他的文件，边看边解释这件事，而他的话不停地被将军在电话里重复的那些话打断。很明显，那些在一个叫瓦伦多克的地方的法国文官被一个穿着英国制服，独

---

① 原文为法文。

192

自在他们的住所附近漫无目的地晃荡了好几天的骑马的人搞得很紧张，看起来他想要穿过运河上的桥，但是发现这个地方有人驻守……这附近有最大的临时军火库，据说是全世界最大的，而德国佬像打豌豆一样密密麻麻地往这里扔炸弹，希望能炸到它……很明显，打电话来的这位军官负责运河桥梁的守卫工作。但是，因为他在第一军团的国家里，所以，很显然，吵醒运河对面一位负责情报侦察工作的将军是最不合适的事情……将军从他们身旁走过，回到离电话机更远的一把扶手椅上，带着十分强烈的不满强调了他的观点。

勤务兵回来了。考利又喝了一杯利口酒，再次回到电话机旁边。提金斯签完了他的文件，又迅速地翻了一遍。他对那孩子说："你有存钱吗？"那孩子说："一张五块和几个先令。"提金斯说："几个先令？"那孩子说："七个，长官。"提金斯笨拙地掏了掏一个内袋和一个腰带下面的口袋，伸出一个羊腿一样的拳头说："给你！这样你就有两倍的钱了，十磅十四先令！但是你很没有远见，下一次生孩子一定要存很多钱。生养孩子是非常昂贵的事情，你会明白的，而且结婚时候的礼金①不够你用一辈子！"他叫住那个正在往回走的孩子，"勤务兵，你回来……"他补充了一句，"别闹得整个营地都知道了，我可养不起整个营里所有七个月大的孩子……如果你还能这样好好干下去，你回来以后我会推荐你做薪水比较高的一等兵。"他又把那孩子叫回来，问他为什么麦基奇尼上尉没有签署文件。那孩子结结巴巴地说："麦基奇尼上尉他……他……"

①　此处指军方发放给士兵妻子的补贴。

"老天！"提金斯喃喃道，一边喘着气一边说，"上尉的神经又垮了……"勤务兵感激地接受了这个词。就是这样，神经垮了。他们说麦基奇尼上尉对于自己离婚的事情或者自己叔叔的事情，在军官食堂表现得非常奇怪。多么糟糕的一晚！提金斯说："是啊，是啊！"他从椅子里稍微站起了身，看着西尔维娅。

她痛心地说："你不能走。我坚决要求你不要走。"他又坐了回去，疲倦地喃喃说这件事非常令人担心。坎皮恩将军叫他负责看管这位军官，可能他根本不应该离开营地。但是麦基奇尼看起来好一点了，她粗鲁的行为给她带来的冷静大部分已经溜走了。她本来以为整晚都可以奢侈地折磨她对面这个傻大个，折磨他，诱惑他。

她说："你现在要在这里做出将要影响你一生的决定，我们的一生！就因为你可怜的小朋友的一个可怜的小外甥，你就要抛弃这一切……"她又用法语补充道："就算在这种情况下，你也不能把注意力放在这些严肃的事情上，就因为你这些小儿科的事情。这对我来说是难以忍受的耻辱！"她上气不接下气。

提金斯问勤务兵麦基奇尼上尉现在在哪里，勤务兵说他已经离开了营地，补给站的上校派出几位军官，组成了搜查小组。提金斯叫勤务兵去找一辆出租车来，他可以坐车上营地去。勤务兵说因为空袭，现在没有出租车在外面跑，他能不能叫驻防部队宪兵去申请一辆，作为紧急军用物资？从花园传来三声兴奋不已的防空炮响。接下来的一个小时里，隔两三分钟它就会响一次。提金斯对勤务兵说："好的！好的！"空袭的噪声变得更让人难以忍受了。一封法国非军方的特快信交到了提金斯手里。这是公爵夫人寄来的，告诉他法国政府禁止在温室烧煤。不必说，她需要他的声誉以保证她可以通过英国军方当局得到她的煤，并且她要求立刻得到回复。提金斯读这封信的时候表现出了真正的不快。被噪音分了心的西尔维娅叫起来，说这封信一定是瓦伦汀·温诺普从鲁昂寄来的。那姑娘就不能给他一个小时，让他解决他人生中的所有事务吗？提金斯把椅子移到她身边，他把公爵夫人的信递给她。

他开始进行一段冗长、缓慢、严肃的解释，还有冗长、缓慢、严肃的道歉。他说他非常抱歉要麻烦她大老远跑来咨询他一件她本来完全可以自己解决的事务，而他非常重大的军事职责让他很有可能不停被打断。至少从他的角度来说，格罗比完全可以由她处置，包括里面所有的东西。当然，还有一笔足够的收入让她维持那里的现状。

她突然彻底绝望地叫了起来，"这就是说你并不想住在那里。"他说必须以后再处理这件事。战争毫无疑问还要持续很长时间。而战争期间，关于他回不回去这件事是毫无疑问的。她说，这就意味着他想要死在战场上。她警告他，如果他死了，她会砍掉格罗比西南角那棵巨大的雪松，它把主会客室和上面卧室的阳光都挡住了……他皱了皱眉头；他听到这话肯定皱了眉头。她后悔说了这句话，她本来希望他听了别的话会皱眉。

他说，虽然他完全没有故意要死在战场上的意图，但这件事情绝非他所能控制。他只能去他被派去的地方，做他被要求做的事情。

她叫起来，"你！**你！**这难道不可耻吗？你被这些无知的人呼来喝去！"

他继续严肃地解释，他并没有太大的危险——毫无危险，除非他被送回营地里。除非他做了什么丢人的事情，或者工作中疏忽了，否则他不可能被送回营地里。这是不可能的。另外，他的军衔太低，他也没有资格指挥那个营，当然，那个营还在前线。她一定得明白，她在这里见到的所有人都是身体情况不适合上前线的。

她说："这就是为什么这群人都这么糟糕……本来就不应该在这里费劲寻找一个得体的男人，这都跟打着灯笼的第欧根尼①有得比了。"

他说："你也可以这么看……的确，大部分……我们就说**你的**朋友们吧，他们在最开始的时候就被杀了，或者如果他们仍然在战场上的话，他们就会在岗位上更活跃了。"她所谓的得体其实更多是指外表健壮……比如说，他骑来的那匹马就已经是把老骨头了……但虽然那是匹德国马，但也不是纯种的，不论怎么说它还是承受住了他的重量……她的朋友们，多多少少，战前都是职业军人，或者这一类的。啊，他们都走了，要么死了，要么忙得头昏脑涨。但是另一方面，这个塞满了伤兵的巨大城镇能让这场战争继续打下去，如果上面能给他们放行的话。并不是他们影响了这场表演。如果它受到了影响的话，也是她那些更拿不上台面的朋友做的，那些部长

---

① 锡诺普的第欧根尼，古希腊哲学家，犬儒学派代表人物。大约活跃于公元前四世纪。据传说，第欧根尼在中午打着一盏点着的灯笼穿过市井街头，碰到谁他就往谁的脸上照。他们问他何故这样，第欧根尼称，他想试试能否找出一个诚实的人。

什么的，如果他们能被叫作专业人士的话，也都是些专业的骗子。

她恶狠狠地叫起来，"如果他们**真的是**骗子，那你为什么不待在家里看着这些人。"她补充了一句，现在在家里负责社会运转的活着的那些人，正是那些更成功的政治专家。当你跟他们在一起的时候，你并不知道会打仗。他们不正想这么做吗？他要放弃自己的**整个人生**，奉献给不光彩的儿戏吗？她的怨恨越来越强烈，因为空袭的轰隆声变得更响了……当然，政客都是些不光彩的东西，在战前，你都不会想要邀请他们到家里来……但是，如果不是上流社会那些人的错，这又是谁的错呢？他们就这么走了，把英格兰留给一群阴沉、没有良心、没有传统、没有礼貌的人。她补充了一些关于一位她不喜欢的政府官员在一间乡间别墅里的所作所为的细节。"而且，"她以这句话终结，"这是你的错。为什么**你**不是上议院大法官，或者财政部部长，而是现在在任的那个人，因为我确定我不知道那是谁？凭你的能力和你的利益关系，你可以做得到。然后事情就会完成得很有效率，大家都老老实实地做事。如果你哥哥马克，连你能力的十分之一都不到，都可以做一个部门的终身领导，为什么你不能凭你的能力，还有你的影响升到更高的位置呢？"末了，她感叹着，"噢，克里斯托弗！"几乎啜泣起来。

前准尉副官考利从电话机那边回来，在轰炸的时候断断续续听见西尔维娅对本国某位政府官员的行为的形容，他的嘴巴都合不上了，现在，另一轮轰炸的间隙。

他叫起来："听着，听着！夫人！没有上尉胜任不了的职位，他现在拿着上尉的薪水，做的却是陆军准将的工作，而且他的待遇简直差得可怕。啊，我们的待遇都差得可怕，我们不停地被人骗，被人敲诈……看看这批新兵开始是个什么样子……他们叫新兵做好准备，然后又撤销命令，叫他们做好准备，然后又撤销命令，直到没人知道自己到底是处于什么境况……本来说昨天晚上发兵，他们带兵到下面的车站，又把他们带了回来，告诉他们六周之内都用不到他们了……现在他们要在天亮之前做好出发准备，坐军用卡车去赶开往昂迪柯尔特方向的火车，那里的铁路被蓄意破坏了！在天亮之前出发，这样就不会被敌军的飞机发现……这难道不会让军人的心都碎了，**连带**让传令室乱得一塌糊涂吗？这简直可耻。他们以为德国佬也这么做事吗？"

他停下来，沙哑着嗓子热情地对提金斯说："你看，老……我的意思是，长官……你是**没有**办法找个军官来带兵的。他们一听到哪支分遣队要上前线，就会蹿进洞里躲起来。没有一个人会在明天早上五点以前回到营地。当他们听说有支分遣队要在早上四点出发，像现在这样，他们一定不会回去的。现在……"他的声音因为激动而沙哑，他申请要自己带兵，以满足提金斯上尉。而上尉也知道他带兵可以带得跟自己一样好，或者非常接近。作为负责安排征兵的少校，他住在这间酒店里，而他，考利，也见过他。早上四点不行。他要在七点左右乘车到达昂迪柯尔特站。这样的话，在五点以前发兵就没有任何意义，而那时候天又太黑，黑得能让德国佬的飞机看见有东西在移动。如果上尉可以在五点到达营地，最后视察一下，签署一些只有指挥官才能签署的文件，他会很高兴。但是他知道上尉昨晚没有睡觉，大部分是因为他的，考利的，疾病，所以，他起码要放弃他休假中的一天半来带这支分遣队。另外，他休假这段时间本来也是要回家，他不介意再回去作为走马观花的游客最后一次看看他十四岁时看过的老地方。

提金斯，脸色明显发白，说："你记得〇九摩根去过努瓦尔库尔吗？"

考利说："不……他去过那里吗？在你的连里，我猜？你说的那个人昨天死了。因为我的疏忽而死在你怀里。我本该在那里的。"他对西尔维娅说，士官们常常得意扬扬地想，妻子们喜欢听她们丈夫死里逃生的故事，"那个人就死在上尉脚边一英尺的地方，上尉一定被吓坏了。情况闹得一团糟……在他死的时候上尉把他抱在怀里，好像他是个婴儿。上尉那么温柔！啊，你得这么做，如果那是你的人的话……他没有军衔！你知道唯一一次国王必须向一名列兵敬礼而列兵却注意不到是什么时候吗？当他死了的时候……"

西尔维娅和提金斯都一言不发——台灯发绿的光里散出银白色。提金斯真的闭上了他的眼睛。年长的士官高兴地抢回了发言权。他站起来，准备回营地，他的身体稍稍摇晃了一下……

"不，"他说，得意扬扬地摇晃着他的雪茄，"我不记得〇九摩根去过努瓦尔库尔，但是我记得……"

提金斯，仍然闭着眼睛，说："我本来以为他是个……"

"不，"那个老家伙继续蛮横地说，"我不记得他……但是，老天，我记得**你**身上发生了什么！"他得意扬扬地低头看着西尔维娅，"上尉陷进了……你永远不会相信他陷进了什么事里！永远不会！这事做得不声不响，就着月光。跟炮兵没什么关系……可能我们彻

199

底吓到了德国佬，也可能是他们迫于某种目的要放弃前线战壕……那里面几乎一个人都没有……我知道那让我感到很紧张，我的心都沉到靴子里了，因为动静那么小！在那种毫无动静的时候，德国佬就可能做出最糟糕的事情……当然，有些机枪的响声……在我们右边有一种特别明显的声响……而月亮，闪耀在清晨。奇幻般的安宁。还有一点点雾气……地面冻得结结实实的……结实得你都没法相信……都能让弹壳变得非常危险。"

西尔维娅说："所以，这么说的话，并不总是泥巴？"提金斯对她说："如果你不喜欢的话，他可以停下。"她声音单调地说："不……我想听。"

考利坐起身，为了特别的效果。

"泥巴！"他说，"那时候可没有……一半都没有……我告诉你，夫人，我们原路返回的时候踩在德国佬死尸冻硬了的脸上……我们前一天或者前几天杀了非常多的德国佬……毫无疑问，他们放弃战壕放弃得太容易了；一般是很难攻下来的，他们……不管怎样，他们把死人留给我们来埋，他们本来也会这么做的，因为他们心肠好！但是不管怎样，多留个心眼儿，考虑考虑他们将来的反击会是什么样，也是好的。反击总是比最开始的对抗要厉害十倍。他们把你放在他们战壕的后部——我们管那个叫背墙——就像靴子的前端一样。所以，当参加扫荡战的士兵和援兵从我们身边经过，我特别高兴。欢笑着，他们，都是维尔特郡人。我老婆是那个郡的人。考利夫人，我的意思是……我以前看到过上尉倒下，于是我说，'有一个最好的倒法是这样的……'"他稍稍压低嗓音；他是团里出了名

200

的说故事的人，"他的一只脚，动不了，两只手从上了冻的地面伸出来，好像在祈祷……像这样！"他伸出两只手，雪茄还夹在手指缝里，手腕靠在一起，手指稍稍向手心蜷缩。"在月光里就这么伸出来……可怜鬼！"

提金斯说："我想我那天晚上看到的可能是〇九摩根……很自然，我看起来像死了一样，一丝呼吸都没有了……我看到一个英国兵把步枪放在他伙伴的上臂上，开了火……我还躺在地上……"

考利说："啊，你看到了……我听人说了，但是他们当然没有说是谁，在哪里！"

提金斯并不在意，这种态度让人觉得他没说实话。

"那个受伤的人叫斯提利科，一个奇怪的名字。我猜那是康沃尔语……我们前面的是 B 连。"

"你没把他们告上军事法庭？"考利问。提金斯说，没有。他没法非常确定，虽然他**是**很确定。但是他在担心一件私事。当他躺在地上的时候，他一直在担心这件事，这挡住了他的视线。另外，他虚弱地说，一位军官必须使用他的判断力。他的判断力告诉他，在这件事里他最好不要看到……他的声音几乎消失了。西尔维娅知道得很清楚，他精神上受到的折磨正攀上顶峰。他突然对考利叫起来，"假设我给他留一条命，然后让他在两年后死掉。老天！这样就太残忍了！"

考利吸着鼻子深情而充满关爱地在提金斯的耳边说了两句话，西尔维娅并没有听见——这样的亲密程度她无法承受。她用她最随便的口吻问："我猜其中的一个人在玩弄另一个人的女朋友，或者妻子！"

考利大叫起来，"老天保佑，不是这样！在这件事上他们是达成了共识的。他们其中的一个被送回家，另一个，无论如何，至少也要从**那个**地狱里逃出来，回到伤病救护站。"

她说："你是想说一个人可以做到**那种程度**，就为了离开那里？"

考利说："老天保佑你，夫人，英国兵所处的那个**地狱**……军官和其他普通士兵之间的差距……我告诉你，夫人，作为一名老兵，我接连参加过七场战争……有时候正打着仗我就想尖叫，硬把我的右手按下去……"

他停了停，又说："我是这么想的，很多人也是这么想的，如果我举起手，高过胸墙，可能还举着我的帽子，两分钟之内就会有个德国神枪手一枪打穿它。然后我就可以回英国老家了，像其他士兵说的那样……如果这都可以发生在一位服了二十三年役的团准尉副官身上……"

快活的勤务兵走了进来，说他找到了一辆出租车，随即回头融入到黑暗中。

"一个人，"准尉副官说，"会冒着被击中的危险伤害他的伙伴……他们把对女人的爱转移到了他们的伙伴身上……"西尔维娅叫起来："噢！"好像突然牙疼得很厉害那样。"他们确实是这样的，夫人，"他说，"这非常感人……"

他现在已经站不稳了，但是他的声音非常清晰，他就是这样的。他对提金斯说："很奇怪，你说你满脑子都是家里的麻烦事……我记得在阿富汗战役里，我们正好陷入可怕的困境，我收到我妻子，考利夫人的一封信，她说我们的小维尼得了麻疹……这是我和考利夫

202

人之间唯一的不同点，我说一个孩子一定得穿法兰绒，她说普通的绒布就够好了。威尔特郡不生产羊毛，不像林肯郡。林肯郡的羊有长长的羊毛……我们整天藏在巨大的石头之间躲避阿富汗人的子弹，而我满脑子只能想着……你知道的，夫人，你也是位母亲，得了小儿麻疹最重要的事情就是保暖……我一直对自己这么说——我都快要哭了——'要是她能给维尼穿羊毛就好了！要是她能给维尼穿羊毛就好了！'但是你知道，你也是位母亲。我在上尉的梳妆台上见过你儿子的照片。迈克，他的名字是……所以，你看，上尉并没有忘了你和他。"

西尔维娅用清晰的嗓音说："你不用再往下说了！"

花园里防空炮的巨响已经很让她分心了，虽然防空炮其实安置在酒店的另一边，在用几声不规律的爆炸声把你的脑袋炸裂之前，还会给你说完一两句话的时间，但她更多是被另一种幻象影响——想到他们的孩子因为麻疹烧到了一百〇五华氏度的时候，克里斯托弗的表情，那次是在他姐姐的约克郡的房子里。他负起了责任，而乡村医生都不愿意面对，他自己把孩子放进装满碎冰的澡盆里……她看到他弯下腰，在电灯的强光下毫无表情，笨拙的手臂中抱着孩子，举在闪闪发光、好好刷过了的澡盆上方。他当时就像现在一样面无表情……他现在的样子让她想起他当时的样子，他脸上的皱纹里暗藏着压力，她可能没法分析……他看起来好像得了伤风感冒——呼吸有些困难，当然，这抑制了他的感情；他的眼睛看着一片虚空。你都不能说他看到了那个孩子——格罗比的后裔之类的！有东西在两声炮响间隙对她说："那是他自己的孩子。他会像你说的那样，就算下地狱也要让他活下来……"她知道是康赛特神父说的这话。她知道这是真的，克里斯托弗就是下地狱要让那个孩子活下来……他甚至愿意忍受那可怕的冷水澡！温度降了下来，在他们的注视下降了下来……克里斯托弗说："他有一颗善良的心！他有勇气！"然后屏气凝神地看着细细的水银柱慢慢落回正常范围……现在，她从齿缝间发出声音，"那孩子是他的财产，那该死的房产也是……啊，他们两个都是我的……"

但是她并不想在这当口为了这件事折磨他。所以，当第二声炮声响起的时候，她对那个酗酒的老家伙说："希望你不要再往下说了！"

克里斯托弗及时救了场，说："提金斯夫人在有些事情上并不认同我们的观点！"

她对自己说："认同！老天啊！"这整件事，她所见的越多，心里就越充满了仇恨，还有郁闷！她看到克里斯托弗被埋在这一堆傻瓜中间，玩一些幻想出来的男学生的游戏。但是作为一个幻想游戏，这又非常骇人，充满无尽的恶意……对她来说，炮声和其他武器发出的噪声残忍又令人厌恶，因为，对她来说，这些只是一场男学生般幼稚的男人愚蠢的盛宴……坎皮恩，或者某个类似的男学生，说："嗨！德国飞机来啦……这样我们就可以把防空炮拿出来了！让我们放两炮吧！"就像他们在国王生日那天在公园里放炮。在酒店的花园里放炮只是单纯的粗鲁无礼，酒店里的上等人可能在睡觉，或者想要谈话！

在家里，她一直坚信它就是这样的游戏……在任何地方，在一位国王的部长的家里，在晚饭的时候，她只说了这样的话："我们不要再讨论这些让人讨厌的事情了……"立刻就有十个或者十几个回应响起，包括部长本人，纷纷表示同意格罗比的提金斯夫人的观点，他们都受够了这件事。

但是在这里！她似乎在这丑恶事件的中心……它不停地移动着，在你眼皮下消解，但是总在那里。如果你想试着跟上巨蛇爬行时不可改变的菱形轨迹的话……这给她一种绝望的感觉，它吸引了提金斯的全部注意力，一并吸引这个名声不好的醉鬼的注意力。她从来没有见到提金斯把他的脑袋和任何人并在一起过，他是头孤独的水牛……现在！任何人，任何愚蠢的参谋官，他们在家的时候从来都不会说这么多；任何可以信赖、浑身酒味的中士，任何打扮成通讯员的街头顽童……他们只要一出现，他整个脑子就会完全专注地想起这场儿戏中的某些小细节：洗衣房、足病、宗教、私生子……几百万难以分辨的人……或许还有他们的死！但是，以老天之名，这是种什么样的伪善，或者说是何种令人难以置信的胆小？他们为了自己的目的弄出了这么一场大屠杀；他们在这样令人痛苦、恐惧、难以置信的浩劫中造成了无数人的死亡。然后他们因为一个人的死痛苦成这样。因为这对她来说很清楚，提金斯的精神现在已经彻底崩溃了，就因为一个人的死！她从来没有见到他这么痛苦过；她从来没有见过他这样需要同情；他，一个冷酷而沉默寡言的恶魔！而他现在这么痛苦！现在！……她开始感受到一种无穷无尽、漫无边际的痛苦，一直延伸到远处夜空的边缘……对普通士兵来说，这就是地狱！显然，对军官来说，这也是地狱。

在那抽鼻子的声音里带着真正的同情。半醉半醒的老人给她一种极度恶毒的感觉……这些恐惧、这些无止境的痛苦、这世界上最骇人听闻的境况，都是因为这些人想要沉浸在放纵淫乱中……男人追求荣耀和美德，遵守条约，挥舞旗帜，追根究底只是为了这件事……一场艰巨的战争其实只是场贪恋、淫欲、酗酒的狂欢……一旦开始，就无法停止……事物的状态永远不会停止……因为他们一旦尝到这场游戏的甜头——血的气息——谁还会让它停止呢？这些男人讨论这些让他们心心念念的事情，带着他们在吸烟室里说色情段子的那种欲望……那是他们仅有的相似之处。

这件事没法停止，就像没办法让这位几乎沉醉其中的前准尉副官停下一样。他已经不太对头了！本来也可能猜到，他向一对意见不合的年轻夫妇提供建议！酒壮了他的胆！

在她心中这些恐怖画面的深处，他的智慧穿透了她的大脑……奇怪的碎片……这对她来说绝对是种惩罚！为了制造出更大的噪声，有人在隔壁的大厅里开始演奏某些呆板的乐器。


　　一个黑鬼端上了

　　玉米和糖蜜！①


　　一个沙哑的嗓音宣告，

---

　　① 选自科尔曼·戈兹作词、瓦尔特·唐纳森作曲的《我们会在我的肯塔基老家欢度佳节》。

如果我能待在这里，我会兴奋得不能自己……


前准尉副官告诉她一些奇怪的细节，说当他，准尉副官考利去参加战争的时候——他一共参加了七场——他的妻子，考利夫人，最初那三昼夜，把家里所有的床单和枕套拆开又重新缝上，为了让她自己不要胡思乱想……这显然是对她、西尔维娅·提金斯的责备或者告诫……啊，他是对的！他和康赛特神父属于同一阶级，而他们有同样的智慧。

留声机长嚎着，外面的喧哗中又加入了一种新的隆隆轰响，而花园里已经缓和下来的六挺机枪仍在响着……在下一个间隙，考利向她发表起告别演说。他请她记得，上尉前一晚彻夜未眠。

她无礼的头脑中突然冒出一句马尔博罗的公爵夫人给安妮皇后信中的一句话——在法兰德斯的一场战役中，公爵夫人去拜访过他——"主人他，"她写道，"穿着靴子临幸了我三次！"……她记得这种事……她会——**她真的会**——在准尉副官身上试验一下，就为了看看提金斯的表情，因为准尉副官一定不会懂……他懂了又怎样呢！他正醉醺醺地想着同样的事情……

但是嘈杂声变得大到不可思议，即使身边的留声机有将近二百马力，或者不管那是什么东西，都变得像一大块单调织物上的一根闪着微光的金线。她尖声说着一些她刚发觉自己知道的渎神的脏话。她不得不朝着嘈杂声响尖声喊叫，她对那些渎神的话毫无忌讳，就好像服了麻醉药，丧失了自己的身份。她**已经**丢掉了自己的身份……

她变成了这些人中的一员！

　　将军在椅子上醒了过来，狠毒地盯着他们，好像他们是唯一需要为这噪音负责的人。什么东西掉了下来。有人死了！你知道，因为你捕捉到一个女人在大厅尖叫的余音，还有将军的喊叫，"看在老天的分上，不要再打开那该死的留声机了！"在仿佛是天赐的宁静中，最开始传来几声喘息和吉他杂音，然后一个惊人的噪音迸发出来。

　　　　轻于尘土……

　　　　在你的车轮……

　　然后，咕哝几声，停了下来，又重新开始。

　　　　我爱那苍白的双手……

　　将军从椅子上跳起来，冲进大厅……他回来的时候垂头丧气。"是个该死的平民大亨……一个小说家，他们说……我阻止不了他……"他带着厌恶的神情补充道，"那个大厅全是年轻的浑蛋和婊子……跳着舞！"真的，那曲子嗡嗡了一阵之后，换成了懒散、断断续续的华尔兹变奏。"在黑暗中跳着舞！"将军话语中带着特别的厌恶……"德国佬什么时候都可能打过来……如果他们知道我所知道的事情的话……"

　　西尔维娅对他喊道："再次见到那些穿着蓝色制服、扣着银纽扣的人，还有那些穿着得体的男人难道不好吗？"

将军大叫起来："见到他们我**会**非常高兴的……这些事情我真是彻底受够了……"

提金斯重新拾起刚才跟考利谈起的话头。西尔维娅没有听见那是什么，但是考利仍然念叨着一件西尔维娅以为他们早就说完了的事情。

"我记得当我在奎达①的时候，发配一个叫赫林的人给整个连饮马，那之前他恳求我半天，叫我放过他，因为他害怕马……后来一匹马把他赶到了河里，淹死了……马和他一起掉进了河里，马蹄踢在他的脸上……他挺有远见的……我说任何关于军事上的迫切需求都没有任何意义……这让我吃不下饭，真的……我花了好多钱买硫酸镁盐……"

西尔维娅几乎要尖叫起来，如果提金斯不喜欢看死人的场面，这一定能让他从他的战争欲中清醒过来，但是考利继续沉思般地说下去，"据说硫酸镁盐能治这个。看着你的士兵死掉……当然，你得两周不碰女人……我知道我这么做了。看到马蹄印子总能看到赫林的脸。然后……在我们说的政府大院里有不少补给品……"

他突然叫起来，"省着你的……夫人，我……"他把剩下的一小段雪茄用牙咬住，开始向提金斯做保证，说提金斯可以相信他，让他第二天早上带兵出发，只要提金斯把他领进出租车就行。

他走开去，靠在提金斯的手臂上，他的两条腿和地毯呈六十度夹角……

"他不行……"西尔维娅对自己说，"他不行，不行……如果他

---

① 现位于巴基斯坦、阿富汗与伊朗交界附近，曾是英国的殖民地。

是个绅士……这老家伙已经暗示了这么多了，如果他撒手不管，他就是个胆小鬼……两星期……在这里的哪个人不代表着公众……"她说，"噢，老天！"

老将军，躺在他的椅子里，把脸转开，说："夫人，如果我是你的话，我不会在这里讨论那些穿蓝色制服、扣银纽扣的人……**我们当然懂得**……"

她对自己说："你看，就算他这样的死火山都在用充满血丝的目光剥光我的衣服，那为什么**他**不能这么做呢？"

她大声说："噢，将军，连你都已经厌倦你的朋友了！"

她对自己说："算了吧！我敢于坚持我的想法。没人会说我是个胆小鬼……"

她说："这对你来说难道不是一样吗，将军，我说我宁可和一个打扮得体、穿着蓝色和银色制服——或者任何什么别的——的男人做爱，而不是这里的大部分人！……"

将军说："当然，如果你要这么说的话，夫人……"

她说："一个女人还能怎么说？"……她靠近餐桌，给自己倒了一大杯白兰地。

老将军色眯眯地看着她，"老天保佑我，"他说，"一位女士这样喝酒……"

她说："你是天主教徒，不是吗？叫奥哈拉这种名字，说话这么土里土气……你毫无疑问跟魔鬼在一起……你知道的……啊，那么……这就是有特殊的意图！就像你说的，你的万福玛利亚……"

当酒精在她体内燃烧的时候，她看见提金斯在黯淡的灯光下若隐若现。

"将军，"她感到又好气又好笑地对他说，"你的朋友已经相当兴奋了……这里的人自然不适合夫人！"

提金斯说："我本来没想到今晚能有幸和提金斯夫人共进晚餐……那位军官要庆祝他的就职，我没法叫他延后……"

将军说："噢，啊！当然没办法……我敢说……"然后他重新坐进椅子里……

提金斯庞大的身躯让她感到窒息。她仍然有些喘不过气……他俯下身说，这个半醉的人算是运气好。

他说："他们在大堂里跳舞。"

她热切地把全身蜷进藤条椅里。椅子里有暗淡的蓝色垫子。她坚决地说："不要跟任何人……我不想认识任何人。"

他说："那里也没有我可以介绍给你的人。"

她说："不过，如果是施舍的话就另当别论！"

他说："我觉得那可能会很无聊……我上次跳舞还是六个月前了……"她感到四肢都洋溢着美。她有一条金色薄纱做的晚礼服裙。她无与伦比的鬈发盖在耳朵上……她正哼着维纳斯堡的音乐[1]；就算她什么都不懂，她至少还懂音乐吧……

她说："你管那些藏着你维纳斯堡来的后勤军团姑娘的地方叫军

---

① 维纳斯堡（或称维纳斯之山），理查德·瓦格纳《唐豪瑟》一剧中的主要场景之一，在这个地方，唐豪瑟喜欢上了女神维纳斯，而将未婚妻伊丽莎白抛弃。西尔维娅渴望提金斯，同时鄙夷瓦伦汀，此曲十分符合她的心境。音乐剧中，唐豪瑟最终回到未婚妻身边。

区大院，不是吗？难道把维纳斯占为己有不奇怪吗？想想可怜的伊丽莎白！"

他们跳舞的房间非常暗……她在他的臂弯里感觉十分奇怪……她认识更好的舞者……他看起来不太舒服，可能他确实不太舒服……噢，可怜的瓦伦汀·伊丽莎白……多么好笑的姿势！不错的留声机正播放着……**命运**！你看，神父！……在他的臂弯里！当然，跳舞并不是……但是跟真正的已经很接近了！那么接近！……"祝你的特殊意图好运！"她几乎吻了他的嘴唇，就差一点！掠过①，法国人这么说……但她并没有那么谦恭……他把她搂得更紧了……这几个月，我的主人完全没有——临幸我……不错，放的是《马尔博罗参军去》②……他**知道**她几乎吻了他的嘴唇，他差点就回吻了……那位非军方人士、小说家关掉了最后一盏灯……提金斯说："难道我们不该谈谈吗？"她说："那么，去我的房间！我累得不行了，我六个晚上没有睡觉了，虽然吃了药……"他说："好。当然！还能去哪里？"令人震惊……她金色薄纱做的晚礼服就像皇帝登基时穿的纯白长袍……他们走上台阶的时候，她想到，唐豪瑟一直是个很胖的男高音！维纳斯堡的音乐在她耳边轰鸣……她说："实在难以形容！我就像个法官一样清醒……我必须得这样！"

---

① 原文为法文。

② 法国著名民歌，主题为庆祝第一代马尔博罗公爵加入西班牙王位继承战争，他在战争中大展神威。此歌是展示西尔维娅通晓音乐的又一用例。

卷　下

# 第一章

一个影子——那是总指挥长的影子——落了下来，一道阳光穿过敞开着的门，如同受天意指引一样将克里斯托弗·提金斯唤醒了，他会因为被那位长官发现自己在睡觉而感到极度不高兴。这位将军很瘦，举止优雅，因为身上那些代表军衔的许多猩红、镀金橡树叶和绶带而显得神采奕奕。他得体地跨过门槛，侧着脸同门外的什么人交谈着。总之，天神降临了人间！毫无疑问，真的把提金斯叫醒的是门外的声音，但是他喜欢把这件事想成是上天的小小旨意，因为他当时感到他正需要某种指示！醒来后的一刹那，他并不是特别清楚自己身在何方，但他的感知足以让他僵硬地站立着回答将军的第一个问题。

将军说道："提金斯上尉，你能详细地告诉我，为什么你的小队里没有灭火器吗？你能意识到你营房的火灾会引发灾难性后果吧？"

提金斯硬邦邦地说："要拿到灭火器似乎是不可能的，长官。"

将军说："这怎么可能？你已经在专管部门为他们预订了。或许你并不知道哪个才是专管部门？"

提金斯说："这要是在一支英国正统编队的话，长官，专管部门应该是皇家工程队。"当他把预订单送给皇家工程队的时候，他们告诉他，因为这只是一支英国属地的编队，他们应当向军械部申请。当他向军械部申请的时候，他被告知皇家军官管辖下的属地编队没有任何灭火器的供给，他应该做的是以营房损毁为名从大英帝国的一家私人企业收货……他向很多制造商提交了申请，但这些制造商都表示向除了陆军部以外的任何人出售灭火器都是被禁止的……"我还是向这些私人企业提交了申请。"他结束了他的回答。

将军扭过头，对随从列文上校说："列文，把这件事情记下来，查查看到底是怎么一回事。"

他又对提金斯说："从你的训练场走过时，我注意到你那负责体能训练的军官明显对自己的工作一无所知。你最好把他换去清理你的排水管。他脏得简直令人难以置信。"

提金斯说："长官，这位教官是够格的。他是皇家陆军补给与运输勤务队出身。此时我的小队里一个步兵军官也没有。根据陆军委员会的指令，所有军官都必须负责军队训练——他们并没有发令。"

将军干巴巴地说："我已经从这位军官的制服看出了他曾经属于哪支部队。我的意思不是说你没有最大限度地利用你现有的资源。"这话从训练场上的坎皮恩嘴里说出来，可是异乎寻常的恩典。在将军的背后，列文使了使眼色，充满意味地一睁一闭。但将军本人始终保持他非凡的干巴巴的态度。为了体现讲究的仪态，他的脸毫无表情，那光亮、樱桃红的表面上，一块肌肉都没有动。这就是极其重要的人物对极其不重要的人物的极大恩典！

他把这小屋子扫视一圈。这是提金斯自己的办公室，里面除了一些铺了行军毯的桌子什么也没有。一根柱子上挂着一幅巨大的日历，上面的日期都被用红墨水或者蓝铅笔草草划去了。他说："去，把你的背带拿来。十五分钟后你要跟着我去看看你们的伙房。你可以跟你的厨师长打声招呼。你们的伙房准备得怎么样？"

提金斯说："伙房都非常好，长官。"

将军说："那你们可就非常幸运了，非常幸运！这个营区里，像你们这样的小队有一半除了便携炊具和行军军炉什么都没有……"

他用他的马鞭指着敞开的门，又极为清晰地说了一遍，"去，把你的背带拿来。"

提金斯踟蹰了一小下，说道："你是知道的吧，长官，我被逮捕了。"

坎皮恩的语气里增添了几分威胁，"我给你下了一道命令——去执行你的任务！"

这道有力、自上而下的命令让提金斯跟跄着走出了门。他听见将军的声音，"我非常清楚他并不是醉了。"当他走出第四步的时候，列文上校出现在他的身边。

列文架着他的手肘，低声说："如果你感觉不大舒服，将军就要我跟你一起去。你明白吧，你已经被释放了！"他带着某种狂喜叫喊着："你做得可是相当好啊……简直太好了。我跟他提了关于你的一切……你的小队是今天早上唯一一支发兵的队伍……"

提金斯咕噜着："我当然明白了，如果我接到一道去执行一项任务的命令，这就意味着我被释放了。"他接下来几乎没有声音。他勉强地说，自己宁可一个人去。他说："他这么先发制人，逼得我别无选择……我根本就不想得到释放……"

列文上气不接下气地说："你可**不能**拒绝他，你不能刺激他，你**不能**……再说，一名普通军官也没办法要求军事法庭的介入。"

"你看上去，"提金斯说，"就像一束有点发蔫的壁花……请你原谅我这么说——我忽然想到的！"上校整个人都垂头丧气，软塌塌的，唇髭有点邋遢，眼睛湿润，脸刮得也不干净。他叫了起来，"该死的！你觉得我不**关心**你出了什么事？奥哈拉在三点半的时候冲进了我的营房……我不用跟你重复他都跟我说了什么。"

提金斯粗暴地说："别、别跟我说！现在这事已经够我受了……"

列文气急败坏地叫道："我需要你明白，没有人相信任何不利于……"

提金斯脸对着他，牙齿外露，跟只獾一样。他说："谁啊？不利于谁？去你的！"

列文脸色煞白，说："不利于——不利于——你们俩中的任何一个人……"

"那就当它是这么回事吧！"提金斯说。他跟跟跄跄地走回主营地，然后开始踏步走。这简直就是炼狱。士兵从小屋的角落偷偷看他，又退回屋里……但是他们以前也都是从小屋的角落偷偷看他再退回屋里！这是普通军人看军官的习惯。那个叫麦基奇尼的家伙也从一个小屋的门里向外看。然后他也退回了屋里……这下该没有错了！他也听到了消息……但与此同时，麦基奇尼自己也难辞其咎。他提金斯的职责可能就是把麦基奇尼臭骂一顿，因为这家伙昨晚离开了营地。所以，也许这家伙是在躲着他呢……这根本没办法知道的……他整个人都向右边倾着。路并不好走。他感觉他的腿就像是与他身体分离的、肿大的物件一样，被他拖在身体后面。他必须驾驭好他的腿。他驾驭了他的腿。一名端着一杯茶的卫兵朝他跑过来。提金斯说："把那个放下来，火速去把厨师长找来。告诉他将军会在一刻钟后到伙房视察。"卫兵跑开了，把茶泼在了阳光里。

在他的小屋里，光线暗淡，到处都装饰着各种样式的美人图画复制品，以至于可以跟桃花媲美。画上都是医生心中的理想女性。提金斯费了好大的劲才扎上背带。他先是忘记了要把帽子摘下，然后又把头伸进了错误的开口，系扣子的时候，他的手指就跟香肠一样。他照了照镜子，用医生那裂了缝的刮胡镜。他把脸刮得极为干净。

他是在那天早上六点半刮的脸，就在征兵离开五分钟后。那些载运士兵的军车自然是要迟到一个小时的。他如此细心地刮脸简直就是天意。一个傲慢而冷静的男子看着他，脸被镜子上的裂缝分成了两半：一张分成两半、天生白皙的脸，颧骨那儿略微发红；黑灰相间的头发起着波浪，有几根分外银白。他最近头发花白了不少，但他发誓他看上去并不太疲惫。

麦基奇尼在他的身后说："上帝啊，这到底是要怎么搞。就因为我的桌子不干净，将军都要把我骂死了！"

提金斯依旧看着镜子，说："你应当保持桌子整洁的。这是我们营目前受到的唯一的批评。"

　　这么说，将军一定是去了那间整齐的、他交给麦基奇尼负责的房间。麦基奇尼上气不接下气地接着说："他们说你打了将军……"

　　提金斯说："你难道不知道这座城镇里的人说的话都要打几个折扣的吗？"他自言自语道："算了！算了！"他刚才说话冷冰冰的，口气轻蔑。

　　他告诉气喘吁吁的厨师长——又一个粗笨、长着灰色唇髭的年长士官，"将军一会儿要去伙房视察，你他妈看好了，衣柜里不能有什么脏的厨师工装！"除此之外，他觉得伙房那边应该出不了什么差错。就在前天早上他还亲自检查过伙房，又或许就在昨天？

　　那是他一宿没睡之后的第二天，因为征兵的命令被撤回了……不管那么多了。他说："我可不会向厨师发放白色衣服……我敢肯定你们自己都有些白衣服藏着呢，虽然这是违反规定的。"

　　厨师长避开他的目光看向远处，连同他的海象胡子会意一笑。

　　"将军喜欢看大家穿白色工作服，"他说，"他又不会知道上头已经不指定要穿白色工作服了。"

　　提金斯说："问题是这些大老粗厨师总是要把他们该死的什么脏衣服塞进衣柜里，而不是稍微费一点心，在换完衣服之后把脏衣服带回营房里去。"

　　列文一字一顿地说："将军打发我把这个交给你，提金斯。感觉不大舒服的时候就把它闻上一闻，你已经连续两晚没睡了。"他展开的手掌中有一瓶嗅盐，装在银色的管状瓶子里。他说将军不时会有点眩晕。但说真的，他是为了德·贝利小姐才一直带着这恢复神气的玩意的。

提金斯自问道，究竟为什么那嗅盐瓶让他想到了那让人察觉不到在动的房门铜把手……令人难以置信。当然了，那是因为西尔维娅在她那被反射的玻璃光照亮的梳妆台上也有这么一个光滑的银色管状瓶子……难道他所看到的一切都要让他想到那极缓慢转动的把手吗？

"你怎么高兴就怎么办，"厨师长说，"但是每个衣柜里必须要有一件衣服，好给总指挥长检查。而且将军总是会径直走向一个衣柜并要求打开它。我见坎皮恩将军这么做了三次了。"

"如果这次能找到一件脏衣服，它的主人将得到一枚品质优良奖章。"提金斯说，"我看公告栏上的食谱是干净的。"

"将军们是很喜欢找脏衣服，"厨师长说，"要是他们对炊事一无所知的话，这至少让他们还有些谈资……我会把我自己的食谱放上去，长官……我猜你应该还能把将军稳住二十分钟？我只向你请求这么多。"

列文对着厨师长转身离开的背影说："可真是他妈的聪明人！想想，竟能对一次视察如此自信……啊！"列文想着他那时候所经历的检查，不禁打了个战。

"他的确他妈的可聪明了！"提金斯又对麦基奇尼说，"你最好去看一眼晚饭，以防将军突然心血来潮要检查晚饭。"

麦基奇尼冷冷地说："瞅瞅，提金斯，到底是你负责这支编队，还是我？"

221

列文尖叫起来，"这是什么意思？这他妈什么……"

提金斯说："麦肯奇尼上尉声称他是这里的上级军官，所以他要负责这支小队。"

列文蹦出一句，"都这样了还……"他朝麦肯奇尼激烈地叫起来，"伙计，掌管这些小队的指挥权可是总部直接下达的命令。你可别把这事给搞错了！"

麦肯奇尼顺从地说："提金斯上尉今早叫我负责这个营。我知道那是在这种情况下……"

"你，"列文说，"是负责这支小队的纪律和配给的。你很清楚，如果提金斯上尉不是因为护着你的什么叔叔或者什么人的话，将军也知道，你现在就已经在疯人院了……"

麦肯奇尼的脸扭曲起来，他就像人们说的狂犬病患者那样咽着口水。他抬起拳头，叫起来，"我的叔……"

列文说："你再说一个字，我就立刻把你送到医务站。军令在我口袋里。现在，给我出去，赶紧！"

麦肯奇尼摇晃着出了门。列文补充了一句，"你可以选择今晚就上前线，或者在军事法庭上申请离婚休假，但实际上不离婚，或者别的什么办法。你可以因为将军对你表现出的仁慈而感谢提金斯上尉！"

感到小屋似是在旋转，提金斯打开了那个小嗅瓶，将它放到鼻孔下面。强烈的气味飘来的同时，他重新集中了注意力。他说："我们不能让将军这么等下去。"

"他告诉我，"列文说，"给你十分钟。他坐在你的小屋里。他很累了。这整件事让他非常忧心。奥哈拉是他第一个为之效力的士官。这个人，同样，工作上也很能干。"

提金斯靠在他牛肉罐头箱子堆成的梳妆台前。

"你叫那个麦肯奇尼的家伙滚出去，很好，"他说，"我不知道你是这么想的……"

"噢，"列文说，"只是因为正好是**他**……我知道他的脾气，这么做问题不大。当然，我不经常听他这样跟人吵架。没人真的比得上他。自然……但是今早我在他的小屋里做私人秘书，而他边刮胡子边谈话，跟那个佩……他正说着以下这番话：你可以自行选择，要么今晚上前线，要么上军事法庭！所以，自然地，我对你的小朋友说了几乎一样的话……"

提金斯说："现在咱们得走了。"

在冬天的阳光里，列文把他的手臂塞在提金斯的手臂下面，快乐地靠着他的身子，并不是很焦急。这样的表现对提金斯来说简直难以忍受，不过他认识到这是不可避免的。明亮的白昼下似乎充满了带着坚硬边缘的物体——那种精确几乎有些残忍……肝脏！……

小个子军需官从他们身边急匆匆地走过，好像一阵风。列文挥挥手，表示他看到了他的敬礼，然后继续往前走着，陶醉在和提金斯的对话里。他说："你和——提金斯夫人今晚要在将军那里用餐。去见见西线的总指挥长，还有奥哈拉将军……我们知道你一定是和提金斯夫人分居了……"提金斯狠狠地按住自己的左臂，才没有让它从上校的怀中挣脱出来。

他的脑袋变成了一匹长着棺材般的脑袋、嘴上系着皮嚼子的战马，像朔姆堡一样。他的脑袋就好像马术比赛中站在一摊死水旁边的朔姆堡。他嘴里发出噗噗噗噗的声响，他已经感觉不到自己的手了。

"我知道这事的重要性。尽管将军这么认为，但是我自己不这样想。"他的声音听上去极为疲倦，"毫无疑问，将军是最清楚的！"

列文的脸上带着真正的热情。他说："你这个好家伙！你真他妈是个好家伙！我们境遇相同……现在，你能告诉我吗？为了**他**，奥哈拉昨晚到底是不是喝醉了？"

提金斯说："我认为他和佩罗恩少校一起冲进我的房间的时候并没有喝醉……我一直在想这件事！我认为他后来醉了……当我最开始要求，然后变成命令他离开房间的时候，他靠在门把手上……他当时肯定——有些错乱！然后我告诉他，如果他不离开的话，我会逮捕他……"

列文说："嗯！嗯！嗯！"

提金斯说："显然，这是我的责任。我向你保证，我当时非常冷静。我求你相信，我保证自己当时非常冷静……"

列文说："我并不是在审问你做得对不对。但是……我们都是一家人……我承认这件事糟透了，令人难以忍受，但是你得知道奥哈拉是有权进入你的房间的，作为宪兵司令！"

提金斯说："我并不是在怀疑他有没有这样的权力。我只是在向你保证我当时非常冷静，因为将军使我荣耀，向我询问奥哈拉将军当时的状况……"

他们现在已经离通向提金斯的办公室的路很远了，两人靠得很近，正俯瞰着法国大地上一大块地毯般平坦的土地。

"他，"列文说，"焦急地等着你的意见。这事关奥哈拉有没有喝太多，以至于无法履行他的职责！而且他说他会相信你的话……你的证词不能比这更有力了……"

"他至少，"提金斯谨慎地说，"得这样做。他了解我的。"

列文说："老天，老家伙，就别多提了！"他又立马补充了一句，"他希望我站在你这边。他会相信我的话和你的话。你得原谅……"

提金斯的头脑彻底停滞了；山下的塞纳河看起来像是鹅卵石中间着了火的S。他说："呃？噢，对！我原谅……这让人痛苦……你可能不知道自己在做什么。"

他突然停了下来，"老天！加拿大铁路维修部的人会跟我的新兵一起走吗？他们今天被派去修这里的铁路线，还要去……我一直没放他们走……两条军令都是在同一天同一小时下达的。无论从这里还是从酒店我都赶不到总部……"

列文说："对，没关系。他一定会非常高兴。他会跟你谈**这件事**的！"

提金斯长舒一口气。"我记得我的几条命令之前还互相冲突……想起来真是非常可怕……如果我把他们送上卡车，铁路维修就可能得延迟；如果我不送他们上卡车，你可能就会被骂死。真是让人忧心。"

列文说："你就像记得自己的门把手转动一样记得那么清楚……"

提金斯好像在雾中说话，"是的。当你突然意识到自己在下军令却忘记了要说什么的时候是很可怕的。就好像你的胃……"

列文说："我忘记事情的时候就光忙着想怎么才能编一个好理由，好蒙混副官，当我还是一个区级军官的时候。"

提金斯突然执意说下去，"你怎么知道那个门把手的事？西尔维娅肯定没看见，而且她不可能知道我当时在想什么。她背对着门，面对着我，在镜子里看着我……她甚至都没注意到发生了什么，所以她不可能看到门把手转动！"

列文有些迟疑，"我……可能我不应该这么说……是你告诉我们的，也就是说，你告诉了……"在阳光下他显得很苍白，"老家伙……可能你不知道……你小时候也一样，你从来都不知道吗？"

提金斯说："啊……是什么？"

"你在……你在睡梦中说话！"列文说。

令人震惊的是，提金斯说："怎么了？这种事不值得写信告诉家里吧！我工作那么忙，又一直缺少睡眠……"

面对提金斯的全知全能，列文可怜地恳求，"但这难道不意味着……我们小时候曾经说……如果你说梦话的话，你就，有点疯癫吗？"

提金斯毫无热情地说："不一定是这样。这意味着一个人精神压力很大，但是精神压力并不会把你逼到发疯。无论如何都不会。再说，这又有什么意义呢？"

"你的意思是你不在乎……老天！"列文仍然那样看着风景，垂头丧气，十分沮丧地说，"这**可怕的**战争！这**可怕的**战争！看看这景象……"

提金斯说："这场景很能激励人，真的。人性的丑恶总是很正

226

常的。我们欺骗、背叛、缺乏想象力、自我欺骗，总是如此，而且程度相当。无论是和平时期，还是战争期间！但是，在这风景的某个角落，有一块地方，堆满了尸体……如果你再看得远一点，你会看到更多尸体，七百万到一千万……朝他们打死都不想去的地方迈进。打死都不想去！每个人都极为害怕。但是他们仍然在前进。一股巨大的、盲目的力量逼着他们完成人类有史以来唯一一项正经的活动；我们现在正在做的这件事。这种努力是他们人生中唯一可以确信的事实……但这些人**其他**方面的生活都是肮脏、癫狂、可耻的小事……像你的人生一样……像我的人生一样……"

列文叫起来，"老天，简直！**多么悲观啊你！**"

提金斯说："你看不出这实际上是乐观主义吗？"

"但是，"列文说，"我们在战场上被打得落花流水……你不知道状况有多糟糕。"

提金斯说："噢，我很清楚。一旦这天气真的糟糕起来，我们就差不多完了。"

"我们抵挡不住他们的，"列文说，"不可能。"

"但是输赢，"提金斯说，"对一个故事的可信度来说没有任何意义。同样，人性的美德并不能遮掩它的另一面。如果我们输，他们就赢。如果成功对你心目中的美德来说是必要的，那么就是他们定义了成功，而不是我们。但是重要的是保持正直的品格，无论什么样的地震让你头顶的房子震得乱晃都……感谢上帝，我们确实这么做了……"

列文说："我不知道……如果你知道国内正发生什么的话……"

提金斯说："哦，我知道的……我了解那片土地就像了解我自己的手一样。我就算对那些事实一无所知，都能凭空编造出那里的生活。"

列文说："我相信你能够做到。你当然能够做到……但是我们唯一的办法就是牺牲你，因为两个喝醉酒的浑蛋硬闯进了你妻子的卧室……"

提金斯说："你这么直言不讳，就是背叛了你非盎格鲁－撒克逊的出身……还有你夸大其实的说明！"

列文突然叫起来，"咱们他妈的在说什么？"

提金斯严肃地说："我在这里是受有决定权的军事权威调遣——你们！——你们在调查我之前发生的事。我已经准备好了讲一长串陈词滥调，直到你让我闭嘴。"

列文回答说："看在老天的分上，帮帮我吧。这实在太让人痛苦了。他——将军——叫我负责调查昨晚到底发生了什么。他自己并不愿意面对。他对你们俩都很有感情。"

提金斯说："叫我帮你，这就要求太高了……我做梦的时候说了什么？提金斯夫人对将军说了什么？"

"将军，"列文说，"并没有见到提金斯夫人。他没法信任他自己，他知道她会玩弄他于股掌之间的。"

提金斯说："他现在有点学会了。他去年七月就已经六十岁了，但他刚刚开始学。"

"所以，"列文说，"我已经告诉过你我们是如何掌握我们现在所知道的事了。当然，还有从奥哈拉那里听来的。将军不让那个家

228

伙说一句话，当他刮脸的时候。他只是说：'我不听你的。我不听你的。你可以选择一旦有火车发车就立马跟着上前线，或者我就以个人身份向枢密院会议提出申请，判你的刑。'"

"我以前不知道，"提金斯说，"他讲话会这么直接。"

"他绝对直截了当，"列文回答说，"如果你和提金斯夫人分居的话——还有，如果真的有任何事情对你们俩中的任何一个不利的话——这就会毁灭他所有的幻想。而且……你知谙瑟斯顿少校吗？一名炮兵，附属我们防空部，将军跟他关系很铁……"

提金斯说："他是洛布登慕塞德的瑟斯顿家的一员，我个人不认识他。"

列文说："他惹得将军很不高兴。他跟他讲了一些事……"

"老天！"提金斯说，"他不可能对将军说我什么坏话，那说的一定是……"

列文说："你希望将军听到你的坏话，并且总是跟，跟另一个人相反吗？"

提金斯说："我们会把伙房里的那些家伙关上很长一段时间，等待检查……在将军这件事上，我全听你的……"

列文说："将军在你的小屋里，感谢上帝，他一个人在那里。他从来不这样。他说他准备给政府部长写一份私人备忘录，我可以想留你多久就留你多久，只要我能把所有东西都问出来……"

提金斯说："瑟斯顿少校声称的事件已经发生了吗？瑟斯顿大半生都生活在法国……但是你最好不要告诉我。"

列文说："他是我们和法国非军方上级之间的防空联络官。这种家伙一般都在法国住了很长时间，很像样、很安静的一个人。他和将军一起下象棋，边下边聊……但是将军准备讲讲他自己对你所说的那些……"

提金斯说："老天！他能讲得跟你一样好……你会说苦恼向你逼近……"

列文说："咱们不能再这么说下去了……我没有更直截了当是我的错。但是咱们耗不起一整天，你和我都忍不了的……我几乎没什么耐心了……"

提金斯说："说真的，你父亲**到底是**哪里人？不是法兰克福吗？"

列文说："君士坦丁堡……他的父亲是苏丹人的财政代理人；奥托曼皇室向他颁发一等马吉迪勋章的同时许配他一位亚美尼亚女性，我的父亲是他们的儿子。"

"这证明了你非常得体的举止，还有你的智识。如果你是英国人的话，我早就拧断你的脖子了。"

"谢谢！我希望我一直能像个英国绅士一样举止得体。但是我现在要有些残酷地直接说了……"列文继续说，"奇怪的是你对温诺普小姐总是用维多利亚《**书信规范指南**》的方式说话。请你一定要原谅我提到这个名字，这样可以快一点。你每两到三分半钟就要说一个'温诺普小姐'。这比任何断言都更加能向将军证明你们的关系非常……"

提金斯闭着他的眼睛，说："我在梦里对温诺普小姐说话……"

列文轻轻摇着脑袋，说："这非常奇怪……几乎像闹鬼……你坐在那里，你的手臂在桌子上，开口就说，你好像在给她写一封信，阳光洒在小屋上。我本来想叫醒你，但是他阻止了我。他似乎认为自己在做侦查工作，所以他不如正好侦查一下。他不知道怎么就认为你是个社会主义者。"

"他应该这么想，"提金斯评论道，"我没告诉你他总算开始学会点事情了吗？"

列文叫起来，"但是你不会真的是一个社……"

提金斯说："当然，如果你的父亲来自君士坦丁堡，你的母亲是格鲁吉亚人，这就证实了你的外貌为什么如此吸引人。你**是**个非常帅气的家伙，还很聪明……如果将军要你询问我到底是不是一位社会主义者，我会回答你的问题的。"

列文说："不，这个问题他要留着自己问。看起来如果你真的说你是个社会主义者，他就要把你从他的遗嘱中划掉……"

提金斯说："他的遗嘱！噢，对，当然啦，他本来很有可能给我留点什么东西的。但是这难道不正好给我了一个我**是**社会主义者的动机吗？我不想要他的钱。"

列文向后跳了一大步。钱，尤其是继承来的钱，对他来说是人生中最神圣的东西之一。他叫道："我不懂为什么你**可以**拿这种东西开玩笑！"

提金斯愉快地回答道："噢，你可别指望我为了他那笔可怜的钱玩弄这位老先生。"他补充了一句，"咱们换个话题不是更好吗？"

列文说："你已经知道你自己身上发生了什么事了？"

提金斯回答："很清楚了……请你原谅我一直这么情绪化。你不是英国人，所以这并不会让你感到羞愧。"

列文气急败坏地叫起来，"等等，我可从头到脚都是英国人！我有什么问题？"

提金斯说："没有……什么都没有。只是正是这个让你不那么像英国人。咱们都是……啊，**咱们**哪里出了问题并不重要……你对我和温诺普小姐之间的关系都了解了哪些？"

他这个问题问得毫无感情，而列文还对他的出身十分在意，所以一开始他都没反应过来提金斯到底说了什么。他开始抗议，说他是在温切斯特和莫德林学院受的教育。然后他叫起来："噢！"花了点时间思考了一下。

"如果，"他最后说，"将军没有透露出她年轻漂亮——至少，我猜很有魅力——我应该以为你把她当成个老女仆才对……你知道，当然，我有点震惊，想到有个人……你允许你自己……无论如何……我猜我只是太单纯了……"

提金斯说："将军知道了什么？"

"他……"列文说，"他站在那里，头偏向一边，看起来相当狡猾，就好像一只喜鹊把一只榛子丢进洞里，站在旁边仔细听着。一开始他显得很沮丧，然后变得很高兴，很简单的高兴，就是高兴，你知道……然后我们出了小屋，他说：'我猜是酒后吐真言。[①]'然后问我拉丁语里的'睡'怎么说，但是我也忘记了。"

提金斯说："我说了什么？"

"这……"列文犹豫了，"要解释你**到底**说了什么非常困难……

---

[①] 原文为拉丁文。

我并不擅长逐字逐句背下长篇大论。当然，你的话也断断续续。我告诉你，你对一位年轻女士说了你通常不对年轻女士说的话……显然，你想让你的……提金斯夫人，轻易就不高兴……你在解释你很确定自己要和提金斯夫人分居……你认为这位年轻女士可能会因为你们的分居感到困扰……"

提金斯毫不关心地说："这真糟糕。我可能得告诉你昨晚**到底**发生了什么……"

"你要是告诉我就好了！"列文有些羞怯地说，"如果你不介意的话，请记住我也是名军事法庭调查员。如果你能把事情充分而且按照发生顺序告诉我，我向将军汇报的时候会更容易一些。"

"谢谢……"在短暂停顿之后提金斯说，"我昨晚和我妻子一起休息了……我说不出确切是几点。就算是一点半吧。我在四点半到了这个营地，大概散了半个小时步。据我所知，这些事情发生在四点以前。"

"时间，"列文说，"并不重要。我们知道事情发生在凌晨。奥哈拉将军在三点三十五向我投诉。他可能花了五分钟走到我的营地。"

提金斯问："确切的指控是……"

"投诉，"列文回答，"是有很多……我记不得全部。简单地说就是首先喝醉酒，并且殴打上级军官，然后对你所殴打的军官造成了伤害。次要的指控是你对针对你的连部办公室的一份指控书做出了不当评论……我不知道到底发生了什么，你似乎因为他的几个宪兵跟他争吵了一番……"

"这整件事就是因为这个？"提金斯问，"我打的是哪位军官？"

列文声音干涩地说："佩罗恩……"

提金斯说："你确定不是将军吗？我做好因为殴打奥哈拉将军而被判有罪的准备了。"

"这件事，"列文说，"和你有没有罪并无关系。你身上并没有被加上这样的罪名，你也很清楚你并没有被捕……当你被捕以后，如果有命令要求你完成某项任务，你的逮捕令就会随即取消。"

提金斯冷静地说："我很清楚这一点，而且我也知道坎皮恩将军是特意要求我陪同他巡视伙房的。但是我怀疑……我让你决定，请你好好想一想这是不是最好的掩藏事实的办法……我认为更适合的办法是判我殴打奥哈拉将军，当然，还有醉酒。军官清醒的时候是不会殴打将军的。这就是件小事了。下级军官每天都会因为醉酒被判罚。"

"等一等。"列文说了两次，他现在带着某种恐惧叫起来，"你自我牺牲的狂热精神会让你失去一切，所有的一切。你忘记坎皮恩将军是位绅士了。在他的指挥部里，这种事情没法做得这么隐蔽……"

提金斯说："他们的所作所为让人难以忍受……对我来说因为醉酒被判罚不是什么大事，但是把这些事全部堆起来就完了。"

列文说："将军很焦急地想要知道到底发生了什么。请你接受他的命令，叙述一下到底发生了什么。"

提金斯说："真正该死的就是这个……"他沉默了将近一分钟，列文用他的马鞭在他的绑腿上紧张而热切地敲击着。

提金斯坐直了身子，开口说："奥哈拉将军来到我妻子的房间，冲进门。我在那里，我认为他喝醉了。但是根据他大喊大叫的内容，我认为他并不是喝醉了，更像是被误导了。我把他丢出去的时候还有另外一个人躺在走廊里。奥哈拉将军声称那是佩罗恩少校。我没注意到那是佩罗恩少校。我和佩罗恩少校并不是很熟，他当时没有穿制服。我以为他是个法国侍者，叫我去接电话。我只在门口看到了他的脸——他在门口东张西望。我妻子当时——几乎没穿什么衣服。我用手托住他的下巴，把他扔出了走廊。我身体很健壮，当时我用了全身力气。我自己知道。我当时很激动，但是面对当时的情况也是应当的……"

列文叫起来，"但是……凌晨三点！电话！"

"我当时在给总部打电话，打了一整晚！指挥官，考利中尉，也在给我打电话。我急着想知道要拿那些加拿大铁路部队的人怎么办。我进提金斯夫人的房间以后被叫去接了三次电话，还有一次是一名通讯员从营地下来找我。我还在和我妻子进行一番很艰难的谈话，关于如何分配我们家族的房产，那是一笔不小的财产，所以细节也非常繁杂。我住在提金斯夫人房间隔壁，直到那时为止，两间房间的门一直敞开着，我听见一位侍者或者通讯员敲了我房间的门。酒店夜间值班员是一位深色皮肤、不甚整洁的家伙……和佩罗恩也不是一点都不像。"

列文说："需要把这些细节都说出来吗？咱们……"

提金斯说："如果我要叙述这整件事的话，这似乎是必要的。我宁可你问我问题……"

列文说："请继续……我们接受你所说的，佩罗恩少校当时并没有穿制服。他说他当时穿着睡衣和晨衣，在找洗手间。"

提金斯说："啊！我能听听——佩罗恩少校是怎么说的吗？"

"他说的，"列文说，"和我刚才说的一样，他在找洗手间。他以前并没有在这酒店睡过。他打开一扇门寻找洗手间，然后立刻就被人大力丢进了走廊里，头撞到了墙上。他说这让他无法理解，因此对发生的事十分不高兴，他就骂了攻击他的人几句……然后奥哈拉将军从那人的房间里出来了……"

提金斯说："佩罗恩少校骂了什么？"

"他没有……"列文踌躇了一下，"哎！……他没有在他的陈述里详细解释。"

提金斯说："我猜，那些话我应该是知道的……"

列文说："这事我不知道……如果你能原谅我的话……佩罗恩少校来见过我，在奥哈拉将军之后半小时。他当时非常——极为紧张和担心。我几乎要说——是为了提金斯夫人，也很想为你开脱！看起来他可能只是随便喊了点什么……就像是'抓小偷！'或者'着火了！'但是当奥哈拉将军出来的时候，他说，当时他有点神志不清了，说他是被邀请去你妻子的房间的，而且……噢，不好意思，我不得不告诉你，最可怕的是——你想要敲诈他！"

提金斯说："啊！"

"你知道，"列文说，他已经在恳求了，"他在走廊里对奥哈拉将军是这么说的。他甚至承认这是癫狂……他并没有向我坚持这一指控……"

提金斯说："并不是提金斯夫人许可了他？"

列文眼含热泪，说："我不会再说了……我宁可辞职也不要这样折磨你……"

"你不能辞职。"提金斯说。

"我可以拒绝履行我的职责。"列文继续吸着鼻子，"这可怕的战争！这可怕的战争……"

提金斯说："如果告诉我，你相信佩罗恩少校获得了我妻子的许可这件事让你这么痛苦的话，我知道这事是真的。同样，我妻子也知道我会在那里。她想要的是好玩，并不是通奸。但是我也知道——瑟斯顿少校已经告诉坎皮恩将军了——提金斯夫人和佩罗恩少校在一起，在法国，在一个叫作伊桑若－勒－佩旺谢的地方……"

"不是叫这个名字，"列文嘟嘟囔囔地说，"是圣——圣——圣什么东西的，在塞文山脉……"

提金斯说："不要说了，就这样吧！别让你自己难受……"

"但是我……"列文继续说，"我欠你太多了……"

"我自己能，"提金斯说，"解决这件事。"

列文说："这样会伤了将军的心。他太相信提金斯夫人了。谁不会呢？谁能猜到瑟斯顿上校跟他说了什么？"

"他是个棕色皮肤、很值得信任的人，这样的人向来都了解这种事情。说到将军对提金斯夫人的信任，他很有正当理由……只是不再练兵了。这事早晚都会降临到咱们所有人头上……"他带着一丝恨意说，"不过，你就没关系。作为一个土耳其人或者犹太人，你是个单纯的东方灵魂，一夫一妻制，忠诚……我真心希望中士厨师长能有点脑子，不要把士兵的晚饭一直留着等将军检阅……但是，当然，他不会这么做的……"

"说到底，这又有什么关系呢？"列文十分激动地说，"他有时候会让士兵们等上三个小时，还是在训练的时候。"

"当然，"提金斯说，"如果佩罗恩少校跟奥哈拉将军说的是这个的话，我就不那么怀疑奥哈拉将军的冷静了。试着摆正位置。奥哈拉将军冲进我关上的那扇小门大喊：'敲诈犯在哪里？'我花了整整三分钟才把他弄走。我想到要关掉灯，而他坚持再看一眼提金斯夫人。你看，如果你这么想的话，他睡觉睡得很沉。毫无疑问，他喝了不少酒之后，突然被吵醒了。他听到佩罗恩少校在那里喊什么敲诈犯和小偷……我敢说这座城的敲诈犯是有定额的。奥哈拉可能急着想要当场抓住一个。他恨我，无论如何，因为他的宪兵团的缘故。我长得很寒酸，他也不太了解我。佩罗恩是个百万富翁，所以他并不怀疑。我敢说他一定是，据说他很抠门。可能这就是为什么他想到了敲诈这个点子，还把将军也迷惑了……"

他接着说："但是我不想知道这些……我把门上的佩罗恩关在外面，而且我都不知道那是佩罗恩。我真的以为他是夜间值班员，叫我去接电话的。我只看到了一个号叫的萨堤尔①。我的意思是，我以为奥哈拉是……我向你保证，我的头脑一直很清醒……他坚持要靠在门柱上，并要求再看一眼提金斯夫人的时候，他一直在说'那个女人''那个荡妇'，而不是说'提金斯夫人'……我当时想这事情有些蹊跷。我说'这是我妻子的房间'，说了好几次。他说了

---

① 希腊神话中好酒色、半人半羊的森林之神。

238

什么，意思是他知道她是我的妻子，而且……她在会客室里和他眉来眼去，所以这既有可能是他，也有可能是佩罗恩……我敢说他一定认为我从哪里搞了个荡妇来敲诈什么人……但是你知道……我过了一会儿就厌倦了……我看到走廊上有个他手下的军官，于是，我说：'如果你不把奥哈拉将军带走的话，我就命令你以醉酒的罪名把他逮捕。'这似乎令将军发疯了。我靠他更近一些，下决心要把他推出门外，而且他身上绝对有一股威士忌味，味道很重……但是我敢说他自己也气得发疯，真的，而且他可能有点清醒了。当时没有别的办法，我就轻轻地把他推出了房门。他边走边叫，我知道自己要被捕了。我自己也是这么想的……也就是说，一安顿好提金斯夫人，我就走到营地，我认为那是我的营房，虽然按照医疗官的命令我应该在酒店休息，因为我肺有问题。我把新兵送走了，这并不需要我下达任何命令。我回到我睡觉的营房，当时大概六点半，然后快七点的时候我叫醒了麦基奇尼，我叫他负责我的副官的工作、士兵们的战斗训练，以及我的连部办公室。我在我的小屋里吃了早饭，然后回到我的私人办公室里等待事态发展。我想，现在我把一切都告诉你了……"

# 第二章

　　爱德华·坎皮恩爵士将军，巴斯勋章、圣迈克尔、圣乔治勋章、优异服役勋章等等获得者，坐着牛肉罐头箱，俯在铺有行军毯的冷杉木桌子上，满脸光彩，正在给陆军部长写一份私人备忘录。虽然当时他心里实际上很困惑、很抑郁，但从表面上看他还是很高兴。写到每句话的结尾他都在想——他带着越来越强烈的满足感写着信！——他没用来写信的那半边脑子在说，"我应该拿这家伙怎么办？"或者"怎么才能确保不把那女孩的名字搅进这一团糟里？"

　　英国上级要求他写一份私人备忘录：在他看来，法国铁路罢工的原因是什么。于是，他别出心裁地报告了他手下大部分人的意见。这么做有些危险，因为他可能会跟英国政府发生冲突。但是他很确定，无论英国政府怎么问本地的非军方人士，他们都只会证实他本人写下的看法——他很小心地确保他所写的内容不会被当成是他本人的意见。另外，他也不关心政府会对他做什么。

他对他的军旅生涯很满意。在战争前期，他在物质上协助了动员活动以后，还在东方服役并取得了特殊成就，大部分时间负责指挥骑兵部队。他在组织与输送军团往来于海内外方面表现非常突出，并且他现在指挥的交通运输变得如此重要之后，他知道他似乎是唯一一个可以为之负责的将军。现在这变得至关重要了——这些是公开的秘密！——因为，内阁里两方意见不一致，他们任何时候都可能把大部分的英国军队移动到东方的某处。这件事背后——正如坎皮恩将军认为的那样——至少跟大英帝国的政治必要性、插手世界政治，以及军事动向的策略有关——而这一事实常常被遗忘——至少可以说：大英帝国利益的优势可能在中东和远东——也就是说，在君士坦丁堡的东部。他们可以否认这一点，但是这一计划是可以实施的。当前在西方前线的行动非常艰苦，甚至值得称赞，至少最近一段时间都是如此。但是西方前线与我们远东的领地相距甚远，因此，这减损而非提升了我们的威望。另外，战争开始时君士坦丁堡的那场不幸的表演几乎让我们在伊斯兰教徒面前颜面尽失。[①]因此，在土耳其的欧洲领土和印度的西北前线之间一场非常有力度的表演可以向伊斯兰教徒、印度人，以及其他东方民族展现大英帝国拥有多么了不起的威力。这也就意味着，西方前线会遭受些许损失，

---

① 指加里波利之战，是英法两国意欲攻占伊斯坦布尔（君士坦丁堡）而于一九一五年四月发动的战争，英法惨败。

241

而在西方的威信也会随之减弱，这是事实。但是帮助法兰西共和国扫清敌人对东方民族来说毫无意义，因此我们毫无疑问可以和敌国缔结条约。作为背叛我们的盟军的代价，这样不光可以保全我们的帝国，还可以扩大我们的殖民地范围，因为敌国短时间之内不太可能想要背上殖民地的包袱。

坎皮恩将军对抛弃盟军这件事并没有过于伤感。作为战争组织，他们赢得了他的尊重，这对一名职业军人来说是很重要的一件事。但是，无论怎么说，他**还是**一名职业军人，扩大大英帝国疆域的前景不能因为感情用事的耻辱就不屑一顾地放弃。这样的协议在战前、在战争期间影响了很多国家，毫无疑问，这种协议以后还会有很多。另外，政府也可能会拿到偏爱敌国、非常强势、很有威胁的那一小撮英国人的选票。

但是，当讨论到战略层次的时候——应该牢记，军团的部署移动实际上是跟敌军有联系的——坎皮恩将军毫不怀疑这个计划一定是一个疯子想出来的。这么做的耻辱当然需要考虑到——但它简直毫无可行性。如果我们从西方前线撤军，我们的溃败将会无法预料的可怕，或者非军方的首脑也可能会故意将其忽略。但是将军几乎可以真实地看到那可怕的场面——作为一名职业军人，想到这一场面他就浑身发抖。在全国范围内，他们还有大量军团至今还没有跟敌军有过任何接触。如果他们撤回这些兵，当地人就会从友好市民一下子变得极不友善，而把军队从不友善的地方撤离，跟从当地居民可以伸出援手的地方撤离相比要费时得多，或者至少后者少了很多阻挠。另外，他们还要考虑如何给这支庞大的部队提供装备，毫无疑问，得向他们提供弹药，因为他们几乎肯定要突破敌人的防线的。没有当地的铁路支持几乎是不可能的——然而这件事一旦发生，铁路就会被立刻中断使用。另一方面，如果他们通过缩短前线进行撤退的话，这一切都会进行得很艰难，因为士兵受过的训练仅限于在前线战壕里战斗，而军官对如何时刻保持小队之间的联系一无所知，尽管这对撤退中的军队来说至关重要。实际上，军营里几乎彻底放弃了训练，他们所教授的内容几乎仅限于投掷炸弹、使用机枪和其他一些技能，而巧舌如簧的非军事官员则逼迫着陆军部几乎彻底忽略了步枪。因此，一旦听到一点点撤退的风声，敌军一定会突破重围，逼近他们大片的、毫无组织章法，或者只是稍微有些组织的后方部队……

职业军人倾向于镇静地对待这类事情。当先头部队的指挥官惨败的时候，不少将军通过从后方组织军队撤退而名噪一时。但是坎皮恩将军拒绝了名噪一时的诱惑。他无法冷静地想象他手下的士兵惨遭屠杀，而没有屠杀就不可能完成这一撤退行动。这支队伍，除了进行过前线作战方面粗枝大叶的训练以外，基本上就是一群平民。他对带领这支队伍完成如此精细又匆忙的任务几乎不抱希望。他很自然地为这一可能性做好了准备，在他自己的营房里准备了四块巨大的黑板，上面挂着纸，他每天都在黑板上更换各小队的名字，在他们经过他手的时候，或者他们可供调遣的时候。虽然如此，他每天晚上睡觉之前还是特意祈祷，希望这一职责最终不会落到他的肩头。他对他在指挥部里的人气十分自豪，因此，如果他给他们造成如此可怕的压力，如此难以忍受的痛苦，他根本无法想象军队的人会如何看待他。英国政府询问他撤退将会对这一计划带来什么影响。在他做出回复的那份备忘录里，他非常强有力地叙述了这一情况。但是他认为政府里的非军方成员对参加这些行动的人的痛苦漠不关心，对军事方面的迫切需要也没有任何概念，写给政府部门的这些内容可能都白写了……

因此，这一切迫使他给陆军部写了一封信，他知道一定有某些将要细读这封信的人士会感到非常不快。实际上，他边写边笑出了声，背后的门敞开着，阳光洒在他闪闪发光的轮廓上。

"请坐，提金斯。列文，十分钟里我不需要你帮忙。"他头也不抬，继续写着字，眼睛余光看到提金斯仍然站着，这让他感到不快，于是他有些恼怒地说，"坐下，坐下……"

他写下，"当地居民普遍认为，如果说这个国家的政府并没有主动支持并造成当下严重的交通问题，至少也是视而不见。也就是说，这只是给我们点颜色看看，以期望让我们知道，如果我以任何办法把大量士兵撤回本国或者其他地方的话将会是什么结果。这也是一次为了表达他们对单一控制权的认可而进行的示威——在这里，这种评价很受重视，因为这对结束冲突的速度和是否成功至关重要……"

将军停下来思考了一下这个句子。这个句子很简单，很快速地闯入了他的脑海。他自己绝对是支持单一控制权的，而且，在他看来，无论如何，这都对结束冲突至关重要。在整个军事史上，只要是关系到军队联合行动的事件——从薛西斯①的战争到希腊人和罗马人的战争，从马博罗战役到拿破仑和一八六六到一八七〇年间普鲁士的王朝战争——和人数众多但是不能很好地配合，或者根本不能配合的联军相比，几支比较小的同样的武装力量更要加高效。现代武器的发展让现代战争中的策略变得毫无意义，只有时间和战术数据才有意义。而今天，就像先前希腊战争中的盟军一样，胜利与否取决于武装力量到达的时机，而致命武器无论是远在三十公里以外还是靠手持都没有任何区别；无论你是从地面还是地下，通过抛掷导弹还是散布毒气，都一样。赢得战斗、战役，最后，赢得整场战争的是决定武装力量到达的时机的那个人——这必须是一个有能力在此时此刻统领军队的人，而不是五六个人互相要求对方完成某项任务，而这些任务又有可能不符合另外一个或者五六个人的利益……

列文悄悄走进来，往行军毯上放了一张便笺，正好在将军正在写的便签条旁边。将军读了那张便条，"**长官，T.**②**完全同意你对事实的分析，不过他更倾向于认为 O.H. 将军的做法是合理的。他把自己彻底交到了你手里。**"

将军长吁一口气。涌进来的阳光非常明亮。提金斯佩上皮带时迟疑了一下，整颗心都沉了下去。但是他，坎皮恩，无法得体地拒

---

① 即薛西斯大帝,大流士一世之子和继承人,发动第二次希波战争,惨败,波斯帝国由此转衰。

② 指提金斯。后文 O.H. 将军指奥哈拉将军。

绝提金斯上军事法庭的要求，如果他坚持要求的话。他有权利公开。拒绝他是不可能的。这之后就要出事了。因为，坎皮恩已经认识奥哈拉将军差不多二十五年了——或者肯定有三十年了！——坎皮恩很确定奥哈拉就是个醉鬼。但他和奥哈拉又十分亲密——他是一个老派的、作风很不讲究的将军，骂起人来一套一套，但是又很有能力！这让他大大松了一口气。

他突然说："坐下，你不能坐下吗，提金斯！看到你站在那里我就不爽快！"他对自己说："一个顽固的家伙……为什么，他不是走了吗！"他的头脑和眼睛都还停留在他刚才写下的最后一句话上，而不快的感觉仍然没有消散。他重新读了一下最后一句话："单一控制权——在这里，这种评价很受重视，因为这对结束冲突的速度和是否成功至关重要……"

他看着这句话，喘气的同时吹了个口哨。这有点过分。没有人问他对单一控制权有什么看法，但是他决定插上一手，而且他做好了承担其后果的充分准备。后果可能很糟糕，他可能会被遣送回家。这是很可能的。甚至这样也好过可怜的普夫勒斯，这家伙手上缺人。他和普夫勒斯一起读的桑赫斯特①。他们在同一个团，同一天拿到了委任书。那名该死的非常好的士兵脾气太急了。虽然他手上缺人，他做得还是非常不错，在部队里有口皆碑。但是，这一定让他很焦

---

① 即桑德赫斯特皇家军事学院，英国一所培养初级军官的重点院校，位于伦敦西部。它曾与美国西点军校、俄罗斯伏龙芝军事学院，以及法国圣西尔军事专科学校并称世界"四大军校"。

虑，也向他手下的人施加了很多不适当的压力。总有一天——一旦天气变坏——敌军**一定**会突破重围。然后他，普夫勒斯，就会被遣送回家。威斯敏斯特和唐宁街的人就想这么干。普夫勒斯一直都太过于口无遮拦了。在他碰上天灾人祸之前他们不会送他回家，因为，除非他蒙受了耻辱，他一直都是某些人的眼中钉、肉中刺。但是如果他蒙受了耻辱，就不会有人听他的了⋯⋯这是一个聪明的办法⋯⋯**绝巧的办法！**

他把刚才正在写的纸条丢到桌子对面，对提金斯说："看看这个，好吗？"在小屋中间，提金斯笨重地坐在牛肉罐箱子上，一位通讯员彬彬有礼地给他拿过来的。"他看起来**确实**衣衫不整，"将军说，"他的紧身上衣上有三块——四块油渍。他得去剪剪头发了！这事情太糟糕了。除了这个家伙以外谁都不会陷进这种事。他是个狂热分子。他就是这样，一直都是个狂热分子！"

提金斯的事情让将军非常摇摆不定，他十分犹豫。他大部分人生都和他姐姐科罗汀·桑德巴奇生活在一起，自从他从印度回国以后，剩下的大部分时间都在格罗比——他在印度的时候在提金斯父亲手下服役。他崇拜提金斯的母亲，她是个圣人！实际上，如果他仔细想想，他会发现他人生中最诗意的部分都是在格罗比度过的。印度并不太糟糕，但是只有年轻人才能享受那种乐趣⋯⋯

实际上，前天他还在想，如果这封信真的会导致他被遣送回家，他应该申请克里弗兰议会部的工作，格罗比就在那里。算上格罗比的影响，他外甥又在那个区工作，即便卡斯尔梅恩并没剩下多少土地，再加上桑德巴赫在铁矿产区的影响，他能争取到这个工作的机会是非常大的。这样他就会让自己成为某些人的眼中钉、肉中刺。

他也想过自己住在格罗比。把提金斯赶出军队很容易，这样他们——他、提金斯、西尔维娅——可以住在一起。这就是他心目中理想的家。

因为，当然，作为一名军人他已经有点老了，除非他拿到一支作战部队，否则，对一个六十岁的人来说，军队里已经没有多少事业前途了。如果他**真的**拿到一支作战部队的话，他很确定高贵的、重要的政治工作还是由贵族来完成。他在印度可能比较有话语权，但是这就意味着死的时候还是个陆军元帅。

另外一方面，他有可能去的唯一一支部队——除了死掉以外，但是指挥官的健康比例还是非常高的！——就是可怜的普夫勒斯那里。这并不是支令人愉快的队伍，士兵全都精疲力竭。他决定把整件事怪到提金斯头上。提金斯，像个面粉口袋一样，刚刚看完他那封信的草稿，正抬头看着他。

将军说："好吗？"

提金斯说："很了不起，长官，你在这个问题上意见如此坚定。说话一定要这么坚定，否则我们就输了。"

提金斯继续说："我很确定，长官……除非你想放弃你的统帅，改行投身政治……"

将军说："你是这么认为的吗？"

将军叫起来："你是最了不起的家伙……我刚刚正是这么想的，就是这一分钟。"

"没那么了不起，"提金斯说，"像你这样一位思想活跃的将军正是议院所需要的。你的姐夫需要的时候随时都可以得到一个贵族身份，任何时候西克里弗兰都可能被清空，他和卡斯尔梅恩的影响——你的外甥不剩多少土地，但是他的名字在当地非常受尊敬……而且，当然了，你可以把格罗比当成你的总部……"

将军说："这可够糟糕的，不是吗？"

提金斯纹丝不动，说："啊，并不是这样，长官。西尔维娅将要收回格罗比，你当然可以把它当成你的总部……你的猎狗还在那里呢……"

将军说："西尔维娅真的要收回格罗比……老天！"

提金斯说："所以这就不是什么戏法了，长官，如果你不介意的话……"

将军说："以我的灵魂发誓，我宁可放弃天堂……不，不是天堂，但是我宁可放弃印度，也不要放弃格罗比。"

"你在印度，"提金斯说，"将会有绝巧的机会，问题是，以什么方式？如果他们把十六小分队给你的话……"

"我不愿意，"将军说，"想到自己将要接替可怜的普夫勒斯。我和他一起读的桑德赫斯……"

"这个问题，长官，"提金斯，"取决于哪个才是最好的选择，对国家也好，对你自己也好。我猜测，将军会倾向于掌管西方前线的军队　　"

将军说："我不知道。逻辑上讲，职业生涯应该结束在那里，但是我并不觉得我的职业生涯应该结束了。还很健壮。十年之后又会有什么区别呢？"

"我很想看到，"提金斯说，"你以后还会这么健康……"

将军说："没人会知道我是要掌管一支战斗部队，还是要掌管该死的怀特利百货公司<sup>①</sup>……"

提金斯说："我知道，长官，但是如果佩里将军被遣送回家的话，十六小分队将非常急切地需要一个好将军，特别是一位能得到军官和士兵一致信任的将军……这将是一个绝妙的职位。战后，你会获得现在活跃在西方前线上的所有人的支持。你当然会得到贵族身份……这样的立场绝对比在下议院——像你到时候会做的那样——做一个自由职业者要稳固得多。"

将军说："那我要拿这封信怎么办？这信写得很不错。我可不喜欢浪费那些信。"

提金斯说："你想要表现出无论如何你都支持单一控制权，但是你又不希望因为这话是你自己说的，他们就可以对你为所欲为？"

将军说："就是这样，我就是这么想的……我猜在这件事上你跟我的看法是一致的。政府假装将西方前线的军队撤走，移到中东，可能只是一个幌子，想要吓唬联军放弃单一控制权。同样，这次铁路罢工是一次反示威活动，只是为了显示如果真的撤退的话会发生什么……"

提金斯说："看起来是这样……我，当然，不信任内阁，我甚至不像以前那样和他们还有联系了……但是我应该说，内阁里支持

---

① 伦敦首家百货公司。

东征的人非常少。据说这一派只有一个人——带着几个小跟班——但是为了说服他就耽搁了这么久。我是这么看的。"

将军叫起来："但是，老天！这种事怎么可能呢？这个人走在马路上的时候，头上一定有一百万——我是说，一百万——人的血。他受不住的……这个家伙现在拖着我们就是拖延整场战争。而且不停地死人！……我不能……"他站起来走了几步，在小屋里来回踱步……"在布罗德施托姆[①]，"他说，"我手上死了半个连的人……是我自己的错，我承认。我得到了错误的信息……"他停了停又说，"老天！老天！我现在几乎可以看到……无法忍受！十八年之后也是一样。我当时是个陆军准将。那是我自己的团——格拉摩根郡人……他们挤在一条小沟里，就这么被炸死了……我眼睁睁地看着，但是我们又没法用我们的炮对抗布尔人的炮以阻止他们……那简直是地狱，那真的是地狱……我之后再也没有检阅格拉摩根郡人，一直到战争结束。布勒[②]也一样，布勒比我还要糟糕，他在那之后再也没有抬起过头。"

提金斯说："如果你不介意的话，长官，不必再说了……"

将军踱着步，突然停了下来，说："呃？怎么了？你出了什么事？"

提金斯说："昨晚我这儿死了个人。就在这个屋子里，我就坐在

---

① 所指战役发生于布尔战争期间，是英国与南非布尔人建立的共和国之间的战争。历史上一共有两次布尔战争，第一次布尔战争发生在一八八〇年至一八八一年，第二次布尔战争发生在一八九九年至一九〇二年。

② 雷德弗斯·布勒将军，第二次布尔战争英军连连失利，便是由他指挥。

这个地方。这让我……这是种——情结，现在他们这么说了。"

将军叫起来："老天！请你原谅，我亲爱的孩子，我不应该……我从来没有在别人面前这样做过，在布勒面前没有，在加塔克①面前也没有，他们是我最亲密的朋友。在斯皮温山之战②之后我再也没有……"他停了停，说，"这些老故事你不会有兴趣了……我对你绝对信任。我知道你不会背叛你所见到的……我刚才所说的……"他停了下来，试着装出聆听喜鹊叫声的样子。他说："在南非我被叫作屠夫坎皮恩，就像加塔克被叫作累断腰一样。我不想他们叫我别的，因为我在你面前表现得像个混球……不，该死的，并不是个混球。我那么喜爱你圣人般的母亲……这是任何一位指挥官所能得到的最令人自豪的颂词了……被叫作屠夫，即便这样你的士兵还跟着你。这表现出的是信任，而且这也给你，作为一名指挥官，自信！……要做好在正确的时机失去几百号士兵的准备，这样才能避免在错误的时机失去成千上万！成功的军事行动并不在于夺取或者保留某些战略位置，而是在于以最少的牺牲最有效地夺取或者保留这些位置……我真心希望你们平民能把这个记在脑子里。士兵们都是知道的。他们知道我对他们会很残忍——但是他们也知道我不会浪费一条生命……该死的，如果在我还在你父亲手下的时候，想到我会惹上这样的麻烦……让咱们回到刚才的话题……我给陆军部的

---

① 第二次布尔战争中的斯托姆贝赫战役中威廉·加塔克中将有一百三十五人被杀，六百九十六人遭俘虏。

② 第二次布尔战争中的一次战役，英军惨败。

便条……老天！这家伙读莎士比亚的时候该怎么想，**有多少的腿、多少的胳膊、多少的头要给砍下来；将来有一天，它们又结合在一起了**[①]……怎么说来着？亨利五世对他的士兵说的……**每个臣民都有为国效忠的本分……可是每个臣民的灵魂却是属于他自己掌管的……国王出兵，就算他是完全理直气壮的……老天！老天！……他也无从叫所有的兵士都免除了罪孽**……你这么想过吗？"

提金斯突然十分担忧，将军一定有些混乱了。但是因为什么呢？没时间想这个了。坎皮恩一定工作得太辛苦了……

他叫起来，"长官，你难道不应该更好吗！如果咱们回头看看你的便签……我准备写一份报告，意思和你的一样，关于法国平民的态度。这样责任就在我了……"

将军焦虑不安地说："不！不！你承受得已经够多了。你的机密报告里说，他们怀疑你跟法国人有太多共同利益。这样这整件事就不可能了……我会叫瑟斯顿写点东西的。他是个好人，瑟斯顿，很靠得住……"

提金斯耸耸肩膀。将军令人吃惊地继续说下去："**可是在我背后我总听见时间带翼的马车急急追赶；而横陈在我们眼前的却是无垠永恒的荒漠！……**[②]这就是一位将军的在这被诅咒的战争中的人生……

---

① 这是《亨利五世》中士兵边克尔·维廉姆斯在第四幕中的台词。本段后两句台词，同出第四幕。

② 摘自英国玄学派诗人安德鲁·马维尔（1621—1678）代表作《致羞怯的情人》，中译采自《致羞怯的情人：四百年英语情诗名作选》，陈黎、张芬龄译。

你觉得将军全都是没文化的傻瓜。但是我花了很多时间读书，虽然我没读过任何十七世纪以后写下的文字。"

提金斯说："我知道，长官，我十二岁的时候你就让我读克拉伦登的《伟大战役历史》。"

将军说："如果我们……我可不想……简单地说……"他咽了咽口水——很少见到他这么做。他瘦得让人心疼，如果你只看看他本人，而不是他的制服。

提金斯想，"他为什么这么紧张？他整个早上都很紧张。"

将军说："我想说——这本不该由我来说——如果我们再也见不到面的话，我不希望你认为我是个无知的人。"

提金斯想，"他没有生病，他也不会认为我病情严重到快要死了……这样的家伙真的不知道怎么表达他自己了。他想对人和蔼可亲一些，却不知道该怎么做才好。"

将军停了下来。他开口说："但是马维尔还写过更好的诗……"

提金斯想，"他在争取时间……为什么他要这么做？……这都是关于什么的？"他的头脑慢了一拍。

将军看着他在行军毯上的指甲，说："比如说，**坟墓是个隐秘的好地方，但没人会在那里拥抱，我想……**"①

听了此话，提金斯忽然想起了西尔维娅，轻柔的薄纱遮在她修长、闪光的双臂上……她正在给腋下扑粉，梳妆台两侧各有一盏电灯，将她笼罩在一片明亮的光芒中。她透过玻璃望着他，只动了动

---

① 同出自马维尔《致羞怯的情人》。

嘴角，显出微微的弧度……

他自言自语道："人们都是要去那个隐秘的好地方的……为什么不呢？"她散发着檀香木的香水味。当她用天鹅绒毛般的粉扑拂过那些私密的地方，他听见她哼唱着，满怀恶意！就在那时，他看到门把手微微转了一下。她的手臂美得惊人，在一堆杂乱的镀了银的化妆品之间伸开来。极为撩人！但是很清白！她金色的礼服正好裹住臀部，坐在椅子上。

啊！她扯下太多淋浴链子了！

闪闪发光，光辉夺目，但又皱缩着，让提金斯想到雕花头盔里一个快要坏了的苹果。将军再一次在铺了行军毯的桌前的牛肉罐头箱子上坐下来，拿起他粗大的金色墨水笔，说："提金斯上尉，我请你谨慎对待！"

提金斯说："长官！"他的心沉了下去。

将军说这个下午提金斯将会收到调遣通知。他生硬地说："你一定不要以为新的调遣通知是一种耻辱，这其实是提拔。"他，坎皮恩上将，要求掌管军需处的上校在他的，提金斯的士兵手册上写下最高的嘉奖。他，提金斯，在给最艰难的问题寻找解决方法上表现出最卓越的才能——上校要这么写！——另外他，坎皮恩将军，将要求他的朋友，佩里将军，指挥第十六小分队的那位……

提金斯想，"老天！我要被送上前线了。他要送我去佩里的部队……死是肯定的了！"

提金斯被指派负责佩里的团的第六营！

提金斯说道，但是他不知道这话是从哪里冒出来的，"帕特奇上校一定不愿意这样。他还在祈祷麦肯奇尼能回去呢！"

他对自己说："他们这样对待我，我绝对要斗争到最后一息！"

将军突然叫喊着，"你看……这又是一件让你急死的事情……"

他憋住没有说下去，然后，像非常权威的人士对非常不重要的下属说话那样，干巴巴地问："你的健康状况是第几类？"

提金斯说："永久后方基地，长官。我的肺烂了！"

"如果我是你，我就会忘记这件事……副指挥除了坐在扶手椅上等着上校被杀以外无事可做。"将军补充了一句，"我最多只能帮你到这里了……我非常仔细地想过了，我最多只能帮你到这里了。"

提金斯说："当然，我会忘记我的健康状况，长官……"

当然，提金斯永远不会抗议别人怎么对待他！

终于来了，自然的灾难！就像在电闪雷鸣中，大坝溃塌了。他的头脑正在跟洪水搏斗。什么才是最恐怖的？是泥水，是噪音，还是总是藏在心里的恐惧？或者担忧！担忧！你的眉毛上总集聚着紧张……就像视觉疲劳！

将军冷静地开口，"你会知道的，我无法为你做什么别的了。"

"当然，长官，我知道，没什么可以做的了……"这听起来足以惹恼将军。将军想听到反对，他想让提金斯提出异议。他仿佛是罗马的那位父亲，命自己的儿子自杀，但他想听到提金斯的劝诫。这样，他——坎皮恩将军——就可以彻彻底底地证明提金斯是个不体面的人……这法子不奏效。

将军说道："你会明白，我不可能——没有哪个指挥官可能！——允许自己治下发生这种事……"

"既然你这么说，我必须接受，长官。"

将军挑起眉毛看着他，说："我已经告诉你，这是晋升。我非常佩服你的指挥能力。当然，你不是一名士兵，但是你会在民兵部队里做一位了不起的军官，而我们现在的军队都是民兵……我强调一下，除了在军队中失职的军官以外，没有一位军官有你这样难以理解、令人尴尬的私生活……"

提金斯说："你太直接了！"

将军说："一位军官的私生活和他军队生活之间的关系就像战术和策略之间的关系。如果我可以避免，我就不想追究你的私生活。这非常令人尴尬……但是让我这么对你说吧……我希望小心谨慎一点。但是你什么都有了！你的妻子是一个极为美丽的女人……又出了丑闻……我知道这不是你的错，但是如果，在发生这些事之后，我还显示出对你特别优待的话……"

提金斯说："请不要再说了，长官，我明白。"他试着想象忧郁而讨厌的麦肯奇尼所说的话……仅仅是两个晚上之前……他记不得了……肯定是在暗示西尔维娅是将军的情人。他记得，当时这好像不可思议……啊，他们**还能**怎么想？他对自己说："这绝对彻底阻止了我在这里待下去！"他大声说："当然，这是我的错。如果一个人对付不了他身边的女人，让她们失去控制，他只能责怪自己。"

将军继续说着，他的一位前任正是因为跟女人有关的丑闻才失去了这支部队。他把这个地方变成了该死的后宫！

他爆发了，用他奇怪的、突出的眼球紧盯着提金斯，"如果你认为我更在乎失去我的部队，而不是西尔维娅，或者任何该死的社交名媛……抱歉……"

他继续有理有据地说:"我不得不考虑我的士兵。他们认为——他们只要愿意,无论如何都有资格这么想——一个在女人方面无法令人信任的人,他们也不愿意把他们的性命交到他手里……而且他们可能是对的。一个不值得信任的人,我并不是说一个把姑娘安置在茶店里的家伙,而是一个出卖自己的妻子,或者……无论如何,在**我们**队伍里……法国人可能不一样!啊,这样一个人在打仗的时候通常会被贴上胆小的标签。注意,我可不是说一直是这样。通常,他们一般说这样的家伙是……"

他开始讲一个故事……

提金斯意识到他正悲惨地尝试逃避令人焦虑的现实,当他在印度的时候,大家都是真正的士兵,都用着上好的皮子,练兵真的是练兵。但是他并不觉得将军要求他听着他的话。他也没法专心听,他要上前线了。

他不停地想着。这将是什么样的结果?他回顾自己的军旅生涯,他以前在类似情况下都是怎么想的?……但是从没出现过类似情况!上战场的时候、挨过一场硬仗的时候、例行准备的时候都够糟糕、都够令人厌恶的了——甚至还有在死伤救助站的时候!但是他的厌恶都在身体上表现得更为强烈。他从来没有像现在这样抑郁、这样受打击过。

他对将军说:"我知道我不能再待在这支队伍里了。我很遗憾,因为我很喜欢这支小队……但是这真的意味着我要去第六营吗?"

他很好奇自己现在的动机是什么。他为什么要问将军这个呢?

事情在他眼前如影片般展开。黎明时分，他从一辆法国火车上笨拙地爬下来。光线照在那些白色的大块面包上——半条半条的——由那些在黎明中忽隐忽现的军人向下传给身边的人……英国军团的帽子上显现出椭圆形的光斑；他们大部分是从西部乡村来的。他们看起来并不是很想要那些面包……木质河坝上方出现一根长长的光柱，然后，突然，铺天盖地，发出一阵声响！这种感觉非常像是在高沼上一户村民的洗衣房下躲雨，然后听见村民的衣服正在铜锅里沸腾翻滚……噗……噗……噗噗噗噗……噗……并不是很响——但是非常吸引注意力！……低空轰炸来了！

将军说："如果我还能为你做什么的话，我会做的。但是你惹上的这些麻烦，它们把所有路都挡住了。你知道我要求暂时停掉奥哈拉将军的职吗，直到现在？"

看到将军如此不信任他的下级，就像他信任他们一样，提金斯感到很吃惊！……这可能是他成为一位如此成功的军官的原因。找你信任的人为你工作，但是从来不信任他们——在某些弱点上；酒精，女人，钱！……啊，他对人太了解了！

他说："我承认，长官，我错看了奥哈拉将军。我对列文上校也是这么说的，而且我解释了原因。"

将军带着得意扬扬的讽刺说："这事做得可真他妈漂亮。你逮捕了一位将军，然后你说你错看了他！我并不是说你当时没有履行职责……"他继续回顾一名手下的经典案例，在《国王条例》里有记载，威廉四世时代的，他的上校练兵时醉酒，而他没有将其逮捕，所以被送上了军事法庭，名誉扫地……他兴奋地着迷于展示他不合

259

时宜的博学多才。

提金斯听见自己非常慢地说："长官，我坚决否认我逮捕了奥哈拉将军！我非常仔细地和列文上校谈了这件事。"

将军脱口而出，"以上帝之名！我以为那女人是个圣徒。我发誓她是个圣徒。"

提金斯说："你不能指控提金斯夫人，长官！"

将军说："以上帝之名，我当然能！"

提金斯说："我准备好承担全部责任，长官。"

将军说："你不能！我下定决心把这事追查到底。你对你妻子非常糟糕，你得承认这一点。"

提金斯说："你需要仔细考虑，长官……"

将军说："你实际上已经和她分居几年了？你并不否认这是你自己的过失造成的。几年了？"

提金斯说："我不知道，长官……六七年！"

将军尖刻地说："那么，你想想……这是从你向我承认，你因为在烟草店里藏了个女朋友，把钱都花光了的时候开始的？一九一二年在莱伊……"

提金斯说："从一九一二年我们就没有什么关系了，长官。"

将军说："但是为什么呢？她是个那么美的女人。她真可爱。你还想要什么？她是你孩子的母亲……"

提金斯说："真的有必要纠缠这些吗，长官？我们的分歧是因为——因为性情的不同。她，像你说的，是一个美丽而残忍的女人……她的残忍是很值得尊敬的。而我，另一方面……"

将军叫起来，"是的！就是这个。你他妈的是个什么东西？……你又不是个士兵。你原本可以做个该死的好士兵。你常常让我感到惊奇，但是你是场灾难。对所有跟你扯上关系的人来说，你都是场灾难。你像头猪一样自负；你像头牛一样顽固……你逼得我要发疯……你还毁了这个美丽女人的人生。因为我一直相信她曾经有着圣人般的性情……现在，我等着你向我解释！"

提金斯说："在日常生活里，长官，我是个统计学家。我是统计局的第二秘书……"

将军十分信服地叫起来，"他们把你从那里也赶出来了！因为你惹上了这些莫名其妙的麻烦……"

提金斯说："因为，长官，我支持单一控制权……"

将军开始了一场漫长的争吵："但是你为什么要这样？这事跟你有什么关系？"提金斯就不能给统计局他们想要的数据吗——就算这意味着要伪造？如果下级人员按照良心办事，会遭受什么惩罚？本国政府想要伪造数据好毁掉盟军……啊……提金斯是法国人还是英国人？提金斯做的每一件**该死的**事……每一件该死的事，都让人更加没有可能帮他做点什么！根据他的成就，他应该在法国总指挥官下属的参谋部里工作。但是在他提金斯的机密报告里，这个可能性被排除了。有一条特别的注释导致了这一后果。那么，以上帝之名，提金斯还能被送到哪里去呢？他用热切的蓝眼睛看着提金斯，"还能去哪里呢，看在老天的分上……我不要这样亵渎主的名字……你**还能**被送去哪里呢？我**知道**送你上前线可能就是让你送死——在你这种健康状况下。而且是去可怜的佩里的部队。只要天

261

气一坏，德国人立马就能突破防线。"

他又开口说："你知道，我并不是陆军部的。我没办法把任何一个军官送到任何一个地方。我也不能送你去马耳他或者印度，或者法国的其他部队。我可以送你回家——解职。我可以把你送到你自己的部队去——晋升！你知道我的处境了吗？我没有别的办法。"

提金斯说："并不是完全没有，长官。"

将军咽了咽口水，身体左右摆动。他说："看在老天的分上，试试看……我真为你担心。我不会——如果我真的这么做就太该死了！——让你看起来是被耻辱地解职了……如果你是麦肯奇尼，我就不会这么做！我能安排给你的好工作都在我手下那里，但是我也不能把你安置在这里。因为我的士兵，同时……"

他停了停，带着深思熟虑的害羞说："我相信有上帝，我相信。虽然世间有太多罪恶，但是正义最终会成功！如果一个人清白，他的清白有一天终将显现。我卑微地希望上苍助我，我希望有人有一天可以说，'**坎皮恩将军，他很清楚事情应该怎么办**……'提拔你！在发生了这种事的时候……这并不是很重要。但这并不是任人唯亲。我可以为任何一个在你的位置上的人这么做。"

提金斯说："至少这是一位信仰基督教的绅士的行为！"

一种失去了光泽的欢愉浮现在将军的眼中。"我不习惯这种情况，我希望我总是可以帮助我的下级军官，但是在这种情况下……"他说，"该死！负责法国第九陆军部队的将军是我一个亲密伙伴……但是看了你的秘密报告——我**不能**为你向他求情。那条路也封死了！"

提金斯说："我并不是想建议你，长官，无论如何，要把任何权

262

力集团的利益放在我们国家之前。如果你看看我的秘密报告，你会发现插入的负面内容下面的签名是 G. D.，这是一位德雷克少校签名的缩写。"

将军困惑地说："德雷克……德雷克……我听过这个名字。"

提金斯说："这不要紧，长官，德雷克少校是一位不太喜欢我的绅士。"

将军说："这样的人太多了。你从来没有试着让人喜欢，我必须得说！"

提金斯对自己说："这老家伙感觉到了！但是他几乎想不到我会告诉他，西尔维娅认为德雷克是我自己的儿子的父亲，而他想要毁掉我！"但是，当然，这老家伙**会**感觉到。他，提金斯，还有他妻子，西尔维娅，就好像这老人自己的儿子和女儿。老人问他，提金斯，还能被送到哪里，明显的答案是提醒他他哥哥马克下了一道命令，要求将提金斯派往交通运输支部……他**能**这样提醒这位老人吗？可以这么做吗？

然而指挥交通运输支部对提金斯来说就好像天堂。有两个原因：这个地方比较安全，他只要照顾一大堆马；还有，得想到这份工作会让瓦伦汀·温诺普的心平静下来。

天堂！……但是一个人要耍嘴皮子就**能**从一个艰难的换到一个容易的吗？其他某个可怜的家伙可能也非常需要这份工作。另外一方面——想想瓦伦汀·温诺普！他想象她受尽折磨，在伦敦漫无目的地乱晃，想着他在一支在劫难逃的部队里最糟糕的岗位上。她肯定会听说的。西尔维娅会告诉她的！他敢打赌西尔维娅会给她打电话告诉她。那么，想象一下，给马克写信，告诉他他转到了交通运输部队！马克会在半分钟之内告诉那姑娘的。为什么……他，提金斯，会发电报。他想象自己在将军说话的时候写下一张电报，在谈话结束的当刻递给一位通讯员……但是他怎么才能把这个点子塞进老人家的脑袋里呢？……会这么做吗，比如……比如，一位英国国教的圣徒会这么做吗？

之后……他真的能做这份工作吗？不时跳到他眼前的、对〇九摩根那该死的执念怎么办？他昨天骑在朔姆堡身上的时候，〇九摩根就好像是在那个长了个棺材脑袋的牲畜肩膀旁边。这马一定是倒下了！……他冲动地想要把那匹马拉起来。而同时还有可怕的忧郁！多么沉重！昨晚在酒店里，他想到自己本来可以像在努瓦尔库尔的那次一样赦免摩根的时候，几乎要昏厥过去……这事情越来越严重了！这可能意味着他提金斯的脑子上裂了一条缝。一点损伤！如果是这个原因的话……〇九摩根，像往常那样，脏兮兮的脸上带着他们下等民族神秘兮兮的神色，从他的马的肩头旁边浮了起来！但是，是活生生的，并没有被炸掉半个脑袋……如果发生了这样的事，他就不适合负责交通运输部门了，因为这意味着要经常骑马。

但是他可以试一试……另外，某个该死的文艺界的非军方蠢货可能会给报纸写一些热情洋溢的信，坚持要求废止使用军队里的马和骡子……因为他们的粪便传染疾病！陆军委员会可能会规定再也不能用马了！……想象一下，连夜用卡车运送军需物资，那些天才们就是这么想的！……

他记得有一两次——一定是一六年九月份——当时他的任务

是把军团从洛克尔转移到英国总部，当时总部在克梅尔村的城堡里……你把你所能想到的金属全都裹得严严实实：马嚼子、拖链、车轴……**然而**，当你几乎无法呼吸的时候，在伸手不见五指的黑暗里总有个该死的东西叮叮当当：老铁皮发出的声响……然后砰一声，在一声长长的哀号之后，会落下一颗德国炮弹，正落在他们顺着往下走的山间小路的拐弯处；那里的标语牌要求不要超过两个人一起走……想象一下，用卡车运货，五公里以外就能听见！……这样军团就会急缺物资！……同一个不是骑兵的天才还产生了这种宁可让联军输了这场战争也不要让骑兵在任何一场战斗中展示出自己的骑兵身份的想法！……为了清除大粪，他还真是满怀激情、费尽心思啊！……或者可能这种对马匹的恨意是一种社交手段……因为骑兵留着长长的胡子，抹着望加锡头油，早饭吃鱼子酱和巧克力，喝波马利·格雷诺香槟，所以一定要把他们废除！……之类的……他叫起来，"老天！我的头脑怎么尽胡思乱想！这还要持续多久？"他说："我已经累得受不了了。"他已经有一会儿没注意到将军说了什么了。

将军说："好吧。他有吗？"

提金斯说："我没听明白，长官！"

"你聋了吗？"将军问，"我很确定我说得足够清楚了。你刚才说我们的营地里没马。我问你掌管仓库的上校是不是有一匹马，一匹德国马，据我所知！"

提金斯对自己说："老天！我刚才在跟他说话。这是怎么回事？"好像他的头脑发生了山体滑坡。

提金斯说："是的，长官，朔姆堡。但是因为那是一个德国俘虏，在马恩河捉住的，它并不是我们的兵力。它是上校的私人财产。我自己也骑它……"

将军干巴巴地叫起来，"你**会**……"他更加干巴巴地补充道，"你知道有一位叫作霍奇基斯的皇家陆军补给与运输勤务队副中尉说了你一连串坏话吗？……"

提金斯迅速说："如果是关于朔姆堡的事的话，长官，那没一点用。关于它的事情，霍奇基斯中尉没有任何权力发号施令，就像他管不了我在哪里睡觉一样……我宁死也不要把任何一匹我负责的马交给那该死的刽子手霍奇基斯，还有那个蠢猪贝臣爵士，让他们害了我们军队里的马匹……"

将军残忍地说："看起来你他妈的真的会死在这上头！"

他补充了一句："你对他们对待马匹的错误办法表示反对是完全正确的。但是这种情况下，你的反对堵死了你唯一可能的工作。"他稍稍静了静，"你可能没有注意到，你哥哥马克……"

提金斯说："是的，我注意到了……"

将军说："你知道你哥哥想安置你去的十九师现在属于第四陆军部队了吗？而负责第四陆军部队的马匹的正是霍奇基斯……我怎么能把你派到他的手下去呢？"

提金斯说："这非常正确，长官。你没有什么别的办法可想了……"他完了。除了想想他的头脑将会怎样接受这一事实以外，已经没有什么事情可以做了。他希望现在他们可以去他的伙房了！

将军说："我在说什么？我已经累得不行了……没人可以忍受

266

这种事……"他从他的短上衣里面掏出一个镶有皇冠的青金石色小笔记纸盒，从里面抽出一张折好的纸，他看了看，然后塞在腰带和上衣之间。他说："在这些我需要承担的责任之上！你想过吗？如果我为这个国家服役，你占用我这么多的精力——因为你的事情**耗干了我的精力**！——你就是在帮助国家的敌人？我现在只能睡上四个小时了……我得问你几个问题……"他指指腰带上的那张纸，折了又折，夹在腰带里。

提金斯的头脑又跳脱了一拍……对泥沼的恐惧将会一直困扰他。但是，有趣的是，他从来没有在泥沼中经历层层战火……你会以为这并不会困扰他。但是他的耳中传来一个非常疲倦的声音，带着彻底的绝望，"这让人难以忍受，正是这个毁了我们……泥沼！……"他听见这样几个字，站在盛满淤泥的火山口中，在沟壑之间，大堆大堆的黏泥，在悬崖和远方，全是黏泥……他一路向前，好奇也好，按照指示也好，从凡尔登开始，当时他还在法国军队里——在一个假日的下午，那时正无事可干，他和一位向导一起去参观远处一座堡垒……迪奥蒙？不，是杜奥蒙①……一周前刚从敌军手上抢来的……那是什么时候？他已经失去了分清时间次序的能力……十一月……某个十一月初……有着奇迹般的阳光；一朵云都没有，你紧紧陷在堆起的泥沼里面，而天空渴望着清澈……黏泥动了动……在一名边散步边吃干果、声名狼藉的法国炮兵下士身后，

---

① 杜奥蒙是法国默兹省一个市镇，属凡尔登区默斯河畔沙尔尼县。迪奥蒙，经查无所得。

他的肩膀甩来甩去……逃兵①……移动着的淤泥是德国的逃兵……
你看到不到他们。他们的领导——一位军官——戴的眼镜那么厚，
再加上那泥浆，你都看不到他眼睛的颜色，而那五六枚勋章就好像
燕子刚开始搭建的巢，他的胡子好像钟乳石……另外一些人你只能
看到他们的眼睛——非常生动！比天空还蓝！……逃兵！一位军官
带领着！汉堡军团的！就好像巴夫②的军官已经检视过了！这令人
难以置信……这位军官走过的时候，毫无愧意，但也没有半点人性
的光辉，他说："**完啦！**"这些移动的蜥蜴人挤压着黏泥，它们不停
地从他身边向后流淌，整个下午都是这样……接下来的两个月里，
他常常禁不住想起他们的先辈……在先进的碉堡里……不，那个时
候他们还没有碉堡。在一小片先进的泥沼里，在这些沟壑之间可怕
的孤寂中……延长至永恒，直至世界末日。当他再次听到德国话，
他被深深地震惊了，一个很是温柔的声音，有点肥腻……好像淫秽
的私语……这明显是下地狱的人的声音，地狱没有为这些可怜的
家伙准备任何有意思的东西……他的法国向导讥讽地说：你可以说
这是但丁的地狱！③……啊，这些德国人又回来找他麻烦了。他
们现在成了一种执念，一种情结，他们现在这么说……

将军冷静地说："我猜你拒绝回答？"

这残忍地晃醒了他。

---

① 原文为法文。

② 指皇家东方肯特团。

③ 原文为法文。

他绝望地说："我最后只能去一个在我看来双方都难以忍受的职位。为了我儿子的利益！"他到底为什么会这么说？……他要病了。他想起来，将军正在说他和西尔维娅的分居问题。这发生在昨晚。他说："我可能是对的，我可能是错的……"

将军冷冰冰地说："如果你不想谈论细节……"

提金斯说："我宁可不要谈……"

将军说："这没完没了……但是基于我的职责，我有几个不得不问的问题……如果你不想谈你的婚姻状况，我不能逼着你，但是，该死的，你还清醒吗？你负责任吗？你想要在战争结束之前就让温诺普小姐和你住在一起吗？她现在是不是，可能，就在这里，在这座城里？这是你和西尔维娅分居的原因吗？偏偏是现在，不早不晚！"

提金斯说："不，长官。我请求你相信，我和那位年轻女士没有任何关系，一点都没有！我也没有这样的愿望，一点都没有！"

将军说："我相信这一点！"

"昨晚的情况，"提金斯说，"就在当时当地，让我突然明白，我一直在误解我的妻子……我一直在给这位无法自证清白的女士施加压力。这么说真让我感到羞耻！我为了我们孩子的前途选择了一条路，但是这条路错得离谱。我们多年前就应该分居。这逼着这位女士拉了这么多淋浴链子……"

将军说："拉……"

提金斯说："这代表着，长官，昨晚的事情只是拉淋浴链子而已，非常正当。我还是认为这事非常正当。"

"那你为什么要把格罗比给她？你软弱得不是一点点吧，是吗？

269

你不会认为你——比如，有个任务？或者你其实是另外一个人？你认为你得——原谅……"将军摘下他的漂亮帽子，用一块小小的麻纱手帕擦拭前额，说，"你可怜的母亲有点……"

将军突然说："今晚来我的晚宴的时候，我希望你可以打扮得得体一些。你为什么这么不重视你的外表？你的上衣脏得让人恶心……"

提金斯说："我有好一点的上衣，长官，但是昨晚那个被害士兵的血把它毁了……"

将军说："你的意思不会是你只有两件上衣吧？你没有用餐的着装吗？"

提金斯说："有的，长官，我有我的蓝制服。今晚我应该没问题……但是，在我住院的时候，我所有的东西都被人从我背包里偷走了……甚至还有西尔维娅的两条床单……"

"算了，"将军叫起来，"你不会是说你已经把你父亲留给你的遗产挥霍一空了吧？"

提金斯说："我认为拒绝我父亲留给我的遗产是合适的，因为他留给我的方式……"

将军说："但是，老天！……读读这个！"他把刚才他盯着看的那张小纸片从桌子对面扔了过来。正面朝下。提金斯读着，纸上是将军细小的字：上校的马；床单；耶稣基督；温诺普姑娘；社会主义？

将军气鼓鼓地说："背面，背面……"

纸的背面上写着大大的大写字母：**全世界无产者**，还画着一把木镰刀和其他一些东西，一整页都写了最高叛国罪。

将军说："你以前看过这样的东西吗？你知道这是什么吗？"

提金斯回答："看过，长官。是我寄给你的，给你的情报部……"

将军两个拳头重重地敲在行军毯上，"你……不可理喻……难以置信……"

提金斯说："不，长官……你下了一道命令，要求各小队指挥官查明社会主义者们如何暗中破坏士兵的纪律……我自然问了我的准尉副官，他把这张纸条给我，这是他的一个士兵由于好奇而拿给他的。他是在伦敦的大街上拿到的。你可以看到纸的抬头有我的签名缩写！"

将军说："你……请原谅，但你自己不是个社会主义者吧？"

提金斯说："我知道你在绕着圈子问这个，长官。但是我的政治倾向在十八世纪就消失了。长官，你也更喜欢十七世纪！"

"又一根淋浴的链子，我猜。"将军说。

"当然，"提金斯说，"如果西尔维娅说我是个社会主义者，这并不太让人吃惊。我这种托利派人都快要绝种了，她认为我是什么都有可能。最后一只大地懒①。你一定要原谅她……"

将军并没有在听。他说："你父亲给你留下遗产的方式有什么不对？"

"我父亲，"提金斯说——将军看到他的下巴绷得紧紧的，"我父亲自杀是因为一个叫拉格尔斯的家伙告诉他我是……法国人管这叫作皮条客②……我想不出那个英语单词。我父亲的自杀是一种不

---

① 大地懒，又名大懒兽，是最大的地懒，见于更新世中美洲和南美洲，现已绝迹。

② 原文为法文。

271

可容忍的行为。一位有子嗣的绅士不应该自杀，这会给我儿子的人生带来非常糟糕的影响。"

将军说："我没法，我没法搞清楚整件事的来龙去脉……拉格尔斯到底为什么要告诉你父亲这个？……你战后要以什么为生？他们不会让你再回统计局了吧？"

提金斯说："不会，长官，统计局不会召我回去了。战后很长一段时间里参加过这场战争的人都会被盯上。这已经很合理了。我们现在玩得可是很高兴。"

将军说："你说话简直是不着边际。"

提金斯回答："你通常会发现我所说的最后都成了真，长官。我们可以结束了吗？拉格尔斯告诉我父亲他所做的事情，因为在二十世纪做一个十七或者十八世纪的人并不是好事。或许真的不是好事，因为把中学的那一套伦理道德当真真的不好。我真的还是，长官，一个英国公立学校的小男孩。这是十八世纪的产物。上帝保佑！——他们在克里夫顿中学往我脑子里使劲灌上对真理的热爱，就像阿诺德<sup>①</sup>逼着拉格比<sup>②</sup>相信，世上最卑劣的罪恶——所有罪恶中最卑劣的——就是向校长告密！我就是这样的，长官。别人时间一长就忘了他们在中学受到的教育了。我从来都没有。我一直是个青春期少

---

① 托马斯·阿诺德（1795—1842），英国近代教育家。一八二八年起任拉格比公学校长，任职十四年。上任之时，学校在所有公学中地位极低，上任后确定公学的教育目的为培养大量"基督教绅士"，使之占领整个基督教世界。

② 拉格比学校位于英格兰西北部沃里克郡的拉格比市，是英国历史最悠久及最有名望的贵族学府之一，建于一五六七年。

年。这些事情成了我的执念，成了一种情结，长官！"

将军说："所有这一切似乎都太疯狂了……向校长告密是怎么一回事？"

提金斯说："对一场告别演出来说，这并不疯狂，长官。你要的是一场告别演出。我准备上前线了，所以，你统领的队伍的道德作风一定不能因为思考了太多我的婚姻不幸而受到影响。"

将军说："你不想再回到英格兰了，是吗？"

提金斯叫起来，"当然不想！绝对不想！我永远也不能回家了，我只能秘密地走。如果我回到英格兰，除了自杀，我什么都做不了。"

将军说："你明白吗？我可以为你证明……"

提金斯问："为什么你不明白这是不可能的呢？"

将军说："但是……自杀！你不会这么做。就像你说的那样，想想你的儿子。"

提金斯说："不，长官。我不该那样做。但是你可以明白自杀对一个人的子嗣有多么糟糕的影响。这就是为什么我不能原谅我的父亲，他这么做之前，我永远不会考虑这个可能性。现在我考虑了。这是因为我的道德神经有些软弱。这是把错误当成了可能性。因为自杀对扭曲的心理顽疾来说并不是解药，它是给破产的人用的，或者在军事上受到重创的人。它是给实干派的人用的，而不是思考型的人。自杀能让债权人会议失败，军事活动彻底扫清。但是，无论我是否活着，我的问题都会存在。因为这是解决不了的。这整个问题都是两性关系造成的。"

将军说："老天！"

273

提金斯说："不，将军，我没有发疯。这就是我的问题！但是我说这么多话真是个傻瓜，因为我不知道该说什么。"

将军坐在那里，呆呆地盯着桌布。他整张脸都充了血。他看起来好像一个脾气差得一塌糊涂的人。他说："你最好把你想说的都说了。你他妈的到底是什么意思？你想说什么？"

提金斯说："我非常抱歉，长官。把我自己的意思说清楚很困难。"

将军说："我们都做不到，那语言还有什么用？语言有**他妈的**什么用？我们绕了一圈又一圈。我猜我就是个老傻瓜，无法理解你们新潮的做法。但是你一点都不新潮。在**这方面**我得对你公平点⋯⋯那个该死的小麦肯奇尼倒是挺新潮的⋯⋯我得把他塞进交通运输支部的工作里，这样他就不会在军营里给你添堵了⋯⋯你知道这个小浑蛋做了什么吗？他休假去离婚的，然后他又没有离婚。**这才叫现代主义**。他说他有顾虑。我知道他和他妻子⋯⋯和哪个别的脏兮兮的家伙⋯⋯三个一起睡在一张床上。这才是新潮的顾虑⋯⋯"

提金斯说："不，长官，并不是这样⋯⋯但是如果一个人的妻子对他不忠，他该怎么办？"

将军像是把这句话当成了侮辱，"跟那个婊子离婚！要么就跟她住在一起！"只有畜生，他说，才会指望一个女人一辈子都孤独地住在阁楼上！她必死无疑。或者让她出去，到大街上⋯⋯什么样的家伙才不明白这一点？有什么畜生指望一个女人这样活着⋯⋯身边还有个男人⋯⋯为什么，她会⋯⋯她一定会⋯⋯他得承担一切可能的后果。将军重复说："一切可能的后果！就算她把全世界的淋浴链子都扯下来也好！"

提金斯说:"但是,长官……还有……曾经有……在家庭里……有些地位的……有种东西……"他停了下来。

将军说:"啊……"

提金斯说:"在男人的角度上……有一种东西……叫作……荣誉①!"

将军说:"最好别再有什么荣誉了……该死的!除了我们,所有女人都是圣人……想想生产是什么样了。我知道这个世界上……还有谁受得了那个?……你?……我……我宁可做佩里前线上最后一个可怜虫!"

他带着有些伤人的狡猾看着提金斯,"你为什么**不离婚**呢?"他问。

恐慌笼罩了提金斯。他知道这会是这场会面中最后的恐慌。没有谁能受得住。战斗的画面、声音、名字,碎片般从他眼前和耳边飘过。精心编造的问题……卷入了战争的世界的整幅地图从他面前穿过……就像田野一样广阔。一张印花混凝纸浆做的地图,上面带着○九摩根的闪闪发光的血渍。多年前……多少个月?……十九,准确地说,他坐在蒙德凯②的某种烟草作物上……不,是黑山③,在比利时……他当时在做什么?……试着躺在地上……不……等着

---

① 原文此处为"Parade",意为"排场、炫耀、荣誉",也有"阅兵式、队列、练兵"等义。本卷原书名 *Parade's End* 也含有多重意义。

② 法国西北部小山,靠近比利时。

③ 比利时法语区地名,靠近法国。

给某位肥胖的英国将军指出战略部署，而这个人一直都没有来。那些烟草的比利时拥有者来了，因为被损坏的作物大喊大叫，他头都要炸了……

但是，在那个高点你能看到整场战争……在不知道多少英里以外，被敌人的军队占领了、玷污了的土地；那里已经属于德国了。大概在德国的土地上就能自由呼吸了……从你的右肩望出去，能看到半颗牙根。伊普尔的克娄兹山，在五十度角以下……后面有深色的线条……在维斯切特①前面的德国战壕！

这还是在大量的地雷把维斯切特炸得粉碎之前。

但是，根据他的腕表，大约每隔半分钟，在深色的线条上就会出现一团一团白色的棉花，那是维斯切特前面的德国战壕。打过去的是我们的大炮……打得准。打得真是准！

左手边数英里以外……在模糊的光线下，在多云的天气里，大海翻卷着，一束阳光落在海面，又在模糊的灰色中被反射出去……那是一座飞机棚的玻璃屋顶！

一架巨大的飞机，他这辈子见过的最大的飞机，正向这里飞来，在它身后，还跟着四架护航的小飞机……在贝蒂讷附近的巨大矿渣堆的上空……高远、蓝紫色的煤渣堆，好像引擎的蒸汽穿顶，或者女人的乳房……蓝紫色的。偏蓝，而不是偏紫……好像比利时法语区产的哥白林挂毯……非常安静……在这些广阔、苍白、安静的云层之下！

---

① 比利时地名，靠近法国边境。

276

一颗颗炸弹掉落在波珀灵厄①……五英里以外，就在他眼皮子底下……炸弹掉了下来。白色的气体一缕缕飘了起来……那是什么炸弹？一共有二十种不同的炸弹。

德国佬正在轰炸波珀灵厄！毫无意义的残酷，普鲁士人的残酷，就离前线五英里！波珀灵厄有两个脸色红润的女孩开了个茶店……普卢默将军，一个很好的老将军，以前很喜欢她们……炸弹把她们俩都炸死了……任何人和她们其中一个睡觉都会得到很多享乐……那六千名国王陛下的军官也一定这样想这俩脸色红润的姑娘。好姑娘！但是德国佬的炸弹把她们炸死了……这是种什么样的运气？六千个男人都想要她们，然而被德国佬的炸弹炸成了无数小肉块？

似乎仅仅是普鲁士主义——德国佬毫无意义的残忍——在轰炸波珀灵厄。在伊普尔后方五英里的一个无辜的小镇，开了个茶店……一缕缕无声无息的烟在宁静而暗淡的褐红色天穹下徐徐升起，再加上从飞机棚上升起的迷雾，还有贝蒂讷矿渣堆上方巨大的飞机……多么可怕的名字——贝蒂讷……

不过，也许，德国人听说我们在波珀灵厄集结了人马。轰炸一个有人马正在集结的城镇是合理的……或许我们的人也正在轰炸他们的军事总部所在的城镇。因此，他们在一个宁静、灰暗的日子轰炸了波珀灵厄。

这是根据军队的规定执行的……坎皮恩将军，接受了德国飞机对他的城镇上的医院、营地、马棚、妓院、剧场、大街、巧克力货

---

① 比利时地名，靠近法国边境。

摊和酒店所做的事情，但如果德国佬在他的私人住所丢炸弹的话，他一定会气得发疯……战争的规矩！你们，互相地，放过对方的总部，而把六千名士兵都渴望的姑娘炸成碎片。

那还是十九个月以前了！现在，失去了太多感情之后，他把卷入战争的世界看成一张地图，一张印花混凝纸浆做的地图。〇九摩根的血渍在上面闪闪发光。在最远的天际线那里，是**白俄罗斯**的领土！**这些悲惨的可怜人到底是谁？**

他对自己喊着，"老天有眼！这是癫痫吗？"他祈祷着，"上帝保佑的圣人，救我出去吧！"他喊着，"不，这不是！我完全可以控制我的头脑。我最重要的头脑。"

他对将军说："我无法离婚，长官。我没有根据。"

将军说："别说谎了。你知道的跟瑟斯顿知道的一样多。你的意思是，是你促成了她的不端行为吗？……不管那是什么？而且你没法离婚！我不相信。"

提金斯对自己说："我他妈的**为什么**这么急着维护那个婊子？这一点理由都没有。这是一种执念！"

白俄罗斯是立陶宛南边一个悲惨的民族。你不知道他们是偏向德国人还是偏向波兰人。德国人根本不知道……德国人正从我们兵力较弱的地方撤兵；他们将好好训练他们的步兵。他们给了他，提金斯，一个机会。在两个月之内他们都不会大举进攻。然而，这也就是说，在春天会有大规模的攻势。这些家伙也是有点常识的。在悲惨、可怕的战壕里，英国兵除了知道怎么丢炸弹以外什么都不会。两边都是这样。但是德国人将要对此加以整治！从四十码以外互扔炸弹。步枪都被淘汰了！哈！哈！被淘汰了！……真是平民的心理！

将军说："不，我不相信。我知道你没有把什么姑娘藏在烟草店里。我记得你一九一二年在莱伊说的每一个字。我当时还不确信，我现在信了。你想让我仔细想想。你因为你妻子的不端行为卖掉了房子。你让我相信你已经变卖了家产。你并没有变卖家产。"

**为什么**，当他们宣布步枪已经过时这一愚蠢想法时，平民心理会让他们高兴地、喧闹着咯咯笑起来？**为什么**公众的意见会逼迫陆军部在训练营里彻底取消任何步枪使用和通讯方面的训练？这太奇怪了，这当然是灾难性的。奇怪。并不是特别恶毒。同样，也很悲惨。

"对真理的热爱！"将军说，"这难道不包括对善意的谎言的憎恨吗？不！我猜这并不包括，否则你的仆人不会说你不在家……"

悲惨！提金斯对自己说。自然，平民希望士兵们都被整得像傻瓜，然后被杀掉。他们希望那些最终要么被羞辱，要么死掉的人替他们赢得战争，或者两项都占了。自然，除非是他们的表亲，或者他们未婚妻的亲戚。说到最后就是这样。当那些有身份的绅士说，他们宁可输了战争，也不要那些骑兵在这场战争期间得到提拔！但是这一方面是当时那些简单而悲惨的幻觉，认为只有新发明才能做好那些伟大的事情。把马匹都从军队里赶出去，发明一些非常简单的东西，然后就成了上帝了！这是真正的情感谬误。往花盆里塞上火药，扔到对面那个家伙的脸上，然后，嗨，突然！战争打赢了。**所有的**士兵都倒下来死了！而你，你逼着不情愿的军方接受你的想法，你是那个**赢了战争的人**。全世界的女人都值得为你所有。然后……你得到了她们！只要把骑兵都赶走！

279

将军这么说："校长！"这让提金斯的神思彻底转了回来。他冷静地说："说真的，长官，你的这番轰炸长得可怕，原因是它包含了人生的所有方面。"

将军说："你别拖着条红鲱鱼过马路①……我知道你在一九一二年把我当成是一位校长。现在我是你的指挥官——这是同一件事。你一定不能向我告密。这就是你所谓的阿诺德对拉格比做的事……但是那是谁说的：真理是伟大的且会获胜？②"

提金斯说："我不记得了，长官。"

"你母亲秘密的伤心事是什么？一九一二年，她因为那件事而死。她死前给我写信，说她碰上了大麻烦。她求我照顾你，特别提出来的！为什么她要这么做？"将军停了停，沉思起来，"你如何定义英国国教的圣人？其他人有追圣仪式，跟桑德赫斯特的入学考试一样按部就班。但是我们国教徒怎么办……我听过五十个人说你母亲是个圣徒。她确实是。但为什么？"

提金斯说："那是协调的水平，长官。和你自己的灵魂协调一致的水平。因为上帝给了你灵魂，这么一来你就和天国协调一致了。"

将军说："啊，这我就不懂了……我猜如果我在遗嘱里给你留下任何财产，你也会拒绝的？"

提金斯说："哎呀，不，长官。"

将军说："但你拒绝了你父亲的钱。因为他相信了针对你的不好

---

① 指转移人的注意力，转移话题。
② 原文为拉丁文，出自《次经·以斯拉三书》。

的传言。这有什么区别？"

提金斯说："是一个人的朋友，就得相信这个人是位绅士，不假思索地。这使得他和他们协调一致。也许你朋友之所以是你朋友，是因为他们不假思索地以和你一样的方式看待他们……拉格尔斯先生知道我缺钱。他展开了一下想象，如果他缺钱的话，他会怎么办？靠女性不道德的收入过活……翻译到他的政府官员的圈子里，这就意味着出卖你的妻子或者情人。自然，他认为我是那种会出卖自己的妻子的人。因此他就是这样跟我父亲说的。问题是，我父亲不应该相信他。"

"但我……"将军说。

提金斯说："你从来不相信任何针对我的不好的传言，长官。"

将军说："我知道我为了你的事情都他妈急死了……"

提金斯情感上已经平复下来，虽然眼眶还有些湿润。他在索尔兹伯里附近一片树丛里散步，看着长长的牧场和犁过的土地一直延伸向浓郁、高大的榆树，它们遮盖着……就是遮盖这个词！——窥视着乔治·赫伯特①的教堂的尖顶……国教的圣洁的复兴之时，要做一位十七世纪的教区牧师……他，可能，写诗。不，不是诗，是散文。优雅高贵的手段！

这是思乡！……他自己再也不会回家了！

将军说："你看……你父亲……我担心你的父亲……西尔维娅有没有跟他说什么让他痛苦的事情？"

---

① 十七世纪英国著名诗人。

提金斯明确地说："不，长官。这责任不能推到西尔维娅头上。我父亲选择相信不利于我的传言，是一个完全——或者几乎完全——陌生的人告诉他的……"他补充了一句，"事实上，西尔维娅和我父亲没什么联系。我不认为在我父亲人生的最后五年里他们说过哪怕两个字。"

将军直戳戳地盯着提金斯的眼睛。他看着提金斯的脸，从鼻孔周围的边缘开始，慢慢变得惨白。他说："他知道他把他妻子供出来了！老天！"

提金斯面无颜色，青花瓷般的蓝眼睛显得极为突出。将军想："多么丑陋的一个家伙！他的脸都扭曲了！"

他们继续对视着。

在寂静中，士兵们讨论豪斯游戏的声音在他们听来好像梦呓。那是个早期的纸牌游戏，庄家占很多便宜。当你听到这样的声音的时候，你会知道他们在玩豪斯……所以，他们已经吃过晚饭了。

将军说："还没到周日，不是吗？"

提金斯说："没有，长官。周四，十七号，一月份，我想。"

将军说："我真蠢……"

士兵们的声音让他想到周日教堂的钟声。他年轻的时候……他坐在提金斯夫人的吊床旁，就在格罗比石头宅邸的角落里那棵巨大的雪松下。东转东北风把米德尔斯堡①的钟声吹到他们的耳边，细微微的。提金斯夫人三十岁，他三十岁。提金斯——他的父亲——

---

① 英国东北部一座城市。

大约三十五岁，一个非常有权威、安静的人，一个了不起的地主，就像他的一代代先辈一样。并不是从他那里传承来的，他的……他的……他的什么？是神秘主义吗？……另一个词！他自己在家，从印度回来休假，满脑子都是马球。他跟提金斯的父亲谈论小型马，谈了几个小时，提金斯的父亲对付马匹很有一手……但这家伙更棒！……遗传自他爸，不是他妈！……

他和提金斯继续凝视着彼此。他们像被催眠了。士兵们的声音依然悲伤地上下起伏。将军想，他自己一定是惨白。他对自己说："这个家伙的母亲在一九一二年心碎而死，父亲在五年之后自杀。他和他儿子的妻子四五年都没有讲过话！这样我们就又回到了一九一二年。那么，当我在莱伊责骂他时，他的妻子和佩罗恩在法国。"

他低头看着桌子上的行军毯，他想再次带着浮夸的关心抬头看看提金斯的眼睛。这是他对付士兵的办法。他是个非常成功的将军，因为他了解那些人。他知道，那些人会为了三件事下地狱：酒精，金钱，还有性。这家伙很明显并不是这样。他要是这样就好了！

他想，"都完了……母亲！父亲！格罗比！这家伙彻底失去了一切。这有点过分。"

他想，"但是他现在所做的一切都是对的。"

他准备抬头看看提金斯……他突然毫无用处地伸出一只手。提金斯坐在他的牛肉罐头箱子上，手放在膝盖上，向旁边一倒。突然一倒——好像一栋被高爆弹击中了的老房子一样。就这么停住了。然后他重新坐直。他继续直直地看着将军。将军小心地回看他。他说——同样非常小心地，"如果我决定争取西克里弗兰的席位的话，

283

你愿意我把格罗比当作我的总部吗？"

提金斯说："我求求你，长官，你一定要这么做！"

他们俩好像都长吁了一口气，解脱了不少。将军说："那我就不需要让你待在……"

提金斯站起来，无精打采地，但他的两个脚跟并在一起。

将军也站起来，整了整皮带。他说："你可以解散了。"

提金斯说："我的伙房，长官……中士厨师长凯斯会很不高兴……他告诉我如果我给他十分钟准备，你不会发现任何问题……"

将军说："凯斯……凯斯……我们在德里的时候，凯斯在军乐队里。他现在至少得是个军需官了。但他有个女人，他管她叫妹妹。"

提金斯说："他现在还在给他妹妹寄钱。"

将军说："他当营旗士官的时候，他为了她擅离职守，所以被降职到了列兵……那一定是二十年前的事情了！……好，我会视察你的晚饭情况！"

在伙房里，将军由列文上校神气地陪伴着，伙房的石灰墙面刷得一尘不染，灶台擦得好像镜子一样，将军，提金斯在他身旁，从瞪大眼睛、穿着白色衣服、立正拿着长柄勺的士兵中间走过。他们鼓着眼睛，但他们的嘴角扬起弧线，因为他们喜欢将军，以及他那几位非常无所谓的漂亮陪同。伙房好像教堂的正厅，走道被一排排炉子的管道分出来。地板被法式抛光剂和松节油打得像焦炭末一样光亮。

当神性降临的时候，整栋房子都停了下来。在屏住呼吸、紧紧注视着他的目光中，神性脆弱而闪闪发光，他踩着小碎步走向一位大牧师，牧师长着海象胡子，主日上衣上挂着七枚奖章，望着永恒

284

的远方。将军用他马鞭的后跟拍拍中士的优良服役勋章。大家都竖起耳朵听着他说："你妹妹怎样了，凯斯？"

中士望着远处，说："我在考虑让她变成凯斯夫人……"

离他稍稍远一点，将军朝着高高的、刷了清漆的油松柜门的方向，说："只要你愿意，无论哪天，我都可以推荐你做军需官……你记得加内特爵士在奎达检视伙房吗？"

那些长着圆眼睛的白色柱状物体看起来好像孩子们在圣诞节的噩梦里看到的小丑。将军说："稍息，士兵们……稍息！"他们好像一个幼稚的梦中的白色物体那样移动。一切都很幼稚。他们的眼睛骨碌碌地转动。

凯斯中士长望着无限的远方。

"我妹妹不喜欢这样，长官，"他说，"我做个一级准尉更好！"

踏着轻快的脚步，浑身闪闪发光的将军快速走到教堂东廊刷了清漆的柜门旁。他身边白色的人形突然变成柱状，他们一动不动，眼睛圆鼓鼓的。柜门上涂写着：**茶！盐！咖喱粉！面粉！胡椒！**

将军用他马鞭的后跟敲敲上排右边柜子那个标记着**胡椒**的柜门。他对身边那个柱状、眼睛圆鼓鼓的白色人形说："把它打开，好吗，我的士兵？"

对提金斯来说，这就好像突然跳起了一支军队里的快步舞，就好像在一场以军礼执行的葬礼之后，乐队和鼓手齐步走开，重新回到战壕里。